btb

Aus Freude am Lesen

Der ehemalige Inspektor Paul Kajetan ist auf der Flucht, weil nicht ans Licht kommen darf, was er an Korruption und Intrigen bei der Münchener Polizei entdeckt hat. Vom Grenzort Zellach aus versucht er über die Berge nach Österreich zu gelangen. Doch dann verirrt er sich in einem Schneesturm, den er überlebt, nur um sofort in die nächste Bredouille zu geraten. Man nimmt ihn als vermeintlichen Mörder des Zellacher Wirts Thannheiser fest. Als der örtliche Kommissar Kajetans wahre Identität entdeckt, verspricht er ihm, ihn nicht nach München auszuliefern – wenn Kajetan ihn im Gegenzug bei den festgefahrenen Ermittlungen im Thannheiser-Mord hilft …
Zwischen den politischen Machenschaften des beginnenden Hitlerismus und einer kargen, archaisch dörflichen Welt erzählt Robert Hültner eine ebenso rasante wie tiefgründige Geschichte von politischer Verfolgung, perfider Verschwörung und menschlicher Verwerfung.

Robert Hültner, 1950 in Inzell geboren, gilt als einer der wichtigsten und sprachmächtigsten deutschsprachigen Krimiautoren. Für seine Romane um Inspektor Kajetan wurde er vielfach preisgekrönt, unter anderem zweimal mit dem »Deutschen Krimipreis« und mit dem renommierten »Glauser-Preis«. Fürs Theater arbeitet er an einer Trilogie über die Geburtszeit der bayerischen Republik, für Radio und Fernsehen schrieb er mehrere *Tatort*-Folgen. Robert Hültner lebt abwechselnd in München und in einem Bergdorf in den südfranzösischen Cevennen.

Robert Hültner

Inspektor Kajetan kehrt zurück

Roman

btb

MIX
Papier aus verantwortungsvollen Quellen
FSC® C083411

Verlagsgruppe Random House FSC-DEU-0100
Das für dieses Buch verwendete
FSC®-zertifizierte Papier *Pamo House*
liefert Arctic Paper Mochenwangen GmbH.

1. Auflage
Genehmigte Taschenbuchausgabe November 2011

Umschlagmotiv: Deanna Quinton Larson/iStockphoto;
plainpicture/Etsa
Umschlaggestaltung: semper smile, München
Satz: Uhl + Massopust, Aalen
Druck und Einband: CPI – Clausen & Bosse, Leck
MM · Herstellung: BB
Printed in Germany
ISBN 978-3-442-74322-3

www.btb-verlag.de

Er war kein Held.
Dazu hatte er zuviel Phantasie.

THEODOR PLIVIER

München, Ende August 1928

Während des Tages war der graue Himmel wie ein verwaschenes Leintuch über der Stadt gehangen. Am späten Nachmittag sank die Wolkendecke tiefer, stäubend feiner Niederschlag brachte das Pflaster und das matte Blattwerk der Straßenbäume zum Glänzen. Als die Dämmerung hereinbrach, rissen die Wolken auf, es wurde wieder etwas milder, doch plötzlich färbte schwefelgelber Schein den Abendhimmel. Das Gezwitscher der Vögel verstummte. Jäh prasselte ein Wolkenbruch mit ohrenbetäubendem Getöse herab, scheuchte die Städter in ihre Häuser und brachte das geschäftige Treiben auf den Straßen und Gassen zum Erliegen. Eine endlos wirkende Zeit goss es wie aus Kübeln. Rasch schwollen Isar und die Bäche der südlichen Vorstadt an.

Allmählich klang das Unwetter ab und ging in ein lautloses Nieseln über. Als der mitternächtliche Glockenschlag der Giesinger Kirche wimmernd ausklang, erfüllte das Rauschen von Fluss und Bächen noch immer die Luft. Nebel wälzte sich durch die Gassen, dicht wie der Dampf in einer Waschküche.

Vom Haidhauser Hochufer kommend, hastete Lipp Kerschbaumer durch den Lichthof einer milchig schimmernden Straßenlampe an der Ohlmüller-Straße, um sogleich vom Dunkel der schmalen Gassen wieder verschluckt zu werden.

Kurze Zeit später platschte er durch die Pfützen im lichtlosen Innenhof einer aufgelassenen Sägemühle und verschwand in der Tür eines heruntergekommenen Gebäudes. Er tastete sich das unbeleuchtete Stiegenhaus in den ersten Stock hinauf. Auf dem Absatz hielt er inne und lauschte in die Dunkelheit. Aus einem Schlitz unter einer Türe am Ende des Flurs schimmerte Licht. Leises Gemurmel war zu hören, ein Bodenbrett knarrte unter einem schweren Schritt.

Lipp Kerschbaumer atmete durch, um seinen hämmernden Puls wieder unter Kontrolle zu bekommen. Er hastete auf die Türe zu und stieß sie auf. Das Licht einer Kerze flackerte. Die beiden Männer in der kleinen Kammer fuhren alarmiert herum und starrten ihn an.

»Da ist er ja«, hörte er eine erleichterte Stimme.

Lipp holte röhrend Luft. »Wer ist es gewesen!?« Mit einem Hackentritt schlug er die Tür hinter sich zu. »Wer hat geschossen?«, rief er. Er presste seinen Rücken an das Türblatt, als könne er damit das Eindringen eines weiteren Unglücksboten verhindern. »Hölzl!?«

Der Angesprochene war ein untersetzter Mann mit fleischigem Gesicht und kleinen, dunklen Augen unter der wulstigen Stirn.

»Endlich bist da, Kerschbaumer«, beschwichtigte er den Ankömmling. »Wo bist denn so lang geblieben?«

»Ich hab euch was gefragt!«

»Plärr noch lauter! Scheinst wohl scharf drauf zu sein, dass uns die Grünen gleich erwischen, oder was?«

»Wers gewesen ist, möcht ich wissen«, keuchte Lipp. Sein Blick flog in die Ecke der Kammer, in der Jakl Dosch auf einer Wandbank gekrümmt kauerte und noch immer stoßend atmete. Wie sie es vereinbart hatten, war jeder von ihnen nach diesem unglückseligen Unternehmen auf unterschiedlichen Wegen zum aufgelassenen Holzlager in Untergiesing gerannt, um das weitere Vorgehen zu beraten.

»Jakl!« Lipp zog den Rotz hoch. »Bist dus gewesen?«

Der Angesprochene hob sein hohlwangiges Gesicht. »Was schaust ausgerechnet *mich* an?« Matte Empörung klang aus seiner Stimme. »Möchst dus vielleicht mir anhängen?«

»Ich schau euch alle zwei an!«

»Weckts nur das ganze Viertel auf«, sagte Hölzl. Der Parteifunktionär griff sich einen Schemel, ließ sich darauffallen und streckte die Beine von sich. »So ists recht. Genau so gehört sichs für ein geheimes Parteikommando.« Er kramte in seiner Jackentasche und zog ein verbeultes Päckchen Zuban hervor. »Ganz genau so.«

»Wer es war, möcht ich wissen!«, schrie Lipp. Seine alte Narbe an der Stirn pochte.

Hölzl streifte ihn mit einem zornigen Blick, steckte sich eine Zigarette an der Kerze an und nahm einen tiefen Zug. »Hock dich hin, Lipp«, sagte er beherrscht. »Geschehn ist geschehn.« Er wischte sich mit dem Handrücken über die feuchte Stirn, drehte sich zum Fenster und sah in die tintige Nacht hinaus. Regen prasselte gegen die Scheiben. »Der Schöttl ist ein Lump gewesen. Er hats nicht anders verdient.« Sein Blick kehrte zu Lipp zurück. »Es ist egal, wers gewesen ist. Jeder von uns hat eine Pistole dabei gehabt, und zum Schluss ist es drunter und drüber gegangen. Aber deswegen brauchst jetzt nicht gleich die Nerven zu verlieren. Kein Mensch hat uns gesehen.«

Lipp Kerschbaumer trat einen Schritt vor. Seine Schuhe schmatzten beim Gehen, von den Säumen seiner durchnässten Kleidung tropfte noch immer Wasser und bildete kleine Pfützen zu seinen Füßen. Sein Gesicht glühte, die nassen Haare klebten ihm in Strähnen über Stirn und Schläfen. Das Licht der Lampe, die von der Decke der niedrigen Kammer baumelte, ließ seine noch jungen Züge ausgemergelt erscheinen.

»Du warst es, Hölzl«, sagte er leise.

»Reiß dich zusammen! Noch bin *ich* der Kommandant.«

»Drauf scheiß ich ab jetzt! Gibs endlich zu.«

»Auf was ein Genosse wann scheißen darf, ist noch nicht ausgemacht, Kerschbaumer«, sagte Hölzl ungerührt. »Und wie kommst überhaupt drauf, dass ich es gewesen bin? Hast dus vielleicht gesehen?«

Lipp schien die Frage nicht gehört zu haben. »Warum hast du geschossen? Es war anders ausgemacht. Er hätt einen Denkzettel kriegen sollen. Ein paar Watschen, sonst nichts!«

Hölzl paffte und sah an ihm vorbei. »Ob dus gesehen hast, hab ich dich gefragt.«

Lipp spürte, wie sein Herzschlag vor ohnmächtiger Wut zu poltern begann. Eine Übelkeit kroch heran.

»Der Lipp hat recht. Von Schießen ist nie die Red gewesen«, warf Jakl verdrossen ein. Er hielt seine Arme um seinen Oberkörper geschlungen, als friere ihn.

Wieder unterdrückte Hölzl einen zornigen Impuls. »Jetzt hörts einmal zu, Genossen«, begann er. »Wir spielen hier nicht Räuber und Schandi, kapiert? Die Partei ist von oben bis unten von Spitzeln verseucht. Fangen wir einen, schleicht sich von der anderen Seite wieder ein Neuer rein.« Er hob seine Stimme: »Kerschbaumer! Dosch! Muss ich Euch erzählen, wie viele von uns schon eingefahren sind, weil bei der Verhandlung auf einmal einer von diesen Drecksäuen als

Zeuge aufgetaucht ist? Die besten Kameraden waren drunter! Ist euch das auf einmal egal?«

»Da drum gehts doch gar nicht«, sagte Jakl. »Aber wenn ich gewusst hätt, dass –«, Hölzl schnitt ihm mit einer gereizten Handbewegung das Wort ab und fuhr beschwörend fort: »Wir haben vom Genossen Grabow persönlich den Auftrag, diese Drecksäu unschädlich zu machen. Wenn ihr gemeint habt, es langt, denen ein bissl mit dem Finger zu drohen, dann habt ihr in einem Geheimen Parteikommando nichts verloren, verstanden?«

»Dieser Grabow … keiner in der Partei kennt ihn, bloß du.«

Hölzl verdrehte die Augen zur Zimmerdecke. »Darf ich nicht drüber reden, Dosch. Wie oft soll ichs dir noch erklären.«

»Was hat uns eigentlich ein Russ zu befehlen? Wir sind die bayerische Partei.«

»Und von der Komintern hast auch noch nie was gehört, stimmts?«

»Doch …«, sagte Jakl müde.

»Na, wenigstens etwas«, seufzte Hölzl.

»Du kapierst nicht!«, setzte Jakl wieder an. »Hätt ich gewusst, dass einer bei der Sach draufgehen kann, hätt sich die Partei einen anderen suchen müssen.« Er hob sein schmales Gesicht zu Hölzl. »Und ich wars nicht, der geschossen hat.« Er drehte sich zu Lipp. »Hab doch nicht einmal entsichert gehabt.« Seine letzten Worte waren in ein Flüstern übergegangen.

Hölzl strich sich in gespielter Verzweiflung mit der Hand über seinen Schädel. »Kapiert ihr denn allweil noch nicht, ihr Anfänger? Es ist komplett egal, wem von uns ein Schuss abgegangen ist. Ist wie bei den Weibern. Ist nicht vorgesehen gewesen, richtig, kann aber vorkommen! Je nervöser einer ist, desto eher!«

Lipp lachte grimmig auf. »Genauso werdens die Richter auch sehn.«

Hölzl ging nicht darauf ein. »Genossen!«, setzte er wieder mit eindringlicher Stimme an. »Ich sags noch mal: Keine Sau hat uns gesehen. Es gibt also bloß eins, das uns gefährlich werden könnt. Nämlich, wenn einer von uns jetzt die Nerven verliert!« Drohend ergänzte er: »Das aber wird die Partei nicht zulassen, da könnts Gift drauf nehmen.« Er fixierte Jakl, dessen Schädel zwischen seine Schultern zu schrumpfen schien. Hölzl registrierte befriedigt sein erschöpftes Nicken, warf seine Zigarette zu Boden und sagte lauernd: »Du auch, Kerschbaumer? Haben wir uns verstanden?«

Lipp war noch immer fassungslos. Er klappte den Mund ein paarmal auf und zu, bevor er hervorstieß: »Habt ihr überhaupt eine Ahnung, was jetzt losgeht? Wenn ers nicht überlebt –«

»Dann hat ers nicht anders verdient!«, fiel ihm Hölzl heftig ins Wort.

»Aber wir… wir werden als Mörder gesucht!« Dass er spürte, wie seine Augenwinkel feucht wurden, machte Lipp nur noch zorniger. »Was ist mit den Genossen im Ruhrgebiet droben wegen einer gleichen Sach passiert, vor zwei Jahren? An die Wand gestellt sinds worden!«

»Klassenjustiz ist das gewesen«, sagte Hölzl. »Sogar die Bürgerlichen habens zugeben müssen.«

»Und damit, dass die Bürgerlichen hinterher was zugeben, könnens jetzt die Würmer füttern, oder was?!« Lipps Stimme überschlug sich. »Hölzl… bist dus gewesen? Red, sonst –!«

»Es muss endlich durchgegriffen werden! Gründlich!«

»Ob du geschossen hast?! – Du *warst* es!«

»Zum letzten Mal«, sagte Hölzl beherrscht. »Hast dus gesehen?«

»Nein! Bin doch schon wieder im Hausgang gewesen, wies gekracht hat!«

»Also nichts hast gesehen«, stellte Hölzl fest. »Ich sag dirs noch mal, Lipp. Reiß dich ja zusammen. Die Geduld der Partei hat Grenzen.«

»Ich… ich trau dir nicht, Hölzl…« Lipps Stimme klang jetzt heiser. »Ich hab dir noch nie getraut…«

Der Mund des Funktionärs zuckte. Verächtlich maß er sein Gegenüber. »Kann auf Gegenseitigkeit beruhen, Kerschbaumer. Ich frag mich auch langsam, auf was für einer Seiten du eigentlich stehst.« Er bemerkte, dass ihn Dosch ungläubig anstarrte. Seine Stimme wurde wieder drängend: »Herrgott! Ihr seids doch keine Weiber! Ihr müsst es endlich kapieren! Es ist Krieg, Genossen!« Wie zur Bekräftigung schlug er seine Hände auf seine Oberschenkel. »Und jetzt ist Schluss mit der Winslerei! Hab ichs denn mit Kommunionbuben zu tun, oder was?« Er stand auf und ging zum Fenster. Der Regen hatte nachgelassen. Hölzl schob den Saum des verschlissenen Vorhangstoffes zurück und sah prüfend in die Nacht hinaus. Er zog den Vorhang wieder zu und kehrte zu seinem Schemel zurück. »Und jetzt reden wir darüber, was wir den Kriminalern sagen, wenn sie uns…«

»Ich trau ihm nicht, Jakl«, setzte Lipp wieder an. »Der ist nicht sauber –« Sein Magen krampfte sich. Er tat einen ungelenken Schritt zurück und tastete nach der Türklinke.

»Wohin gehst?«, sagte Hölzl scharf.

»Aufs Scheißhaus…«, würgte Lipp hervor. »Ich muss… speiben. Oder wärs dir… lieber, ich täts da herin?«

Er wartete Hölzls Entgegnung nicht mehr ab, ging hinaus und zog die Türe hinter sich zu. Seine Kehle wurde eng, Säuregeschmack füllte seinen Gaumen. Er rang nach Luft, wankte einige Meter vorwärts, bis er die Türfassung des Aborts mit seinen Fingern ertastet hatte, drückte die Türe auf und griff nach dem Abortdeckel.

In diesem Moment hörte er mehrere Schläge, die an die Haustüre unter ihm donnerten, nur wenige Augenblicke danach das Splittern und Bersten des nachgebenden Holzes, dann das Poltern der Stiefel und den hechelnden Atem mehrerer Männer auf der Stiege.

Lipp zog die Türe hinter sich zu und hielt den Atem an. Durch den Schlitz unter der Türe huschte der Schein flackernder Lampen vorüber. Sekunden später dröhnten nur wenige Meter entfernt wieder Schläge.

»Polizei!!«, hörte er eine laute Stimme. »Waffen weg! Einzeln und mit erhobenen Händen herauskommen!«

Lipp stieg auf das Abortbrett, suchte nach dem Fensterhaken, drehte ihn, öffnete das schmale Fenster und wand sich hinaus. Noch immer fiel Regen. Unter ihm gurgelte der schwarze Stadtbach. Der Geruch abgestandener Lauge und Fäkalien drang an seine Nase. Er stieß sich ab. Als er im Wasser landete, spürte er einen Schlag. Ein reißender Schmerz schoss durch seine Wade. Er tauchte unter.

*

Südostbayern, Bezirk Dornstein, Anfang September 1928

Der gelbe DAAG der ›Alpenkraftpost‹ bremste kurz hinter der Stauffenbrücke abrupt ab. Er war kaum am Straßenrand zu stehen gekommen, als ein Dutzend Gendarmen, die Waffen schussbereit gehoben, den Wagen umstellte.

Kajetan atmete flach. Er sah zu den Ausgängen. Vor jedem hatten sich Polizisten postiert. Er saß in der Falle.

Einer der beiden Beamten, die Uniform wies sie als Sergeanten der Grenzpolizei aus, hatte sich bereits in der Nähe des Ausstiegs an der Seite des Kondukteurs postiert, während der andere damit begann, den Mittelgang langsam abzuschreiten und jeden der Reisenden zu mustern.

War während der Fahrt noch munteres Stimmengewirr zu hören gewesen, so war dies beim Auftreten der beiden Sergeanten – jeder den Daumen der Rechten in den Gürtel gehakt, in Griffnähe zur Pistolentasche – in beunruhigtes Gemurmel und schließlich in lähmendes Schweigen übergegangen. Als hätte das Auftreten der Staatsmacht die zwei Dutzend Passagiere in ein Häuflein kleinlauter Sünder verwandelt, von denen jeder in diesem Moment in seinem Gedächtnis gekramt und auch prompt darin etwas gefunden hatte, das ihn ein Strafgericht befürchten ließ, duckten sich die Passagiere unter dem durchdringenden Blick des Sergeanten weg.

Kajetan knetete den Hutrand auf seinem Schoß; seine Handflächen waren heiß und schweißfeucht. Ein verkrampftes Hüsteln drang an sein Ohr. Aus den Augenwinkeln fischte er den misstrauischen Blick seines Nebenmannes auf.

Der Grenzpolizist kam näher. Seine Miene ließ keine Regung erkennen, nur seine Augen lebten. Er bewegte sich leicht vornübergebeugt, war angespannt, auf überraschende, gefahrvolle Situationen vorbereitet.

Kajetan wagte einen verstohlenen Blick. Er bemerkte, dass der Grenzer die Alten, die Frauen und Kinder nur mit einem kurzen Blick streifte und niemand nach Papieren fragte.

Sie suchten einen Mann. Einen, der als gefährlich eingeschätzt wurde, vielleicht sogar bewaffnet war. Einen, auf dessen Papiere sie nichts gaben, weil anzunehmen war, dass sie gefälscht waren. Von dem sie jedoch eine Personenbeschreibung hatten, welche eine vermutlich nicht veränderbare, unverwechselbare Äußerlichkeit aufwies.

Kajetan betrachtete sich in der Spiegelung des Fensters. Noch immer kam er sich fremd vor: Er hatte seinen Bart bis auf eine kleine Bürste über der Oberlippe abrasiert, sein Kopfhaar beinahe militärisch gestutzt und seinen Scheitel verlegt, was sein Gesicht breiter wirken ließ. Aber würde er die Beamten damit täuschen können?

Dabei war bisher alles nach Plan gelaufen. Noch vor Sonnenaufgang hatte die Witwe Süssmayr, seine Nachbarin in der Hildegardstraße, an die Tür des Verschlags hinter ihrem Bücherlager geklopft. In diesem hatte sich Kajetan bereits seit mehreren Wochen verborgen gehalten, nachdem nicht mehr daran zu zweifeln war, dass es ein Mordkommando auf ihn abgesehen hatte. Dabei hatte er keinen Schimmer, wer es überhaupt darauf anlegte, ihn aus dem Weg zu schaffen. Und warum? Er ahnte, dass es etwas mit seinem letzten Fall zu tun haben musste, in dessen Verlauf er mit der erst kürzlich gegründeten Politischen Polizei in einen Konflikt geraten war, der ihm beinahe das Leben gekostet hatte. Ein Fall, bei dem nicht ausgeschlossen war, dass auch die Nazi-Partei in ihn verwickelt war. Waren es die Nazen, die Jagd auf ihn machten? Arbeitete die Polizei mit ihnen zusammen? Aber wie kämen auf die Republik vereidigte Polizeibeamte dazu, mit Feinden des Staates gemeinsame Sache zu machen? Ein unglaublicher Skandal wäre das doch, hatte er Frau Süssmayr bestürmt. Worauf die alte Frau ihn nur ein wenig mitleidig gemustert, fast unmerklich den Kopf geschüttelt und geschwiegen hatte. Nur eines sei sicher, meinte sie: dass Kajetans Wohnung im Hinterhaus seit Tagen von wenig vertrauenerweckenden Gesellen observiert würde, denen man die schlechte Absicht schon am Gesicht ablesen könne. Denen in die Hände zu fallen, würde sie ihm jedenfalls nicht wünschen.

Ein letztes Mal hatte ihm die alte Frau eingeschärft, wie er den Weg bis zur Grenze zurückzulegen, mit wem er, wenn er dort angekommen sei, Kontakt aufnehmen müsse. Er war nicht einmal mehr dazu gekommen, sie zu befragen, wie es eine biedere Ladnerin wie sie zustande gebracht hatte, innerhalb kürzester Zeit Kontakt zu jener geheimen Schleuserorganisation herzustellen, die ihn bald über die grüne Grenze bringen sollte. Zu mehr als einer Andeutung darüber, dass ihr verstorbener Ehemann eben ein alter Soze gewesen sei, der als junger Kerl noch die Verbotszeit miterlebt hatte, hatte sie sich nicht bewegen lassen.

Nachdem Kajetan die Anweisungen zu ihrer Zufriedenheit wiederholt hatte, steckte sie ihm wortlos den neuen Ausweis und ein Bündel Scheine zu. Beinahe schroff wehrte sie seinen Dank ab. Sonst sei er gesund? Was fasele er da? Habe er ihr nicht vor Kurzem in einer verzweifelten Lage geholfen? Na also!

Sie drängte ihn zur Tür. Vor der Toreinfahrt stand ein Fuhrwerk, wie sie die Bauern des Umlandes zur Belieferung des Viktualienmarktes benutzten. Der behäbige Fuhrknecht und die Alte verständigten sich mit einem verschwörerischen Nicken. Nachdem sie sich mit flinken Blicken in alle Richtungen vergewissert hatte, dass noch niemand auf der morgendlichen Gasse zu sehen war, winkte die alte Frau in das Hausinnere. Kajetan schlüpfte hinter die Plane der Ladefläche und kroch unter die leeren Kartoffelsäcke.

Wenig später hörte er, wie das Gefährt das holprige Pflaster der Altstadtgassen verließ und in die Prinzregentenstraße einbog. Schnaubend quälte sich das Zugtier das Isarufer empor. Nach mehreren Stunden hielt das Fuhrwerk außer Sichtweite des Grafinger Bahnhofs, und kurz darauf befand sich Kajetan bereits auf dem Weg durch eine unwirkliche, von Nebel verhüllte Landschaft. Dampfige Wärme erfüllte die Luft seines Abteils, sie vermischte sich mit dem süßlichen Qualm, der aus der Pfeife eines älteren Mannes mit gefurchten Zügen emporstieg. Neben ihm fütterte eine stämmige Bäuerin ihren kleinen Jungen mit Brotstücken. Die anderen Fahrgäste – ein ungesund rotgesichtiger Bursche im Armeerock und ein älterer Mann in einem schäbigen dunklen Anzug und ölig über die Glatze geklebtem Haar – sinnierten schläfrig vor sich hin und lauschten dem gleichmäßigen Takt, den die Räder des Zugs auf den Gleisnähten schlugen.

Gegen die Mittagszeit riss der Himmel auf. Die gezahnte Silhouette des Gebirges glitzerte in der Ferne, als Kajetan den Zug eine Station vor dem Grenzbahnhof verließ und nach kurzem Warten in den Wagen der ›Alpenkraftpost‹ umstieg.

Der Bus war bis auf wenige Plätze besetzt. Mehrere Passagiere waren an ihren gewalkten Jankern als Bewohner der Region auszumachen, bei anderen verrieten Kleidung und Ausrüstung, dass es sich bei ihnen um Touristen oder Bergsteiger handeln musste. Auch Kajetan trug wetterfeste Wandermontur und Rucksack. Niemand nahm Notiz von ihm, nicht mehr jedenfalls, als es die Höflichkeit erforderte, mit der sich die in enge Sitze gepferchten Reisenden untereinander zu arrangieren hatten. Die nervöse Wachsamkeit, die noch zu Beginn seiner Reise seinen Puls beinahe schmerzhaft angetrieben hatte, war allmählich von ihm abgefallen und dem Gefühl gewichen, er befände sich bereits in Sicherheit.

Er hatte sich zu früh gefreut.

Der Grenzpolizist war nur noch wenige Schritte von ihm entfernt. Er verharrte bei einem jüngeren Mann mit eingefallenen Wangen, der sich bemühte, der strengen Musterung des Beamten trotzig standzuhalten.

»Tuns den Hut runter!«, befahl der Fahnder. Der junge Mann gehorchte.

»In Ordnung!«, gab der Grenzer schließlich brummend von sich. Er drehte ab.

Ein Kleinkind auf den vorderen Plätzen hatte zu weinen begonnen, als sich neben Kajetan ein dunkler Schatten aufbaute. Kajetan hob das Gesicht, streifte für den Bruchteil einer Sekunde den ausdruckslosen Blick des Polizisten. Hinter dessen Stirn schien es zu arbeiten.

Kajetans Muskeln spannten sich unwillkürlich, sein Herz pochte an seine Rippen. Panik ergriff ihn. Flieh!, schrie jede Faser seines Körpers, doch im selben Augenblick erfüllte ihn das Gefühl einer lähmenden Resignation.

Er hatte verloren.

Und jetzt würde er sich nicht weiter lächerlich machen.

Er würde aufstehen, die Hände heben und sagen: Ersparen wir uns das Theater, Leute. Ihr habt mich.

Er öffnete den Mund. Seine Zunge fühlte sich pelzig an.

»Wohin gehts?«, hörte er. Es musste die Stimme des Sergeanten gewesen sein.

Vor Kajetans Augen flirrte es.

»Nach…«, er musste husten, »…ins Gebirg.«

»In Ordnung.«

Der Fahnder ging weiter. Als Kajetan die Augen wieder hob, hörte er die nölende Stimme seines Sitznachbarn wie aus weiter Ferne: »Um was gehts denn eigentlich, Herr Wachtmeister? Wen suchens denn?«

»Meinens, dass Ihnen des was angeht?«, raunzte der Sergeant über die Schulter.

»Entschuldigens, ich –«

»Ruhe!«

Kajetan saß wie betäubt. Erst nach einer geraumen Weile nahm er wahr, dass die Grenzpolizisten den Wagen wieder verlassen hatten und der Bus die Fahrt unter dem jetzt umso lebhafteren Geschnatter der Passagiere fortsetzte. Je mehr seine Benommenheit wich, desto deutlicher spürte er, dass es in seinem Magen zu rumoren begonnen hatte. Er würde den Kondukteur bei der nächsten Station bitten müssen, ihn für einige Minuten aus dem Wagen zu lassen.

*

Gemeinde Zellach, Bezirk Dornstein (Oberbayern)

Schon berührte die sinkende Sonne die Zinnen des Gebirges im Westen, doch noch immer spannte sich ein makellos tiefblauer Himmel über das Zellacher Tal. Über den ostwärts gerichteten Hängen herrschte bereits Dämmerung, als der staubgelbe Bus die letzte Steigung vor dem Ort emporschnaubte, wenig später auf den Dorfplatz einbog und neben der Kirchhofsmauer zu stehen kam.

Die letzten Fahrgäste verabschiedeten sich voneinander unter gelassenem Geplauder. Der Kondukteur sprang federnd vom Trittbrett, hantierte am Verschluss einer Seitenklappe, öffnete sie, entnahm ihr einen schlaffen Postsack und steuerte die Poststation am Ende des Platzes an.

Kajetan hatte sich an der Haltestange neben der Einstiegstüre festhalten müssen. Einige Atemzüge lang hatte er das Gefühl, der Boden schwanke unter seinen Füßen – die letzten Kilometer auf der schmalen Gebirgsstraße waren eine Tortur gewesen, Kurve hatte sich an Kurve gereiht, polternd, schaukelnd und spotzend hatte sich der Wagen auf der von Schlaglöchern übersäten Straße das Hochtal hinaufgekämpft.

Kajetan atmete tief durch. Klamme Kälte füllte seinen Gaumen, biss in seine Schleimhäute wie winzige Nadelstiche, er musste heftig niesen. Ein älterer Wanderer, der schweren Schrittes die Hauptstraße hinaufstapfte, sah zu ihm herüber, wandte sich aber, als sich ihre Blicke kreuzten, sogleich wieder ab.

Ein eisiger Windhauch fegte über den Dorfplatz, versetzt mit dem süßfaulen Geruch dampfenden Dungs. Eine gelassene Ruhe lag über dem Ort; nur noch wenige Menschen waren unterwegs. Über einigen der Dorfhäuser, die sich auf mehreren Hangstufen um die kalkgelb verputzte Pfarrkirche scharten, stand die dünne Rauchsäule eines Herdfeuers. Die Felder des engen Talgrundes waren abgeerntet, einige der schmalen Ackerstreifen bereits schwarz aufgebrochen. Das plumpe Geläut einer Weideglocke drang an Kajetans Ohr, von einer Mühle im tiefer liegenden Ortsteil flog das Kreischen einer Holzsäge heran, irgendwo sprachen Leute miteinander; alle Geräusche vermischten sich mit dem steten Rauschen des milchgrünen Baches, dessen Wasser um glatt geschliffene Kalksteinblöcke tänzelte.

Er hob den Kopf. Im Westen und Osten flutete der Nadelwald wie ein schwarzes, lanzenbewehrtes Heer die steilen Hänge empor, an deren Ende er in herbstlich flammenden Laub- und Föhrenwald überging, um schließlich in von Felsblöcken übersäten Geröllhängen auszubranden. Darüber erhoben sich, fast senkrecht in schwindelerregende Höhen aufragend, die nackten Zinnen des Hochgebirges. Hoch über der Talsohle im Süden war ein baumloser Bergsattel zu erkennen, auf den sich das graue Band einer Straße zuschlängelte. An ihrem höchsten Punkt fing ein hell verputztes Gebäude das letzte Licht der untergehenden Sonne. Die Grenzstation.

Kajetan griff nach seinem Rucksack und machte einige unentschlossene Schritte zur Mitte des Platzes, als ihn ein energisches Klingeln hinter seinem Rücken zusammenfahren ließ. Ein kleines Mädchen mit wippenden Zöpfen, das Gesicht vor Eifer und Anstrengung gerötet und energisch in die Pedale ihres klapperigen Fahrrades tretend, bog vor ihm auf den Vorplatz der Gemischtwarenhandlung ein, sprang vom Rad und verschwand unter dem dünnem Patschen ihrer nackten Sohlen im Laden, den im selben Moment zwei Frauen mit gefüllten Einkaufskörben verließen, die, nachdem sie Kajetan einen flüchtigen Blick zugeworfen hatten, gemächlich über den Platz davonschlenderten.

Kajetan drückte sein Kreuz durch. Er bemerkte, dass sich die Luft binnen weniger Minuten abgekühlt hatte. Fröstelnd schulterte er seinen Rucksack und knöpfte seine Jacke bis unter das Kinn zu.

Bis jetzt hatte er den Zettel noch nicht zu Hilfe nehmen müssen, den man ihm in München in die Hand gedrückt hatte. Jetzt brauchte er ihn. Ein handgeschriebener Brief mit belanglos privatem Inhalt war es, der mit einem einfachen Zahlencode zu dechiffrieren war. Kajetan buchstabierte:

Peterbauerhof. Hinter Kirchplatz ueber Bruecke, erste Zweigung bergwaerts hoch…

Kajetan verstaute das Papier, fixierte die beschriebene Brücke und machte sich auf den Weg.

*

Die von Rillen der Fuhrwerke gefurchte Schotterpiste wand sich im Zickzack über strohbraune Hangstufen empor. Nach etwa einer Stunde flachte sich der Weg ab, um sich zu einer kleinen Rodung zu öffnen. An ihrem Ende stand der Peterbauerhof, breit und gedrungen, mit wettergrauen Holzschindeln gedeckt, von Obstbäumen in Herbstlaub umgeben.

Das Haus musste uralt sein. Über dem massigen Erdgeschoss – ein von wenigen Fensteröffnungen durchbrochenes Mauerwerk – hob sich das balkengezimmerte, von einer Altane umgürtete Obergeschoss. Der über der Stallung mit Brettern verschlagene Wirtschaftstrakt lehnte sich an die Rückseite des Hofgebäudes.

Ein Hund schlug empört an, als sich Kajetan dem Haus näherte. Wie überall in den Bergen war die Haustüre nicht verschlossen. Auf sein Rufen antwortete eine Frauenstimme aus einem Raum am Ende des dunklen Hausflurs. Kajetan folgte ihr.

Die junge Frau unterbrach ihre Arbeit nicht. Sie stand vor dem Herd und rührte in einer Pfanne. In einem Topf perlte kochendes Wasser. Dampf umnebelte sie und rötete ihr Gesicht. Sie war klein und stämmig, hatte das volle, dunkelbraune Haar unter ein Kopftuch verstaut, trug eine Schürze über einer ausgewaschenen Bluse und knöchellangem Kittel. Sie streifte ihn mit einem prüfenden Blick, bevor sie seinen Gruß erwiderte.

»Um was gehts?«

Den Peterbauern müsse er sprechen, sagte Kajetan. Er sei doch hier richtig?

Sie bestätigte es, ihm ihr Profil zuwendend. Der Bauer sei noch beim Viehgatter, müsse aber bald zurück sein. Sie wischte sich mit dem Handrücken über die glänzende Stirn und wies zur Stubentür. »Wenns Ihnen derweil hinhocken möchten, Herr?«

Kajetan nickte dankend, trat unter den niedrigen Türsturz hindurch und ließ sich am Tisch nieder. Eine Weile hörte er nichts als das leise Scheppern des Küchengeschirrs nebenan, dann ein angestrengtes Stöhnen. Er sprang auf und sah, dass sich die junge Frau in der Küche abmühte, ein Schaff an den Ausguss zu wuchten.

Er packte wortlos an. Sie streifte ihn mit einem dankbaren Blick.

»Was hat Er da verloren?«, schnauzte eine Stimme hinter ihm. Ein untersetzter Mann stand auf der Türschwelle, das Gesicht dunkel vor Wut. Er machte einen drohenden Schritt auf Kajetan zu.

»Er will zu dir«, sagte die junge Frau schnell.

»Was hat er dann in der Kuchl herumzuschlieffen?!«

»Karl. Spinn dich aus. Er hat mir bloß geholfen.«

Kajetan fasste sich. »Ich muss mit Ihnen reden, Peterbauer«, sagte er. »Ich hab gehört, dass Sie ein zuverlässiger Bergführer sein sollen.«

Der Bauer sah ihn scheel an. »Wer sagt dir so was?«

»Ein Herr Knecht in München, von dem ich Sie lieb grüßen soll.«

Lieb. Knecht. Die Parole. Die Züge des Bauern entspannten sich, zeigten aber noch immer Skepsis. Kajetan streckte die Hand aus. Der Bauer ergriff und drückte sie. Er nickte kaum merklich, als er dabei den abgewinkelten Mittelfinger seines Besuchers erspürte.

»Der Gruß geht retour«, sagte er.

»Gehts rüber«, sagte die junge Frau. »Ihr stehts mir im Weg umeinand.«

Der Peterbauer brummte etwas zur Antwort und ging voraus. In der Stube angekommen, zog er die Türe hinter sich zu.

»Nicht, dass die Schwester und ich ein Geheimnis voreinander hätten«, erklärte er. »Es ist bloß: Was die Lies nicht weiß, kann sie auch keinem erzählen.« Der Bauer deutete auf die Bank. Kajetan setzte sich.

»Und nimm mirs nicht krumm, dass ich dich …« Der Peterbauer unterbrach sich und rieb sich verlegen die stoppelige Wange. »Hab dich für einen anderen gehalten.«

Kajetan winkte verständnisvoll ab. Der Bauer hängte seine Schürze an den Wandhaken und nahm am anderen Ende des Tisches Platz. »Es ist nämlich schon länger keiner mehr da gewesen. Hab mir schon fast gedacht, dass die Zeiten besser werden und es den ganzen Krampf nimmer braucht.« Resigniert fügte er hinzu: »Hab ich mich wohl täuscht.«

»Bleibt er zum Essen, Karl?«, rief Lies durch die Tür.

»Nein.« Der Peterbauer sah Kajetan an. »Pass auf: Ich brauch ein paar Tag, um den Genossen drüben Bescheid zu sagen. Die sinds, die dich über die Muntenwand bringen. Die ist nämlich schon auf der österreichischen Seiten.«

»Es sind nicht Sie, der mich –?«

Der Bauer schüttelte den Kopf.

»Wo denkst hin? Ich kann nicht so lang von der Arbeit fort. Von mir kriegst bloß die Stell gesagt, wo sie dich abholen und durch die Wand bringen.«

Die Wand? Es hörte sich nicht nach einem bequemen Weg an. Der Bauer bestätigte es.

»Der Muntensteig ist kein kommoder Spazierweg. Wirst dich anseilen müssen.« Der Bauer grinste spärlich. »Bequemere Wege gäbs freilich. Aber da riskierst du, dass du einer Streifen der Grenzpolizei oder einem Revierjäger in die Quer kommst.«

»Wird denn oft kontrolliert da oben?«

»Sie sind seit einiger Zeit wieder schärfer geworden.« Der Peterbauer kratzte sich am Handrücken. »Frag mich nicht, wieso. Geschmuggelt wird bei Weitem nimmer so viel wie noch vor ein paar Jahr, das kanns nicht sein. Das Lästigste aber ist, dass es sich früher sofort rumgesprochen hat, wenn wieder eine Patrouille ansteht. Heut aber kriegst es fast nimmer raus.« Er hob das Gesicht und lächelte. »Aber in die Muntenwand hat sich noch keiner von denen reingetraut.«

»Wie lang wirds dauern, bis Sie –«

»Bis ich die Genossen von der *Gilde* drüben erwischt hab? Ein, zwei Tag tät ich sagen. Eher gehts nicht.«

»Kann ich derweil bei Euch unterkommen?«

Der Bauer schüttelte den Kopf. »Auf gar keinen Fall. Dafür kennen mich ein paar Leut im Dorf zu gut.« Er machte eine Kopfbewegung in Richtung der Küchentüre. »Und der Lies möcht ich auch nicht alles auf die Nasen binden.« Er verzog den Mund zu einem leichten Grinsen, das aber sofort wieder erlosch. »Du hast auch keinem gesagt, dass du zu mir gehst? Oder nach dem Weg zu mir gefragt?«

Kajetan verneinte. Er habe es genauso gemacht, wie man ihm gesagt hatte.

»Gut. Das Gescheiteste ist, dass du dir für ein paar Tag beim ›Taffern‹-Wirt drüben ein Zimmer nimmst und den Sommerfrischler markierst. Genug Geld dafür hast?« Das Nicken Kajetans registrierend, fuhr er fort: »Du gehst am besten auf der Stell los, bevors finster wird.« Er sah aus dem Fenster. Die Dämmerung hatte sich ausgebreitet. Langsam verglühte auch der rötliche Schimmer der Felswände im Osten. »Und wenn dich unterwegs jemand fragt, was du in der Näh vom Peterbauer zu suchen hast, dann lass dir was einfallen. Du hättest dich vergangen, oder so. Kapiert?«

»Wie krieg ich mit, wenns so weit ist?«

»Wirst dann schon merken«, sagte der Peterbauer. Wieder verkniff er den Mund zu einem schmalen Lächeln. »Du solltest es dir jedenfalls nicht mit den Kellnerinnen vom ›Taffern‹ verscherzen.«

»Mit denen soll sichs einer eh nie verscherzen«, gab Kajetan zurück.

Der Peterbauer lachte leise. »Das ist gescheit.«

*

Das Gasthaus »Taffern« lag an der Grenzstraße, einige Gehminuten oberhalb des Kirchdorfs, von dem es eine in das Tal ragende, bewaldete Felszunge trennte. Es war ein Gebäude aus dem 16. Jahrhundert, wenn nicht älter, behäbig, dreistöckig, bis an die Giebel aus Stein gebaut. Die der Straße zugewandte Fassade mit ihren meterdicken Wänden, tiefen Fensterlaibungen, runden Türöffnungen und holzschindelgedecktem Walmdach atmete Behaglichkeit und den unaufdringlichen Stolz seiner Erbauer. Eine verblasste, über dem Portal auf den kalkgelben Putz gemalte Fuhrleute-Szene erzählte davon, welche Gäste hier die Jahrhunderte hindurch Rast gemacht hatten.

Kajetan bat eine durch den geräumigen Hausflur huschende Bedienstete, nach den Wirtsleuten zu rufen.

Kurze Zeit später öffnete sich die Türe zum Gastraum. Eine Frau erschien, umkränzt von ausfallendem Licht und behäbigem Gemurmel. Mit kurzem Augenaufschlag taxierte sie ihn, bevor sie die Türe hinter sich zuzog, mit geschäftsmäßiger Freundlichkeit grüßte und sich hinter einem schmalen Pult postierte. Kajetan schätzte sie auf höchstens Mitte dreißig. Sie war kräftig gebaut, das volle, bäuerlich schöne Gesicht mit dichten, dunklen Brauen war von kastanienbraunen, zum Gretl-Kranz geflochtenen Haaren gerahmt. Sie stand aufrecht, den stattlichen Busen gereckt, die Linke auf die Hüfte gestemmt. Es musste die Wirtin sein.

»Der Herr wollen über die Nacht bleiben?«

Sie ließ eine Reihe ebenmäßiger Zähne sehen und sah ihn erwartungsvoll an. Kajetan, vom schnell zurückgelegten Fußmarsch noch immer außer Atem, bestätigte mit einem Nicken.

»Sind der Herr allein unterwegs?«

»Ja.«

»Ein Einzelzimmer also.« Sie zog das Belegbuch heran und schlug es mit einer resoluten Bewegung auf. Sie nickte zufrieden, als bestätige sich ihr das, was sie bereits wusste. »Habens Glück, Herr. Die Nummer sechs ist frei.« Sie bedachte ihn mit einem freundlichen Lächeln. »Wissens«, erklärte sie, »in der Nachsaison haben wir zwar nimmer viel Gäste, aber allerweil zu wenig Einzelzimmer.«

»Eines tät mir schon reichen«, gab Kajetan launig zurück.

Sie gab ein kontrolliertes Lachen von sich und erkundigte sich nach der Dauer seines Aufenthalts. Zwei, vielleicht drei Nächte, antwortete Kajetan. Er würde am Tag seiner Abreise rechtzeitig Bescheid sagen.

»Wie der Herr möchten.« Sie nahm seinen Pass in Empfang, griff sich einen Stift, beugte sich über das Belegbuch und trug seinen Namen ein. Dann schlug sie das Buch zu, schob es zur Seite und gab ihm den Schlüssel.

»Erster Stock, Zimmer sechs. Ich lass Ihnen Bescheid geben, wenns zum Essen ist.« Wieder blitzten ihre Zähne. »Einen schönen Aufenthalt wünsch ich Ihnen bei uns, Herr Paul.«

»Den werd ich haben, Frau Wirtin«, sagte Kajetan.

Sie hatte sich bereits abgewandt. »Ich bin nicht die Wirtin«, korrigierte sie über die Schulter. Kajetan schien es, als hätte sich kurz ein Schatten über ihr Lächeln gelegt. »Ich kümmer mich bloß um die Wirtschaft.« Sie rief mit befehlsgewohnter Stimme in die Tiefe des weiten Hausflurs: »Mariedl?« Ihre Stimme war im Gewölbe noch nicht ausgehallt, als am Ende des Ganges eine Türe klappte und sich ein junges Mädchen näherte.

»Mariedl, du zeigst dem Herrn gleich die Sechs, hast mich verstanden?«

»Ist recht«, sagte das Mädchen mit gesenktem Kopf.

Die Kammer roch nach altem Mobiliar, war aber blitzsauber. Den gewachsten Bohlenboden bedeckte ein Flickenteppich, aus der gestärkten Bettwäsche strömte der Duft eines herben Waschmittels.

Kajetan öffnete das Fenster und beugte sich hinaus. In der Ferne glühten die Lampen der Grenzstation durch die Finsternis. Sein Blick wanderte höher. Der Mond war noch nicht aufgegangen, nur ein einsamer Stern flimmerte in der scharfen Luft. Vor dem Nachthimmel zeichneten sich die pechschwarzen Umrisse des Hochgebirges ab.

Ein plötzlicher Schauder durchlief Kajetan. Dort oben musste sich der illegale Grenzübergang befinden. Die Barriere schien ihm mit einem Mal unüberwindlich, etwas Feindseliges ging von ihrer lauernden Unbewegtheit aus.

Er schloss das Fenster, hockte sich auf die Bettkante und vergrub sein Gesicht in seine Hände. Bleierne Müdigkeit ergriff ihn.

Er wusste, wie gefährlich diese Momente für ihn waren, in denen er ins Grübeln geriet, in denen die Zuversicht mehr und mehr aus ihm wich, wie die Luft aus einem angestochenen Ballon.

Prompt brach sich wieder eine Verzagtheit Bahn, die ihn in den letzten Wochen schon mehrmals heimgesucht hatte. Sie hatte ihn das erste Mal überfallen, als er sich in diesem lichtlosen Bretterverschlag in München verkriechen hatte müssen. Er hatte sich wie ein gefangenes Tier gefühlt, zu lähmender Untätigkeit verdammt; es zerfraß seinen Stolz, wie ein Kleinkind auf die Hilfe und die Entscheidungen seiner alten Nachbarin angewiesen zu sein.

Er stemmte sich gegen dieses Gefühl. Es gelang nicht mehr. Seine Gedanken gerieten sofort wieder in einen fiebrigen Wirbel, stolperten übereinander, verkeilten sich.

Wie sollte es überhaupt weitergehen, nachdem man ihn über die Grenze geschleust haben würde? Er überschlug im Geiste seine Barschaft. Mit dem, was er bei sich hatte, waren, wenn er sparsam war, vielleicht drei Monate zu überstehen. Doch nach dieser Zeit würde er sich nur noch in die Schlangen irgendwelcher Wohlfahrtsspeisungen in Innsbruck oder Wien schmuggeln können, würde obskuren Hilfsorganisationen etwas vorjammern müssen, um eine warme Speise oder ein paar Münzen in die Hand gedrückt zu bekommen. Und wie lange sollte das gehen?

Nein, er musste versuchen, drüben so schnell wie möglich auf die Beine zu kommen. Als Saisonhelfer in einem abgelegenen Gehöft vielleicht, für Kost und Logis? Als Waldarbeiter? Oder gar – ha! – frech und offen, wieder als Detektiv? Aber ginge das überhaupt, ohne Land und Leute zu kennen, ohne Verbindungen zu haben, die er in seinem Beruf dringend brauchte?

Jede der Lösungen, die im Gewirr seiner Gedanken auftauchten und die er zu greifen versuchte, entglitt ihm wie glitschige Fische, sie bespöttelten einander als Schnapsidee, und sofort stürmte auch wieder eine andere Sorge heran: Wo würde er überhaupt bleiben können? In Österreich, wo, wie man gelesen und gehört hatte, die Rechten und die Hitlerischen ebenfalls damit begonnen hatten, die Republik zu unterwühlen? Oder sollte er nach Italien gehen, wo aber auch Mussolini und seine schwarzen Kolonnen bereits an der Macht waren? Vielleicht in die Schweiz hinüber, wo man ausländische Habenichtse erst recht nicht mit offenen Armen empfing? Während er noch über diese Fragen brütete, schlugen seine überreizten Gedanken erneut einen Haken: War es überhaupt richtig gewesen zu fliehen? Hatte er sich von seinen Feinden zu früh die Schneid abkaufen lassen? Hätte er nicht doch ausharren, losbrüllen, die Fäuste schwingen, dreindreschen sollen in die dreisten und siegesgewissen

Visagen seiner Gegner? Er hatte sich diese Frage immer wieder gestellt, und jedes Mal schmerzte sie ihn mehr. War er ein Waschlappen, ein Feigling, der nicht Manns genug war, sich zu wehren?

Kläglich verteidigte sich eine innere Stimme, dass seine Entscheidung richtig gewesen war, weil er diesem Kampf niemals gewachsen gewesen wäre. Einer wie er konnte nicht gegen einen Feind gewinnen, der sein Netz wie eine Spinne über die Stadt gesponnen hatte, überall und nirgends lauerte und dessen Beweggründe ihm fremd waren. Keine Vernunft war mehr darin zu erkennen; was er davon wahrnahm, war nichts als Dummheit. Und grenzenlose Brutalität.

Gleichzeitig fühlte er zu seinem Erstaunen – denn sonderlich sentimental war er nie gewesen –, wie sehr er doch an seiner Heimatstadt hing.

Denn mochte München manchmal noch so unwirtlich sein, in der kalten Jahreszeit nach dem bitteren Ausstoß der Biersiedereien, nach Schwefel und Kohlerauch stinken, mochten die Leute dort einmal freundlich und voller Güte, ein anderes Mal wieder entsetzlich dumm, vom Grant und von Bosheit zerfressen sein – er hatte einfach alles *gekannt*. Er hatte die Sprache der Menschen seiner Umgebung verstanden, ihre groben wie ihre feinen Gesten begriffen und daher immer zu wissen geglaubt, was zu tun war, wenn er wieder einmal in eine verzwickte Situation geraten war. Und hin und wieder war es ihm sogar gelungen, das Richtige zu tun.

*

Lacken-Kaser, ca. 1500 M. ü. d. M.

Lipp Kerschbaumer schob die verwitterte Türe des Kasers hinter sich zu und schlurfte zur Pritsche. Er hielt die Luft an, biss die Zähne zusammen. Jeden Muskel angespannt, ließ er sich vorsichtig auf die Schlafbank sinken. Als seine Schulterblätter das Brett berührten, presste er den gestauten Atem durch die Zähne. Der pochende Schmerz in seinem Bein klang langsam aus und ging in ein dünnes, heißes Pochen über.

Wieder war alle Mühe umsonst gewesen. Er hatte sich den steilen Pfad zum Engpass emporgeschleppt, doch die Höhlung unter dem Felsblock war leer gewesen wie an den Tagen zuvor. Seine Helferin hatte es wieder nicht geschafft, das Versteck mit einem Laib Brot, etwas geräuchertem Fleisch und sauberem Verbandszeug aufzufüllen. War ihr etwas zugestoßen, hatte sie jemand beobachtet und abgefangen? Hatte man sie gezwungen, sein Versteck preiszugeben? Waren seine Verfolger längst unterwegs, bezogen sie bereits Posten im Wald um die Blockhütte, um ihn festzunehmen?

Nein. *Sie* würde ihn nie verraten. Allein schon damit, wie sie ihn, von den Dorfleuten unbemerkt, in diesen von der Welt vergessenen Kaser hinaufgelotst hatte, hatte sie ihm ihre Umsicht bewiesen. In dieses Hochtal begab sich kein Bauer und Jäger mehr, seit der Talweg von einem Felssturz in die Schlucht gerissen worden war. Denn dadurch war auch der Pfad verödet, der einst vom höher gelegenen Engpass am Lacken-Kaser vorbei ins Tal führte. Kein Hirte würde diese beschwerliche Sackgasse ohne Not betreten. Die Grenzpatrouillen mieden ihn erst recht. Auch sie wussten: Kein Schmuggler oder Illegaler käme je auf die Idee, auf diesem Pfad die Grenze zu überqueren.

Auf der Herdstelle knisterte letzte Glut. Lipp starrte mit weiten Augen zum rauchgeschwärzten Dachstuhl. Zwischen den Sparren flatterten staubsatte Spinnweben in der Zugluft. Aus dem gleichmäßigen Rauschen vor dem Kaser hob sich ein hoher Ton, näherte sich wispernd, rüttelte sacht an den gesprungenen Scheiben des winzigen Fensters und segelte wieder in die Nacht zurück.

Als er ein Junge war, hatte Lipp die Nächte auf den einsamen Hochalmen geliebt, und noch bis vor wenigen Wochen war er mit seinem Schicksal auch leidlich zufrieden gewesen. Jetzt aber hatte es ihn mit einem brutalen Tritt aus allem gestoßen, was zuvor sein Leben ausgemacht hatte. Noch immer verstand er nicht, wie er in diese hoffnungslose Lage hatte geraten können. Hatte er sich nicht immer bemüht, jeden seiner Schritte mit Bedacht zu tun? Er war nie ein gedankenloser Luftikus wie viele seiner Altersgenossen gewesen, hatte seine Entscheidungen meist quälend lange abgewägt. Etwas in seinem Inneren hatte ihm immer zugeraunt, dass das Leben einem wie ihm nicht allzu viele Fehler erlauben würde.

Wo hatte er seine Vorsicht über Bord geworfen, wo versäumt, auf sein inneres Alarmsignal zu hören? Und warum?

War der Dosch-Jakl an allem schuld? Weil er ihn in etwas hineingezogen hatte, was nie wirklich das Seine gewesen ist?

Ihre Freundschaft hatte bei einem Sommerfest des Kanu-Vereins ihren Anfang genommen. Eine laue Nacht war es gewesen, farbige Lampions hingen zwischen den Bäumen, Musik spielte zum Tanz auf. Lipp hatte es auf ein Mädchen abgesehen und sich – da er sich bewusst war, nicht gerade ein Meister der geschmeidigen Annäherung zu sein, ihm die

Angst vor einer Abfuhr jedes Mal die Kehle zuschnürte und er sich zum Affen machte – ein wenig Mut angetrunken. Prompt kam er einem anderen ins Gehege, der sich ebenfalls sicher war, dass der kokette Augenaufschlag der hübschen Haidhauserin nur ihm gegolten haben konnte.

Es musste der Alkohol gewesen sein, der Lipp damals dazu verleitet hatte, sein schmächtig wirkendes Gegenüber zu unterschätzen. Jakl war nämlich durchaus in der Lage, seine körperliche Unterlegenheit mit überraschender Wendigkeit auszugleichen. Flink tauchte er unter Lipps klobigen Angriffen weg, hielt den wutentbrannt auf ihn einstürmenden Gegner mit schmerzhaften Faustschlägen auf Brust und Bauch auf Distanz und setzte nach, als diesem langsam zu dämmern begann, dass er dieses Mal womöglich kein leichtes Spiel haben würde. Irgendwann floss etwas Klebriges in Lipps linkes Auge, und er ahnte, dass es sein Blut sein könnte. Spätestens jetzt fanden die anderen Festgäste, dass die Sache kein Spaß mehr war. Energisch trennte man die beiden Kampfhähne.

Im Morgengrauen krochen Lipp und Jakl aus einem Gebüsch hinter dem Vereinsheim hervor. Noch immer halb bewusstlos, kotzten sie sich die Seele aus dem von Bier und Schnaps vergifteten Leib und teilten ihre Wut auf *die Weiber,* was ihr ramponiertes Selbstbewusstsein wieder halbwegs aufmöbelte. Derart einig geworden, beschlossen sie zögernd, sich auch sonst gar nicht so übel zu finden. Sie verziehen sich schließlich, dass Lipp neben einem mächtig geschwollenen Auge eine verschorfte Wunde am Haaransatz, Jakl einen abgebrochenen Eckzahn als Andenken an ihre misslungene Brautschau behalten würde.

Ihr Ansehen in der Ruderabteilung stieg wieder, als sie in den nächsten Monaten ordentlich loslegten. Zweimal heimsten sie bei der Landesmeisterschaft gegen die starken Nordbayern gute Plätze ein, einmal verpassten sie sogar knapp den Sieg.

So unähnlich sich die beiden äußerlich waren – Jakl war klein und schmalschultrig, wogegen Lipp eher die Solidität eines bäuerlichen Kraftkerls ausstrahlte –, so ähnelten sie sich darin, mit Worten nicht groß um sich zu werfen.

Was bei Lipp schließlich dazu führte, dass er sich eines Tages in der Schlange der Stempelgeld-Empfänger vor dem Arbeitsamt wiederfand. Er hatte seinem Meister bei Krauss-Maffei wortlos eine gescheuert, nachdem dieser ihn zu Unrecht beschuldigt hatte, ein Werkteil verhunzt zu haben. Obwohl die Kollegen und die Abteilungsräte gegen Lipps Rauswurf Sturm liefen, wurden deren Eingaben niedergebügelt. Monate vergingen, ohne dass er eine Arbeit fand. Immer häufiger griff er zum Bierkrug.

Bis Jakl ihn sich eines Abends vorknöpfte. Er solle endlich mit seiner Winselei aufhören, es sei ja nicht mehr zum Anhören. Was glaube er denn, warum er bei seiner Arbeitssuche auf so gar keinen grünen Zweig mehr käm? Ausgerechnet er, der eine Kraft habe wie ein Ochs, zupacken könne wie drei?

Lipp hatte ihn angeglotzt und ratlos die Schultern gezuckt.

Weil es eine schwarze Liste gibt, du Depp! Und weil darin dein Name steht, mit dem Zusatz: *Gefährlicher Aufwiegler. Vermutlich Kommunist.*

Lipp hatte sich empört. Diese Drecksäue! Er und Kommunist! Lüge!

Jakl hatte ihn von der Seite angesehen. Nach einer Weile erkundigte er sich in beiläufigem Ton, ob es nicht langsam Zeit dafür wäre.

Lipp, zunächst unschlüssig, war schließlich einer Einladung Jakls zu einer Veranstaltung der Giesinger Sektion gefolgt. Prompt musste er miterleben, wie diese von einer SA-Horde überfallen wurde. Wie immer hatte sich Lipp die Geschichte erst einmal ruhig angeschaut. Als jedoch abzusehen war, dass die Angreifer Erfolg zu haben drohten, schwollen seine Schläfenadern an – er war schließlich gekommen, um sich einen Vortrag über genossenschaftliches Bauen anzuhören, und was er bis zum Auftritt der Störer zu hören bekommen hatte, hatte interessant geklungen. Niemand hatte das Recht, ihn daran zu hindern, auch noch den Rest des Vortrages zu hören. Er stürzte sich in das Gewühl, versetzte dem Großmaul an der Spitze des Trupps mehrere krachende Ohrfeigen, packte ihn am Braunhemd, machte eine Drehung und schleuderte ihn den Angreifern entgegen. Der Anführer schlitterte über mehrere Tischplatten, bevor er seinen Kameraden vor die Füße plumpste. Überstürzt traten diese daraufhin den Rückzug an.

Bescheiden hatte Lipp das Lob der Anwesenden abgewehrt. Der Vortrag wurde wie geplant fortgesetzt. Die Versammlung endete in feuchtfröhlicher Geselligkeit, und noch am selben Abend unterzeichnete Lipp den Aufnahmeantrag in die bayerische Kommunistische Partei.

Nur wenige Monate später sah es danach aus, als müsse er diesen Schritt schon wieder bereuen. Die Nazen putschten, ihr Marsch wurde jedoch nach wenigen Kilometern von einer kleinen Abteilung der Landespolizei an der Feldherrnhalle gestoppt. Aber nicht nur Hitlers Partei wurde verboten, sondern auch die, der sich Lipp angeschlossen hatte.

Es war purer Trotz, dass er es sich nicht nehmen ließ, weiter zu deren geheimen Versammlungen zu gehen. Es war unter seiner Würde, seine Meinung verbergen müssen. Er war schließlich kein Verbrecher.

Die Polizei teilte seine Ansicht nicht. Lipp wurde geschnappt, eines Verstoßes gegen das Parteiengesetz verdächtigt und in eine Zelle im Keller der Polizeidirektion gesperrt. Obwohl er nach wenigen Tagen wieder freikam, war die Festnahme ein Schock für ihn gewesen. Wie ein wildes Tier war er in der Zelle herumgetigert, seine Brust drohte zu zerspringen, und er hatte Angst, verrückt zu werden.

Zermürbende Monate vergingen, bis die Partei ihre Schlupfwinkel endlich verlassen konnte. Mit unverminderter Energie wurde die Propagandaarbeit wieder aufgenommen.

Lipps Sache war es jedoch nie gewesen, sich bei Straßenaktionen und Demonstrationen vor die Leute zu stellen, Parolen zu brüllen oder gar Reden zu halten. Sollte doch jeder tun und denken, was er für richtig hielt. Wenn er nur den anderen in Frieden ließ.

Dafür konnten die Genossen stets auf Jakl und ihn zählen, wenn kräftige Burschen für den Saalschutz gesucht wurden. Als sie wieder einmal einem Trupp der Braunen heimleuchten hatten müssen, die frech in eine Versammlung in der »Haidhauser Bierhalle« geplatzt waren, hockte man anschließend noch in kleiner Runde zusammen.

Der Genosse Reinhard Hölzl, der Lipp bis dahin nicht aufgefallen war, von den anderen jedoch mit vertraulichem, zugleich respektvollem Unterton als ›Harti‹ angesprochen wurde, gesellte sich zu ihnen, entschuldigte sein Zuspätkommen mit einer wichtigen Sitzung, die länger als geplant gedauert habe. Er nickte anerkennend, nachdem ihm vom Geschehenen berichtet worden war. Ja, Leute wie Lipp und Jakl brauche die Partei. Duckmäuser, Maulhelden und windelweiche Herz-Jesu-Sozen, die sofort den Schwanz einzögen, wenn es gefährlich wurde, gäbe es schließlich genug.

Jakl, Lipp und Hölzl hatten ein Stück des Weges gemeinsam, als sie nach Mitternacht durch das schlafende Franzosenviertel gingen. Dabei war der Funktionär damit herausgerückt, dass man sich in der Parteispitze Sorgen um das um sich greifende Spitzelwesen mache. Die Münchner Genossen seien leider viel zu gutgläubig, würden jedem neuen Mitglied zu schnell Vertrauen schenken. Und was sei das Ergebnis? Vom Sonnleitner Ignaz, der bei der Sacco-und-Vanzetti-Demonstration vor wenigen Monaten wegen Widerstands verhaftet worden war, hätten Jakl und Lipp gehört? In letzter Minute habe eine dieser Ratten gegen ihn ausgesagt und dafür gesorgt, dass der Sonnleitner fast ein ganzes Jahr in Stadelheim eingebuchtet wurde.

Jakl und Lipp erinnerten sich. Eine gute, gemütliche und verlässliche Haut war der Sonnleitner-Naz gewesen, wie sie Aktiver in der Ruderabteilung der ›Naturfreunde‹. Sein Schicksal hatte jeden im Verein erschüttert. Naz' junge Ehefrau, zuvor schon feinnervig und vom Alltag überfordert, hatte wenige Tage nach der Urteilsverkündung den Gashahn aufgedreht. In letzter Sekunde waren sie und ihre zwei kleinen Kinder gerettet worden, doch seither dämmerte sie in der geschlossenen Abteilung der Psychiatrie vor sich hin. Bei ihren Kindern hatte gerade noch verhindert werden können, dass sie in ein Heim gesteckt wurden. Entfernt wohnende Verwandtschaft hatte sie aufgenommen, dem Ansehen nach nicht übertrieben erfreut.

Drecksäue, hatte Jakl geschimpft, und Lipp hatte zustimmend genickt. Allerdings, hatte Jakl mit Bestimmtheit hinzugefügt, für die Haidhauser, die Auer und die Giesinger Sektion könne er, was Spitzel beträfe, jederzeit die Hand ins Feuer legen. Hölzl hatte ihn schief angesehen und eine Weile beredt geschwiegen. Schön wärs, meinte er dann. Schließlich rückte er damit heraus, dass der geheime Abwehrdienst der Partei …

Was? So was gibts?, unterbrachen ihn seine beiden Zuhörer fast gleichzeitig. Unsere Partei hat *doch* eine Tscheka?

Freilich hat sie so was, hatte Hölzl geantwortet. Was seien die Zwei bloß für Träumer? Auch die Nazen hätten schließlich ihre geheimen Kommandos, von der Politischen Polizei würde er erst gar nicht anfangen. Da sei es doch mehr als logisch, dass die Partei ebenfalls so was brauche, oder?

Hölzl war kurz stehen geblieben und hatte die beiden am Ärmel gepackt: Dass das alles natürlich unter ihnen bleiben müsse, sei ja wohl klar, oder? Wehe, auch nur ein Wort davon dringe an die Öffentlichkeit! Er spreche nur deshalb offen zu ihnen, weil er die Überzeugung gewonnen habe, ihnen beiden könne die Partei vertrauen.

Lipp und Jakl waren einige Minuten schweigend neben ihm hergetrottet, bevor Hölzl andeutete, selbst bereits seit Längerem in einem der Tscheka-Kommandos aktiv zu sein.

Was er da so zu tun habe, hatte Jakl wissen wollen.

Nun … – Hölzl zögerte wieder, rückte aber dann doch mit der Antwort heraus –, nun, wie er ihnen schon erklärt habe, sei der derzeit absolut dringlichste Auftrag, die Spitzel in der Partei zu enttarnen.

Lipp war noch skeptisch. Seien es wirklich so viele?

Hölzl hatte geseufzt. Leider mehr, als er selbst für möglich gehalten habe. Jedenfalls habe er kürzlich den Schöttl Franz von der Sektion Haidhausen unter die Lupe nehmen müssen.

Den?!, riefen Lipp und Jakl fast gleichzeitig.

Ja, der!, hatte Hölzl ärgerlich gezischt. Hielten sie ihn etwa für einen Schwätzer? Wollten sie außerdem unbedingt gleich das halbe Franzosenviertel aufwecken mit ihrem Geplärre?! Und bevor sie ihn jetzt noch weiter mit offenem Maul anstieren und dann sagen würden, dass sie sich das überhaupt nicht vorstellen könnten, weil der Frisör Franz Schöttl doch so ein patentes Mannsbild sei, bei allen wegen seiner Geselligkeit beliebt, bejubelter Solist beim ›Volkschor‹ außerdem –

… du spinnst, hatte Jakl gejapst. Der Franzl doch nicht!

Hölzl wirkte, als habe er selbst noch gegen seine Erschütterung angesichts dieser Entdeckung anzukämpfen. Aber leider gebe es mittlerweile überhaupt keinen Zweifel mehr. Die Sache sei so traurig wie einfach: Könnten sie sich noch dran erinnern, wie der flotte Schöttl-Franz im letzten Jahr gut ins Schwitzen gekommen ist, weil ihm so ein Weibsbild – er war ja umschwärmt wie noch was, fast neidisch hätt eins werden können – hat anhängen wollen, er hätt sie dazu gezwungen, zur Engelmacherin zu gehen?

Jakl hielt dagegen: Aber der Franz ist doch freigesprochen worden! Diese Flitschn hat doch zum Schluss zugeben müssen, dass alles erstunken und erlogen gewesen ist!

Eben, hatte Hölzl sarkastisch genickt. Und genau damit haben sie ihn sich wahrscheinlich eingekauft. *Lieber Herr Schöttl,* näselte er, einen schmierigen Ermittler nachahmend, *wir lassen die Anklag gegen Sie fallen, und dieses hysterische Weib bringen wir auch dazu, dass sie die Goschen hält – wenn Sie uns Ihrerseits entgegenkommen …*

Schmarren!, war Jakl herausgeplatzt. Ich kenn den Franzl doch!

Hölzl wurde ungehalten. Die Partei gehe überhaupt nicht leichtfertig mit so was um! Es gebe eindeutige Beweise! Er wiederhole es: Ein!-deutige! Er selbst habe den Frisör einige Wochen beschattet, nachdem ein erster Verdacht aufgetaucht sei. Das Ergebnis habe sogar ihn umgehauen: Der Frisör hatte seit einiger Zeit eine neue Kundschaft, die sich meist nach Geschäftsschluss – seine Angestellte hat er dabei jeweils gnädig schon nach Haus geschickt – noch rasieren ließ.

Lipp hätte fast laut aufgelacht. Das sei doch ein Witz! Das sei der Beweis?

Das allein natürlich noch nicht, räumte Hölzl ein. Aber zwei dieser Kunden habe er eindeutig identifizieren können. Sie gingen in der Polizeidirektion ein und aus, seien dort offensichtlich derart daheim, dass sie an der Pforte nicht einmal mehr ihren Ausweis zeigen müssten.

Wirklich kein Zweifel?, hatte Jakl sich vergewissert, noch immer fassungslos.

Wenn er es ihnen doch sage, gab Hölzl zurück. Weder daran, dass der Schöttl-Franz ein Spitzel sei, noch daran, dass es nur seine Aussage gewesen sein konnte, die den armen Sonnleitner-Ignaz und seine Familie ins Unglück gerissen hatte.

Mit kummervollem Seufzen hatte Hölzl hinzugefügt: Tja, Genossen. Die Welt ist halt leider nicht so schön, wie wir sie gern hätten. Und wie weit wir mit unserer Gutmütigkeit kommen, haben wir ja im Neunzehner Jahr gemerkt, oder? Schon wieder vergessen, wie unsere Leut damals wie die Hasen zusammengeschossen worden sind?

Keiner der drei Männer hatte mehr ein Wort gesprochen, als sie sich am Isartorplatz voneinander verabschiedeten.

Damit hatte alles begonnen. Nein, Jakl trug keine Schuld. (Wie mochte es ihm jetzt überhaupt gehen? Fliehen hatte er in dieser Nacht im Holzlager an der Entenbachstraße wohl nicht mehr können. Oder doch?)

Er, Lipp, war allein für die missliche Lage verantwortlich, in die er geraten war. Weil er nicht mehr auf seine warnende innere Stimme gehört hatte, sondern sich von der Empörung über diese Spitzel-Schweinereien hatte übermannen lassen. Und weil es ihm geschmeichelt hatte, als ihm Hölzl mitteilte, dass man ihn zum Mitglied eines geheimen Parteikommandos erkoren hatte – ausgerechnet ihn, den noch immer ein wenig unbeholfen auftretenden Buben vom Land, den arbeitslosen Stempelgeld-Ansteher und Gelegenheits-Hilfsarbeiter.

Jetzt aber war er dahin, dieser kurze, mickrige Glanz in seinem Leben, diese kindische Freude am Abenteuer, jetzt moderte er auf dem halb verfallenen Lacken-Kaser vor sich hin, konnte nicht mehr vor und nicht mehr zurück. Von Tag zu Tag schwand seine Hoffnung, sein lädiertes Bein würde noch rechtzeitig verheilen. Was war es überhaupt, das ihm beim Auftreten immer häufiger höllische Schmerzen bereitete? Hatte er sich, als er in den Mühlbach sprang und wahrscheinlich auf ein Abflussrohr geprallt war, einen Fußknochen angebrochen? Was auch immer es sein mochte – mit dieser Verwundung würde er es nie schaffen, über die Muntenwand ins Österreichische zu gelangen.

Und bald würde Schnee fallen, er sah die Zeichen, konnte ihn riechen. Dann würde es auch seiner Helferin endgültig unmöglich werden, ihn noch zu unterstützen.

Lipp fühlte, dass seine Kräfte zur Neige gingen. Bald würde er eine Entscheidung fällen müssen. Viele Möglichkeiten hatte er jedoch nicht mehr zur Auswahl. Eigentlich waren es nur noch zwei.

Er würde sich stellen müssen. Oder mit allem Schluss machen.

Im Kaser herrschte jetzt eine Stille wie in einer Gruft. Der Wind hatte sich gelegt, der Mond war noch nicht aufgegangen.

*

München, Polizeidirektion Ettstraße, Abt. VI

Kommissar Leopold Amrainer versuchte, sich seine Verbitterung nicht anmerken zu lassen. Kaum tauchten irgendwelche Schwierigkeiten auf, hatte Polizeirat Dr. Trattner nichts Besseres zu tun, als sich ihn als Sündenbock auszusuchen. Konnte dieser blasierte Idiot nicht endlich wenigstens in Erwägung ziehen, dass es seine immer fragwürdiger werdenden Operationen selbst sein könnten, die Ursache für die Häufung der Pannen in der Politischen Abteilung der Münchner Polizeidirektion waren? Ein Kerl mit Rückgrat würde außerdem nicht zögern, als Abteilungsleiter die Verantwortung auf sich zu nehmen. Nicht so Trattner. Er war eitel, selbstgefällig, hielt sich für ein Genie der Polizeiarbeit. Fehler machten immer nur die anderen.

Amrainers Nackenhaare stellten sich wieder auf, als er das sägende Organ des Polizeirats in seinem Rücken vernahm.

»Ich frage mich noch immer, wie Ihnen das passieren konnte, Herr Kommissar«, nölte Dr. Trattner. »Ich hatte Sie doch ausdrücklich darauf hingewiesen, dass uns keiner der

Täter entwischen darf! Und was ist? Wir stehen da wie die Idioten! Die Zeitungen mokieren sich bereits über uns. Die Politische Abteilung sei unfähig, dem roten Terror Herr zu werden! Und wem habe ich das wieder einmal zu verdanken?«

Ruhig bleiben, Amrainer. Dieser Idiot ist es nicht wert, dass du dir seinetwegen ein Magengeschwür zulegst. Irgendwann wird sich der Oberschlaumeier im Gestrüpp seiner famosen Geheimoperationen verfangen und auf der Schnauze landen, dass es nur so kracht.

»Habs Ihnen doch schon erklärt«, verteidigte er sich lahm. »Der Philipp Kerschbaumer ist grad auf dem Abort gewesen, wie unsere Leut ins Haus sind. So was ist halt nicht vorauszusehen.«

»Ein dummer Zufall also wieder einmal, was?«

Der Polizeirat war näher gekommen. Ein Hauch Kölnisch Wasser drang an die Nase des Kommissars. Er hielt angewidert die Luft an.

»Ja«, sagte er heiser.

Der Polizeirat beendete seinen Rundgang und nahm wieder hinter seinem Schreibtisch Platz.

»Aber leider wieder einer, der nicht hätte passieren dürfen, Herr Kommissar Amrainer«, stellte Trattner eisig fest. »Ich meine mich weiterhin entfernt daran erinnern zu können, dass professionelle Polizeiarbeit beinhalten würde, bei einer derartigen Aktion das entsprechende Gebäude in einer Weise zu umstellen und zu sichern, dass keiner der Hausinsassen durch einen rückwärtigen Ausgang entkommen kann. Ich würde sogar zu behaupten wagen, dass es sich dabei um das einfache Einmaleins der Polizeiarbeit handelt.«

Amrainer fühlte sich unbehaglich. Was die verunglückte

Aktion im Holzlager an der Entenbachstraße betraf, war es schwer, seinem Vorgesetzten zu widersprechen. Tatsache war, dass er dem Einsatzleiter der Schutzpolizei zu sehr vertraut hatte. Dieser hatte ihm versichert, dass sich auf der Rückseite der verlassenen Sägemühle keine Tür oder ein Fenster befände, das verwinkelte Gebäude außerdem an den Bach grenze. Das winzige, von einem meterhoch wuchernden Holunder kaschierte Abortfenster mussten seine Leute übersehen haben. Dass er den Trottel von Einsatzleiter in einem Tobsuchtsanfall zusammengestaucht hatte, nutzte ihm jetzt auch nichts mehr. Philipp Kerschbaumer, der dritte Täter im Mordfall Schöttl, hatte fliehen können.

»Wenn Ihnen dazu nichts einfällt, mein lieber Herr Kommissar Amrainer, dann sage ich Ihnen, was ich vermute: Sie haben sich aus purer Bequemlichkeit zu sehr auf die Kollegen von der Schupo verlassen, obwohl ich Ihnen eingeschärft habe, jeden der Schritte dieser zuweilen äußerst unsicheren Kantonisten penibelst zu überwachen.«

»Es … es ist eben eine ziemlich komplizierte Aktion gewesen«, wehrte sich Amrainer schwächlich.

»Drei Männer von über einem Dutzend Beamter festzunehmen ist kompliziert?«, gab Trattner gehässig zurück. »Würde mir das ein Schutzmann auf der Straße sagen, könnte ich es ihm abnehmen. Nicht aber einem Kommissar der Politischen Abteilung – *meiner* Abteilung.«

Amrainer schüttelte gekränkt den Kopf. »Wir sind in den Tagen davor fast Tag und Nacht unterwegs gewesen, weil uns unser Gewährsmann immer wieder veränderte Zugriffsorte mitteilen hat lassen und den Zeitpunkt der gesamten Operation mehrmals verschoben hat.«

Der Polizeirat machte eine wegwerfende Handbewegung.

»Ihre Erklärungen interessieren mich nicht. Mich interessiert einzig und allein, dass meine Anordnungen ausgeführt werden. Das ist wieder einmal nicht geschehen.« Er fixierte sein Gegenüber kalt. »Ich sage Ihnen mit aller Deutlichkeit: Meine Geduld hat einen Punkt erreicht, an dem ich nicht mehr gewillt bin, auch nur den geringsten weiteren Fehlschlag hinzunehmen. Habe ich mich deutlich ausgedrückt?«

Kommissar Amrainer sah auf den Boden. »Jawohl.«

»Dann wäre hierzu alles gesagt«, schloss Dr. Trattner. »Jetzt erwarte ich Ihren Bericht darüber, was die Nachforschungen ergeben haben.«

Amrainer räusperte sich in seine Faust. »Unsere Verbindungsleute arbeiten mit größtem Nachdruck.«

Hinter Trattners blanken Gläsern blitzte es auf. »Faseln Sie mir nicht die Ohren voll, ja?! Ich will Ergebnisse hören, keine Erbauungsreden!«

Amrainer hatte sich unwillkürlich geduckt. Mit belegter Stimme fuhr er fort: »Wir gehen mittlerweile davon aus, dass der Philipp Kerschbaumer nimmer in der Stadt ist.«

»Woher wollen Sie das wissen?«, kläffte der Polizeirat.

»Unsere Gewährsleute haben bei allen seinen Freunden und Bekannten Erkundigungen eingezogen. Das Ergebnis ist negativ.«

»Hören Sie, Sie Ermittlergenie! In München gibt es Tausende von Löchern, wo sich eine Ratte wie er für längere Zeit verstecken könnte!«

»Aber nicht, ohne von irgendjemand unterstützt zu werden. Der Kerschbaumer war, auf Deutsch gesagt, arm wie eine Kirchenmaus. Er ist Hals über Kopf abgehauen, ohne mehr mitzunehmen als das, was er auf dem Leib hat. Das wenige, was ihm gehört hat, haben wir in seiner Unterkunft im Ledigenheim sichergestellt. Aber nicht einmal im Leihhaus hätt er dafür noch was gekriegt. Er hätte demnach spätestens nach, sagen wir, einer Woche mit jemand aus seinem Umfeld Kontakt aufnehmen müssen, um nicht zu verhungern.«

»Dann weiter«, drängte der Polizeirat, verärgert darüber, dass er in diesem Punkt Amrainer recht geben musste. »Gibt es Anhaltspunkte, wohin er geflüchtet sein könnte?«

»Er war, wie gesagt, eine arme Sau –«

»Fällt Ihnen eigentlich auf, dass Sie sich wiederholen?«

Für den Bruchteil einer Sekunde gab Kommissar Amrainer sich der Vorstellung hin, wie er der blasierten Herrenreiter-Visage Trattners eine schallende Ohrfeige verpassen würde. Er räusperte sich nervös.

»Ich möcht damit bloß sagen, dass damit schon mal ausgeschlossen werden kann, dass er in einen Zug gestiegen ist und sich so weit entfernt hat, dass er für uns nimmer erreichbar ist. Ins Ausland beispielsweise. Das hätt er sich unmöglich leisten können.«

»Richtig«, räumte Trattner ein. »Zumindest dann, wenn ihm niemand eine größere Summe zugesteckt hat.«

»Er dürft niemanden kennen, der mehr als nur ein Zehnerl übrig hat.«

»Und was ist mit seinen Parteigenossen? Der berühmten ›Roten Hilfe‹?«

»Können wir ebenfalls ausschließen. In den ersten zwei, drei Tagen hat definitiv keine Kontaktaufnahme stattgefunden, und bereits am dritten Tag hat, wie wir ja wissen, die KP den Anschlag auf den Schöttl verurteilt und die Täter als Parteischädlinge bezeichnet.«

Trattner winkte unwirsch ab. »Bekannt. Was also bleibt ihm?«

»Erfahrungsgemäß zieht es Leute von dieser Sorte, wenn sie in Not sind, immer dahin zurück, wo sie herstammen. Wenn einem keiner mehr hilft, tuts noch am ehesten die Familie. Alles, was wir bisher aus seinem Umfeld wissen, ist, dass das irgendwo im Chiemgau oder noch südlicher sein muss.«

»In der Nähe der Grenze also.« Trattners dünne Lippen zuckten geringschätzig. »Und wozu gibt es ein Einwohnerregister, wo all dies festgehalten sein müsste?«

»Wir haben bis heute Mittag dran gearbeitet, alle möglichen Verstecke in München zu überprüfen. Erst seit Kurzem können wir mit hoher Wahrscheinlichkeit ausschließen, dass er noch hier ist. Auch die Kriminalabteilung ist dieser Überzeugung.«

»Dann können wir ja erst recht beruhigt sein«, bemerkte Trattner ätzend. Er holte mit einer affektierten Bewegung seine Taschenuhr hervor und klappte den Deckel auf. »Jetzt ist es zwei Uhr nachmittags. Von hier zum Einwohneramt benötigt auch der lahmste Polizeibeamte nicht mehr als fünf Minuten, ganz abgesehen davon, dass der zivilisierte Teil der Menschheit bereits darüber informiert sein sollte, wie ein Telefonapparat funktioniert.«

Er erwarte die Information jeden Augenblick, sagte Amrainer.

»Die erwarte ich in der Tat ebenfalls«, näselte der Polizeirat. Er verstaute seine Uhr wieder in seiner Jackentasche. »Nun gut, Amrainer. Dann hören Sie mir jetzt zu: Aus Gründen, die Ihnen bekannt sein dürften, ist es nicht erstrebenswert, dass Kerschbaumer mit der Kripo in Berührung kommt. Für Sie, Kommissar Amrainer, bedeutet das: Sobald Sie seinen wahrscheinlichen Aufenthaltsort eingrenzen können, veranlassen Sie, dass in allen Grenzstationen in diesem Bereich verstärkt Ausschau gehalten wird. Nicht nur die Grenzwache, auch die Zollpolizei wird eingeschaltet, verstanden?«

»Alles schon geschehen«, warf Amrainer erleichtert ein.

»Na immerhin.« Trattner rang sich einen anerkennenden Blick ab und diktierte im Generalston weiter: »Zusätzlich haben die Kontrollgänge direkt an der grünen Grenze ab sofort intensiviert zu werden. Des Weiteren ist die Revierjägerschaft der entsprechenden Region umgehend zu informieren. Auch sie hat ihre Kontrollfrequenz bis zum Fahndungserfolg zu erhöhen. Und zuletzt ist mit der österreichischen Grenzpolizei Kontakt aufzunehmen. Grundsätzlich gilt: Falls sich neuerliche Probleme abzeichnen sollten, sei es mit einer der genannten Behörden oder anderer Art, bin ich augenblicklich zu informieren. Und das Wichtigste: Sobald der Bursche irgendwo aufgegriffen worden ist, ist er sofort unserer Abteilung zu überstellen. Haben Sie mich verstanden?«

»Natürlich«, sagte Kommissar Amrainer steif. Hielt ihn Trattner eigentlich für einen Anfänger? Was er befohlen hatte, war Routine, und Amrainer hatte längst die entsprechenden Anordnungen getroffen.

Eine unüberhörbare Besorgnis mischte sich in den Ton des Polizeirats, als er fortfuhr: »Wenn dieser Kerschbaumer nämlich irgendeinem Idioten von der Kriminalabteilung über den Weg läuft, könnten ein paar Köpfe rollen.« Mit drohendem Unterton ergänzte er: »Ich garantiere aber, dass es nicht der meine sein wird.« Er wartete eine Bemerkung des Kommissars nicht ab und sprach weiter, nun wieder sachlich: »Was ist eigentlich mit dem Zweiten? Dieser Jakob Dosch?«

»Ist ein ziemlich zäher Hund, aber immer noch ohne Bewußtsein. Er ist *in Behandlung.*«

»Sie wird hoffentlich demnächst zum Abschluss kommen.«

»Es wird alles dafür getan«, versicherte Amrainer. »Überraschungen wirds da keine mehr geben.«

»Gibts Neuigkeiten von Ihrem Mann?«

»Dem Hölzl?«

Trattner nickte ungeduldig. »Noch alles in Ordnung mit ihm?«

»Er weiß genau, was ihm blüht, wenn er nicht spurt. Aber solange ich ihm regelmäßig sein Geld anweise, ist damit nicht zu rechnen.«

»Und er ist noch da, wohin Sie ihn in Urlaub geschickt haben?«

»Das Leben in Wien ist um diese Zeit noch sehr angenehm. Im Übrigen steht er unter Beobachtung durch zuverlässige Gewährsleute.«

Der Polizeirat lehnte sich zurück.

»Es ist wohl klar, dass ich nichts anderes erwarte«, sagte er herablassend.

Amrainer legte seine Hände auf seine Oberschenkel und beugte sich vor, um aufzustehen. »Dann werd ich jetzt –«

»Hat irgendjemand gesagt, dass Sie entlassen sind?«, fauchte Trattner. Der Kommissar sank auf den Stuhl zurück und sah den Polizeirat fragend an. »Da wäre nämlich noch etwas, Herr Kommissar Amrainer.« Trattner richtete seine grauen Augen auf sein Gegenüber und ruckelte an seinem Brillengestell. »Eine Sache, bei der ich mich hundertprozentig auf Sie verlasse. Und wenn ich hundertprozentig sage, meine ich das auch. Sollten Sie dabei Mist bauen, sind Sie endgültig geliefert. Hab ich mich deutlich genug ausgedrückt?«

»Sie drücken sich immer deutlich aus, Herr Polizeirat«, sagte Amrainer mit ausdrucksloser Miene.

»Es dürfte Ihnen nämlich nicht entgangen sein, dass ich unbedingten Gehorsam verlange, Herr Kommissar. Ich stehe allerdings auch nicht an, treue Gefolgschaft zu belohnen. Wobei Ihnen als Stichwort genügen dürfte, dass demnächst einige Umbesetzungen in der Münchner Polizeidirektion erfolgen werden. Ob Sie bei etwaigen Höherstufungen berücksichtigt werden, liegt also in Ihren ureigensten Händen. Haben Sie das begriffen?«

Der Kommissar nickte.

»Dann hören Sie zu, Amrainer.« Trattner kritzelte einen Namen auf einen Zettel. »Sie beschatten ab sofort diese Person.« Er schob die Notiz über die Tischplatte. Amrainer beugte sich darüber. Er hob überrascht die Brauen.

Hatte der Kriminalrat endgültig den Verstand verloren?

»Oha«, sagte er.

»Ja. Oha«, echote der Polizeirat herablassend, nahm den Zettel wieder an sich und riss ihn in kleine Fetzen. »Und sollten Sie auch nur einem einzigen Menschen von diesem Auftrag erzählen, erledige ich Sie persönlich. Sie wissen vermutlich, dass ich kein Freund metaphorischer Ausdrucksweise bin. Ich meine es also ernst.«

»Ich weiß.« Amrainer zwang sich zu einem beschwichtigenden Lächeln. »Aber … was heißt ab sofort? Ich hab nämlich noch –«

»Ich brauche die Information nicht morgen oder noch später, sondern gestern. Und jetzt verschwinden Sie.«

*

Im Gebirge hielt der Herbst Einzug. In den Nächten hatte das Thermometer bereits die Frostgrenze berührt. Die Luft war scharf und feuchtkalt geworden. Erst gegen Mittag gelang es einer milchigen Sonne, sich durch den Morgennebel zu kämpfen und einige Flecken blassblauen Himmels freizulegen.

Die vergangenen drei Tage hatte Kajetan damit verbracht, im Dorf den von Natur und ländlicher Ruhe begeisterten Feriengast zu geben. Am Dorfkiosk erstand er demonstrativ einen Wanderstock, womit er die wenigen Sehenswürdigkeiten des Ortes abklapperte – ein mit barockem Zierrat überladenes Kirchlein, einige Kapellen, eine lauschige Waldklamm mit beeindruckenden Wasserfällen. Interessiert studierte er die Wegweiser, mit denen der neue ›Verkehrs- und Verschönerungsverein Zellach‹ seine Feriengäste durch Dorf und die Landschaft lotste.

Noch immer hatte der Peterbauer nichts von sich hören lassen. Zwar hatten sich gestern ihre Wege zufällig gekreuzt, als der Bauer mit seinem Pferdefuhrwerk über die Dorfstraße rumpelte, doch vergeblich hatte Kajetan auf ein unauffälliges Zeichen des Wiedererkennens oder gar der Aufmunterung gewartet. Der Peterbauer hatte mit ausdrucksloser Miene über ihn hinweggesehen und war kurz danach in der verrußten Höhle der Dorfschmiede verschwunden.

Auch an diesem Morgen war er wieder losmarschiert. Verbissen stapfte er gegen seine innere Unrast an. Die Bewegung tat ihm gut. Sie riss ihn aus seinen Grübeleien und brachte ihn dazu, von seiner Umwelt doch ein wenig Notiz zu nehmen.

Mittägliche Ruhe herrschte, als Kajetan wieder im Dorf eintraf. Er betrat das Café unterhalb des Kirchplatzes, bestellte eine Melange und ein Stück Apfelkuchen. Das Café war leer bis auf zwei ältere, städterisch gekleidete Damen, die sich hin und wieder eine vergrämte Bemerkung zuwarfen.

Mit der Bedienung, einer sich träge bewegenden, dafür umso gesprächigeren jungen Frau, war er schon gestern ins Plaudern gekommen. Sie möge den Herbst, der sommerliche Trubel im Gebirge sei nicht ihre Sache, hatte die junge Frau gemeint und dabei gegähnt.

Kajetan hatte freundlich Belangloses erwidert, als ihn eine Gruppe junger Männer vor dem Fenster ablenkte. Mit Schaufeln, Pickeln und ledernen Arbeitsschürzen ausgerüstet, marschierte der kleine Trupp mit behäbig wippenden Schritten die Dorfstraße hinab. An ihrer Spitze schritt ein hoch aufgeschossener, in eine flatternde Soutane gekleideter Mann in den Dreißigern. Seine Augen unter der hohen Stirn leuchteten vor Eifer. Fuchtelnd trieb er die Männer zur Eile.

Das Mädchen war Kajetans Blick gefolgt.

»Der neue Herr Hochwürden ist recht dahinter, dass das Klausenmoos trockengelegt und der Bach gedämmt wird«, erzählte sie. »Damit die Bauern da unten ein bisserl mehr Ackergrund haben und sich nicht gar so notig dahinzufretten brauchen.« Sie schenkte Kajetan mit unschuldigem Lächeln einen Blick in ihr züchtiges Dekolleté, während sie Kuchenteller und Kaffeetasse zurechtrückte und eine hartnäckige Fliege vom Kuchen wedelte. »Wird ja in der Stadt drin nicht anders sein. Die einen haben mehr, die anderen weniger, gell?«

Es würde dem Pfarrer bestimmt hoch angerechnet werden, hatte Kajetan vermutet.

Sie ließ sich mit einer Antwort Zeit. »Von den meisten schon«, meinte sie schließlich.

Wo er übrigens untergekommen sei? Ob er zufrieden sei?

Ach, im »Taffern« wohne er? Das sei keine schlechte Adresse. Elias Thannheiser, der Wirt, habe sein Haus im Griff, besser als mancher seiner Konkurrenten. Über den »Neuwirt« etwa, der dem Herrn Mannhardt gehöre – ein Auswärtiger aus München sei das, der sich aber mords wichtig mache im Dorf –, höre sie hin und wieder Beschwerden, aber bittschön, sie habe nichts gesagt, gell? Mit seiner Wirtschafterin, der Tischler Erna, habe der Thannheiser jedenfalls einen guten Griff getan. Was umso wichtiger sei, da Mena – seine Ehefrau sei das – für das Wirtschaftliche eher, naja, weniger begabt und eine ziemlich zurückhaltende Person sei. Sie selber kümmere sich nicht darum, es ginge sie schließlich nichts an. Aber manche Leute im Dorf machten sich Gedanken, weil –

Sie unterbrach sich, als eine Kundin an die Ladentheke trat.

Die Kaffeetasse schwenkend, sinnierte Kajetan vor sich hin. Dass an seiner Unterkunft nichts zu beanstanden war, stimmte. Dennoch war ihm aufgefallen, dass im »Taffern« eine seltsam gespannte Atmosphäre herrschte. Noch immer hatte er die eigentliche Wirtin nicht zu Gesicht bekommen. Dagegen war er dem »Taffern«-Wirt schon mehrmals begegnet. Elias Thannheiser war ein leutseliger Mittdreißiger mit kantigen Zügen und einem etwas verwegenen Schnauzer, stämmig und gewandt, Energie und Gelassenheit gleichermaßen ausstrahlend. Die Wirtschafterin dagegen, so umsichtig und zuvorkommend sie mit ihren Gästen verkehrte, schien mit ihren Bediensteten streng umzuspringen. Das Hausmädchen Mariedl, mittlerweile die einzige Kellnerin, wirkte in ihrer Gegenwart stets ein wenig verschüchtert, und ein alte Hausmagd war, als sie sich einmal im Gastraum hatte sehen lassen, von ihr mit einem barschen Befehl wieder in den Wirtschaftstrakt zurückgescheucht worden.

»Na, so was …« Die Stimme der jungen Frau holte Kajetan aus seinen Gedanken. Sie schaute aufmerksam aus dem Ladenfenster auf die Straße. Er folgte ihrem Blick und sah gerade noch, wie ein Mannschaftswagen der Grenzwache hinter der Straßenbiegung im Süden verschwand.

»Die Wachter siehst sonst bloß alle heiligen Zeiten im Dorf. Seit ein paar Tag aber sausens überall herum wie ein Schwarm aufgescheuchter Imben.«

Kajetan tat uninteressiert. »Ist denn was passiert?«

Sie zuckte die Schultern. »Weiß keins genau. Aber es wird geredet, dass sie nach einem suchen, der in München droben einen umgebracht haben soll.«

Aus der Ecke ertönte ein erstickter Schrei.

»Ein Mörder?«, hauchte eine der beiden Damen entgeistert.

Die Bedienung wandte sich ihnen zu. »Angeblich, ja. Aber wenns mich fragen, dann ist das ein Schmarren.« Sie tippte sich an die Stirn. »Als ob so einer so blöd wär, sich ausgerechnet bei uns in Zellach zu verstecken.« Sie lächelte den beiden Frauen beruhigend zu. »Glaubens mir, da braucht eins überhaupt keine Angst zu haben.« Zu Kajetan gewandt, fügte sie hinzu: »Die Leut reden halt viel, wenn der Tag lang ist, gell?«

Kajetan pflichtete ihr bei. Kurze Zeit später verließ er das Café. Im »Taffern« angekommen, fiel sein Blick auf ein verschlossenes Kuvert, das Unbekannte während seiner Abwesenheit unter die Tür geschoben hatten. Sein Herz machte einen Satz. Er riss den Brief mit zitternden Fingern auf.

Eine krakelige Skizze wies den Weg zur Holzstube im Wald des Peterbauern. Er sollte noch heute vor Einbruch der Dunkelheit dort sein.

*

Der Peterbauer tigerte bereits ungeduldig auf und ab, als Kajetan, vor Anstrengung schnaufend, auf der mit Gestrüpp überwachsenen Lichtung vor einem primitiven, mit Baumrinde gedeckten Unterstand ankam. Der Bauer sah argwöhnisch um sich, bevor er ihn in das Innere der Holzstube schleuste.

»Endlich!« Kajetan wischte sich mit dem Ärmel über die Stirn. »Hab schon gemeint, Sie haben mich vergessen, Peterbauer.«

»Ist nicht eher gegangen«, sagte der Bauer brummelnd. »Zur Zeit ist überall der Teufel los. Auch auf der österreichischen Seit sind die Posten verstärkt worden. Irgendein Halunk soll sich in der Näh rumtreiben. Soll einer sein, der in München droben was angestellt hat. Was Genaues bringst aber aus keinem raus.« Er sah Kajetan schief an. »Dir kann die ganze Gaudi ja nicht gelten, oder?«

»Peterbauer, ich kann Ihnen bloß sagen, dass ich keinen –«

»Hab ich das gesagt? Kann mich doch auf meine Leut verlassen. Und deswegen kannst endlich einmal mit deiner gespreizten *Sie*-Sagerei aufhören.« Der Bauer kratzte sich am Hinterkopf und rückte seinen Hut wieder zurecht.

»Ist bloß saudumm, dass das alles akkurat jetzt passieren muss.«

»Warum soll der Mörder eigentlich ausgerechnet bei Euch zu finden sein?«

»Möcht halt wahrscheinlich auch über die Grenz«, vermutete der Peterbauer. Er sah nach oben. »Wird er sich aber schwertun. Einen Bergführer findet so einer nicht. Und ohne den schafft ers auf keinen Fall.« Nachdenklich fuhr er fort: »Höchstens, wenn ...« Er unterbrach sich und schüttelte den Kopf.

»Wenn er von da wär?«, beendete Kajetan den Satz.

Der Bauer bestätigte mit einem Nicken. »Aber dann täten wir wissen, um wens sich handelt. Im Dorf ist jeder bekannt, der irgendwann auf München gegangen ist. Unter denen aber ist keiner, der so dermaßen unter die Räder gekommen sein könnt.« Wieder schien ihm ein Gedanke gekommen zu sein. Er öffnete den Mund zu einer Bemerkung, machte dann aber eine unwillige Handbewegung.

»Was jetzt deine Geschicht angeht, so hab ich rauskriegt, dass übermorgen wieder die Jäger aufsteigen. Schon zum zweiten Mal in der Woch. Das heißt, dass du unbedingt morgen früh schon rauf musst, sonst rennst ihnen direkt vor die Büchs. Auch wenn sie einen anderen suchen – wenn die Patrouille einen in der Näh der Grenz erwischt, nehmen sie ihn erst einmal fest und lassen ihn von den Kriminalern auseinanderklauben. Das dürfen wir nicht riskieren.«

Der Bauer kramte in seiner Schürzentasche und zog eine Skizze hervor. Mit dem Zeigefinger erklärte er den Weg zum Treffpunkt, eine vor vielen Jahren aufgelassene Almhütte. »Das ist die Bärenalm. Du musst einmal dort übernachten, weil die von der Gilde erst am nächsten Tag da sein können.

Im alten Stall liegt noch ein bissl Heu, damit deckst dich zu, verstanden? Dass es saukalt da oben ist, brauch ich dir ja nicht zu sagen. Aber die eine Nacht wirst überstehen.«

»Wie ist es eigentlich auf der anderen Seite? Patrouillieren die Österreicher nicht auch?«

»Schon.« Geringschätzigkeit klang aus der Stimme des Bauern. »Aber in die Muntenwand trauen sich die Herren Beamten nicht rein. Brauchst dir keine Sorgen zu machen.« Er sah Kajetan zweifelnd an. »Hast alles kapiert? Ist der Weg klar?«

Kajetan steckte die Skizze ein. »Peterbauer, ich...«, er suchte nach Worten, fand aber nichts als ein hilfloses »...ich hoff, ich kanns dir einmal vergelten.«

»Lass gut sein«, wehrte der Bauer ab. »Schau du bloß, dass du drüben gut weiterkommst. Und jetzt hau ab. Wird bald finster.« Er drehte sich zum Eingang.

»Ich möcht dich noch was fragen«, sagte Kajetan.

»Dann machs kurz.«

»Peterbauer – wenn die dir draufkommen, dass du mir und anderen über die Grenz hilfst, bist du geliefert.«

Der Bauer nickte grimmig. »Kann sein. Aber unsereins ist auch nicht grad auf den Kopf gefallen.«

»Aber du kennst mich nicht einmal.«

»Vielleicht kenn ich dafür die, die dich kennen?«

»Wer sind *die*?«

In den Augen des Peterbauern blitzte kurz Misstrauen auf, bevor er sich zu einer Antwort entschloss. »Wirst doch schon was vom Bauernbund gehört haben?«

Kajetan erinnerte sich vage. Im November 1918 war ein Führer des Bayerischen Bauernbundes Arm in Arm mit Kurt Eisner von Kaserne zu Kaserne gezogen. Ein Regiment nach dem anderen war zu den Revoluzzern übergelaufen. Am Abend desselben Tages waren die Jahrhunderte, in denen die Dynastie der Wittelsbacher über das Land geherrscht hatte, nur noch Geschichte gewesen. Nach dem Sturz der Räterepublik aber war der linke Flügel des Bauernbundes Zug um Zug entmachtet worden.

Der Peterbauer ergänzte finster: »Die Schwarzen und die Braunen drücken uns zwar von Jahr zu Jahr mehr auf die Seit, aber ein paar von uns gibts noch.«

Es klang trotzig und bestimmt. Eine leise Erschöpftheit in seinen Worten jedoch verriet seine Zweifel. Er hob die Hand zu einem angedeuteten Gruß und stiefelte davon. Nach wenigen Schritten hatte ihn der Wald verschluckt.

*

Kurz nach Sonnenaufgang, nachdem er seine Rechnung beglichen und dabei die Wirtschafterin beiläufig hatte wissen lassen, dass er noch einige Tage im Nachbardorf verbringen wollte, verließ Kajetan den »Taffernwirt«. Die eisige Luft glitzerte, dichter Nebel lastete über dem Tal und verhüllte die Sicht bis auf wenige Meter. Er war einige Schritte gegangen, als er einen warmen Bass in seinem Rücken vernahm.

»Gutmorgen, der Herr! Auch schon so früh auf?«

Aus dem Nebel tauchte Elias Thannheiser auf, gehüllt in einen wärmenden Wolljanker, den Hut über eine schwarze Stoffmütze gestülpt, und wie immer, wenn Kajetan ihn getroffen hatte, strotzend vor Tatkraft und guter Laune. Seine schweren Schuhe verrieten, dass er sich ebenfalls im Aufbruch befand.

Kajetan erwiderte den Gruß.

»Gehts wieder auf Wanderung, der Herr? Und wohin?« Der Wirt lachte beschwichtigend. »Nicht, dass ich neugierig wär. Aber es schadt nie, falls Ihnen was passieren sollt, verstehens? Dann wissen wir gleich, wo wir suchen müssen.«

Kajetan wiederholte, was er der Wirtschafterin erzählt hatte. Freilich könnte er auch den Postbus ins Nachbardorf nehmen, aber andere Gäste hätten ihm von diesem Höhenweg, den er stattdessen nehmen wolle, vorgeschwärmt. Der Wirt nahm es mit Erleichterung auf.

»Da kann nicht viel passieren, wenns auf dem Weg bleiben.« Befriedigt taxierte er Kajetans Kleidung. »Vernünftig angezogen sinds auch.« Er zog den Wollschal um seinen Hals enger und griff nach der Türklinke. »Das Wetter wird noch ein paar Tag halten. Aber man weiß halt nie, gell? Um diese Jahreszeit kanns ziemlich schnell umschlagen.« Er wiederholte: »Bleibens auf dem Weg, dann kann nichts passieren, gell?« Er wünschte einen schönen Tag, sagte, dass er sich freuen würde, Kajetan wieder einmal als Gast begrüßen zu dürfen, winkte jovial zum Abschied und verschwand im Haus.

*

Kajetan schritt zügig aus. Nach wenigen Kilometern Wegstrecke am Ufer eines kleinen Bergsees bog er in eine seit Längerem nicht mehr genutzte Driftrinne ab. Sie endete an einem ausgeräumten Holzeinschlag und ging in einen von Unkraut und Farn überwucherten Waldpfad über.

Die Steigung nahm stetig zu. Aus dem Waldboden dampfte der Geruch feuchter Erde, und in die scharfe Gebirgsluft mischte sich der bittersüße Brodem faulenden Holzes. Kajetan spürte, wie ihm der Schweiß aus den Poren trat und sich wie ein kalter Film über seine Gesichtshaut legte. Stur hielt er seinen Blick auf den Pfad gerichtet. Felsplatten und Geröll zu seinen Füßen schimmerten feucht. Er atmete stoßend, dachte an nichts, verlor jedes Zeitgefühl. Immer wieder musste er anhalten, um nach der Wegmarkierung Ausschau zu halten.

Fast unmerklich verflüchtigte sich der Nebel, faserte mehr und mehr in dünnen Schwaden aus, zwischen denen der Himmel matt blaute. Immer öfter lichtete sich der Wald und gab einen Blick auf die nebelverhüllten Täler und das leuchtende Grau des Hochgebirges frei.

Die Vormittagssonne brannte bereits seit geraumer Weile kräftig auf ihn herab. Dann hatte er die Baumgrenze unter sich gelassen. Er bewegte sich auf einem mit Felsblöcken übersäten Latschenfeld auf den Fuß der Steilwände zu.

Er bemerkte, dass seine Schritte unsicher zu werden begannen. Seine Muskeln rebellierten und drohten ihm nicht mehr zu gehorchen, seine Kehle brannte.

Kajetan erkannte, dass er zu schnell gegangen war. Er taperte auf ein schmales, von splitterigem Geröll bedecktes Plateau zu, ließ sich erschöpft zu Boden fallen, lehnte sich an einen Felsblock und ließ seinen hämmernden Pulsschlag abklingen. Er hob sein Gesicht zum Himmel und schloss die Augen. Dann und wann trug ein fein fächernder Wind das Krächzen einer Dohle heran. Tief unter ihm trommelte ein Specht. Irgendwo löste sich Geröll, dann war es wieder still.

Kajetan sah noch, dass sich im Süden wattige Wolken an

die Gipfel drängten. Ein Windstoß zauste sein Haar. Dann fielen ihm die Augen zu.

*

Mit einem Sprung war Kajetan auf den Beinen. Ein siedend heißer Schrecken raste durch seine Adern, sein Herz klopfte bis zum Hals. Benommen sah er um sich. Die Sonne, als milchiger Stern hinter einer graublauen Wolkendecke nur noch zu erahnen, neigte sich bereits dem Westen zu. Ein schneidend kalter Wind ließ das Latschenfeld unter ihm erschauern. Aus der Höhe löste sich ein helles Rauschen. Feiner Regen setzte ein.

Fünf bis sechs Stunden – weil die Patrouillen-Pisten zu umgehen und deshalb weite Umwege zu machen waren – müsse er für den Aufstieg zur Bärenalm einrechnen, hatte ihm der Peterbauer erklärt und ihm mehrmals eingeschärft, sich früh auf den Weg zu machen!

Fluchend schulterte Kajetan seinen Rucksack und lief mit weiten Schritten los. Nach kurzer Zeit stockte er, zerrte die Skizze aus seiner Jacke, warf einen raschen Blick darauf und hastete weiter.

Der Nebel wurde von Minute zu Minute undurchdringlicher. Bald konnte Kajetan den Verlauf des Pfades nur noch wenige Schritte vor sich erkennen. Er führte jetzt in gerader Linie steil nach oben. Immer mehr wich das Geröll nach unten zurück, das Steilgelände mündete in einen mit struppigem Gras bewachsenen Hang, an dem seine Schuhe nur noch mit Mühe Tritt fanden. Immer wieder glitt er aus, rutschte einige Meter zurück und musste erneut nach einer Wegmarke suchen. Schließlich kletterte er, sich in Wasen und niedriges Gestrüpp krallend, auf allen vieren höher.

Der Wind nahm an Wucht zu, als die Steigung plötzlich zurückging. Sich gegen den fauchenden Sturm stemmend, versuchte sich Kajetan zu orientieren. Die Skizze flatterte in seinen Händen. Er hob den Kopf und kniff die Lider zusammen. Hier musste sich irgendwo eine Wegmarkierung befinden, die der Bauer eingetragen hatte.

Durch den Nebelschleier konnte er eine leicht abschüssige Trampelspur ausmachen. Natürlich! Davon hatte der Peterbauer gesprochen: Er würde, um nicht auf die Streife der Revierjäger zu stoßen, einen schmalen Pass zu überqueren haben, um dahinter auf den direkten Weg zur Bärenkaser zu gelangen. Kajetan hastete los.

Der Sturm verlor bald an Kraft, doch noch immer nieselte dünner Regen herab. Der Weg schien seit Langem nicht mehr benutzt worden zu sein. An einigen Stellen war er bereits in die Tiefe gebrochen, dann war wieder solide Befestigung zu erkennen. Noch immer führte der Pfad in gleichmäßigen Windungen in die Tiefe. Als sich die ersten Kiefern aus dem Nebel schälten, kamen Kajetan erste Bedenken. Hatte er sich verirrt? Er tappte noch einige Kehren weiter in die Tiefe, dann blieb er mit zitternden Knien stehen. Wieder zog er die Skizze hervor. Nach dieser musste er sich kurz vor einer Abzweigung befinden, an der er auf den alten Weg zur Bärenalm traf. Er setzte zögernd den Weg fort. Rasch hob sich der Wald zu beiden Seiten des Saumpfades. Die Sicht wurde besser.

Durch die Baumstämme blinkte matt eine graue Fläche auf. Ein See? Hier? Kajetan ächzte innerlich: Die Zeichnung des Bauern brauchte er nicht mehr zu Hilfe nehmen. In ihr war kein See eingezeichnet. Aber was war das? Eine dünne, vom Wind verwirbelte Rauchsäule stand über dem grauen Dach eines niedrigen, von hohem Gebüsch fast verdeckten Blockhauses.

Kajetan bahnte sich einen Weg durch das Uferdickicht und umrundete den kleinen See, bis er eine Stelle erreichte, von der aus er die Hütte in Augenschein nehmen konnte.

Wie eine Station der Grenzwache sah sie keinesfalls aus. Tür und Fensterläden waren verrammelt, der Dachfirst bog sich durch, Schneedruck hatte die hölzernen Dachschindeln durcheinandergeschoben, und hinter der Hütte moderten die Reste einer Einfriedung vor sich hin. Auf der Fläche zwischen Hütte und Ufer wucherte kahles Schilfrohr und Unkraut.

Kajetan blieb einige Meter vor dem Eingang stehen.

»Ist wer da?«

Keine Antwort.

Er trat vorsichtig näher. Die verrosteten Scharniere knirschten, als er die Türe vorsichtig aufstieß und sich unter den niedrigen Sturz beugte. Schwaden eines dumpffeuchten Geruchs schlugen ihm entgegen. Langsam gewöhnten sich seine Augen an das Dunkel. Die kleine Kammer starrte vor Schmutz, Spinnweben hingen von nässeschwarzen Sparren herab. Das Mobiliar bestand aus einer blank gewetzten, schlicht gezimmerten Bank, einem kleinen Tisch und einigen Hängeregalen. Auf einem Strohsack in der Ecke neben der Feuerstelle lag ein zerwühltes Deckenbündel. Ein kleines Feuer zischelte auf einer gemauerten Herdstelle vor sich hin. Noch vor Kurzem musste jemand ein Stück Holz nachgelegt haben.

Kajetan wiederholte seine Frage.

Wieder nichts.

Kajetan wollte enttäuscht kehrtmachen, als er ein fast unhörbares Schnauben in seinem Rücken vernahm. Er wirbelte herum und blickte in ein Paar tief in den Schädel gesunkener Augen, in denen Panik loderte.

Dann sah er das Messer, das der Mann umklammert hielt.

Kajetan wich zurück. Er hob die Arme auf Brusthöhe und zeigte seine leeren Hände.

»Entschuldigens, ich –«, stotterte er. »Ich hab meinen Weg verloren … hab den Rauch gesehn … wollt bloß nach dem Weg fragen …«

Der Mann dachte einige Atemzüge nach. Langsam ließ er das Messer sinken, trat aus dem Schatten und schob die Türe zu, ohne Kajetan aus den Augen zu lassen.

»Bist allein?«

Kajetan nickte. Der Unbekannte warf ihm einen noch immer argwöhnischen Blick zu, packte einen Krückstock, schleppte sich an ihm vorbei und schob ein Aststück in die Flamme. Der Feuerschein erhellte ein hohlwangiges, von einem schmutzfarbenen, verfilzten Schopf und einem wuchernden Bart gerahmtes Gesicht. Er setzte sich auf den Herdsockel und legte das Messer an seine Seite.

»Vergangen hast dich?«, bröckelte es zwischen seinen rissigen Lippen hervor.

Wieder nickte Kajetan. Sein Ziel sei die Bärenalm.

Der Bärtige atmete rasselnd.

»Versprichst mir eins?«, flüsterte er nach einer Weile.

Kajetan zuckte die Schultern. »Ja?«

»Dass du keinem erzählst, dass du da heroben einen gesehen hast.«

»Ich versprechs«, sagte Kajetan.

Wie kann die Welt bloß so närrisch sein, dachte er. Die

Hälfte der bayerischen Polizei suchte nach einem flüchtigen Verbrecher – und ausgerechnet er, der Ex-Inspektor und Drei-Quartel-Detektiv, musste auf ihn stoßen. Aber sollte der Mann, dem er gegenüberstand, wirklich jener mordbereite Verbrecher sein, bei dem ein derartiger Aufwand, wie er seit Tagen von Grenzschutz und Gendarmerie getrieben wurde, gerechtfertigt war?

»Brauchst keine Angst zu haben«, fuhr Kajetan fort und grinste müde. »Wenn mich nicht alles täuscht, gehts mir nicht viel anders als dir.«

Eine geschmerzte Grimasse begleitete das Husten des Bärtigen. »Du … du möchst auch rüber?«

»Erst auf die Bärenalm. Da warten Leut auf mich, die mich rüberbringen.«

»Bist ein Politischer?« Es war mehr eine Feststellung als eine Frage.

Kajetan nickte unbestimmt. Eine längere Geschichte sei das, meinte er.

Der Bärtige betrachtete ihn nachdenklich. »Dann reden wir nicht lang umeinand«, sagte er schließlich. »Auf dem normalen Weg schaffst dus nimmer, da müsstest die Hälft der Streck wieder zurück. Aber es gibt eine Abkürzung zur Bärenalm. In zwei Stunden bist dort, und solang wirst auch noch gut Licht haben.« Stöhnend stemmte er sich aus dem Sitz und humpelte zur Tür. Kajetan folgte ihm nach draußen.

Der Bärtige wies in die Richtung, aus der Kajetan gekommen war. Am schnellsten käme er ans Ziel, wenn er wieder zum Pass zurückgehen und dort in die entgegengesetzte Richtung über einen Grat steil nach oben steigen würde. Ein paar riskante Stellen gebe es, vor allem ein altes Schneefeld in einer Rinne. Aber alles sei noch ohne Seil zu schaffen.

Nur das Wetter gefalle ihm nicht.

Kajetan bedankte sich.

»Warum bist du eigentlich selbst nicht schon lang drüben?«, wollte er zum Abschied wissen. »Du kennst dich doch aus, wie wenn du da daheim wärst?«

»Bins ja auch.« Der Bärtige deutete auf seinen linken Fuß. Er war dick mit schmutzigen Stoffstreifen umwickelt. »Aber ich muss noch warten.«

»Wegen was suchen die dich eigentlich?«

»Schleun dich. Mir gefällt das Wetter nicht.«

Das Gesicht des Bärtigen versank in der Dunkelheit der Hütte, als Kajetan die Türe hinter sich zuzog.

Nach einem atemlosen Marsch erreichte er den Pass. Sich gegen den wummernden Gratwind stemmend, folgte er der Markierung, die ihm der Bärtige genannt hatte. Der kaum sichtbare Trampelpfad wies steil nach oben. Der Sturm peitschte dichte Wolken vor sich her. Der Himmel verdunkelte sich.

Kajetan hielt den Hut auf seinen Kopf gepresst. In seinen Ohren rauschte das Blut, er hörte nur noch seinen keuchenden Atem. Rasch gewann er an Höhe. Der zerklüftete Grat wurde schmaler, zu beiden Seiten des Pfades gähnte der Abgrund. Die Luft war eiskalt geworden.

Kajetan stockte. Schwebend wie eine Feder tänzelte eine Schneeflocke vor seinem Gesicht vorbei. Er schielte ihr benommen nach, als hätte er dergleichen noch nie gesehen.

Es waren nur wenige Minuten vergangen, als er durch den wirbelnden Schnee nur noch mit Mühe seine Hand vor den Augen erkennen konnte.

Der Winter war da.

Stur und benommen wie ein Betrunkener stapfte Kajetan voran.

*

Langsam wich das Dunkel um ihn.

»Wo bin ich?«, murmelte Kajetan. Er versuchte sich aufzurichten. In seinem Kopf explodierte ein rasender Schmerz. Übelkeit klumpte sich in seinem Magen.

»Auf dem Etterkaser,« hörte er eine ferne Stimme. Kajetan kippte die Augen in die Richtung, in der er sie vermutete. Wieder zuckte ein Gewitter durch sein Gehirn. Er presste die Lider zusammen, atmete stoßend, bis sich der Aufruhr hinter seiner Stirn gelegt hatte. Vorsichtig öffnete er die Augen.

An der Herdstelle der schwach beleuchteten Kammer stand gebückt eine junge Frau. Sie legte ein Stück Holz auf die Feuerstelle. Ein Flämmchen züngelte. Das Holz knackte.

»Wie… wie komm ich denn… her?«

»Weißt es gar nimmer?«

Kajetan grunzte etwas, was ein ›Nein‹ bedeuten sollte. In seinem Kopf herrschte Leere. Kurz tauchte aus der dumpfen Erinnerungslosigkeit die Empfindung einer namenlosen Panik auf, die er durchlitten haben musste. Ein Zittern durchlief ihn, brandete durch Rumpf und Gliedmaßen.

Das Feuer loderte höher. Die Sennin griff nach den Henkeln eines Kessels und befestigte ihn am Haken über den Flammen. Dann strich sie mit den Händen über ihre Schürze, wandte sich zu einem Hängeregal und ließ die Finger ihrer Linken suchend über eine Reihe von Töpfen wandern.

»Du bist unter der Rotwand gelegen. Hast dich nimmer gerührt.« Die Stimme der jungen Frau war weich, aber sie sie sprach schleppend, als bereite es ihr Mühe, ihre Gedanken für die folgenden Sätze zu ordnen. »... hab erst gemeint, dass du hin bist. Bist kalt wie ein Eiszapfen gewesen und halb unterm Schnee.«

»... Schnee?«, flüsterte Kajetan fiebernd. Es hatte geschneit?

»Bloß ein kleines Stäuberl. Aber zum Erfrieren hätts gelangt.« Wieder hielt die Sennin kurz inne, als müsse sie Kraft schöpfen, bevor sie weitersprechen konnte. »Wollt schon wieder fort und schauen, ob ich noch zur Mitteralm hinab komm, um die Gendarm zu holen, bevors finster wird.«

Sie hatte mittlerweile eine Handvoll Teekraut aus einem der Töpfe gefischt. Ihre Holzschuhe schlurften über die Bohlen, als sie zur Feuerstelle zurückkehrte.

»Aber ...?«

»... dann hast auf einmal doch noch einen Schnaufer getan.«

Kajetan hatte ihre Bewegungen verfolgt. Die Sennin war klein und zierlich. Ihre dunklen Haare hatte sie zu einem Zopfkranz geflochten. Wenn sie ging, schien sie erst mit dem linken Fuß Stand zu suchen, um daraufhin den anderen nachziehen zu können. Ein kleiner Höcker ragte aus ihrem Rücken.

»Und ... Sie haben mich ...?«

Sie goss den Tee auf. »Hab dir ein paar runtergehaut. Und dann bist auf einmal aufgestanden, als wie wenn nichts gewesen wär, hast furchtbar dumm geschaut und zu reden angefangen.«

Kajetan versuchte, sich die schwere Tuchent von seiner

Brust zu schieben. Augenblicklich schoss ein kreischender Schmerz von den Rippen zum Schultergelenk und wieder zurück. Er stöhnte auf.

»Bleib liegen«, mahnte sie über die Schulter.

»Was ... was hab ich geredet?«

»Habs nicht gut verstehen können.« Sie hielt wieder kurz inne, bevor sie weiterredete. »Dass dus pressant hättst, weil irgendwer auf dich warten tät.«

»Ich ... ich kann mich nimmer erinnern ...«

Sie drehte ihr Gesicht zu ihm. Es schimmerte sogar im warmen Licht des Herdfeuers noch bleich wie Porzellan. Ihre großen Augen standen ein wenig auseinander, ihr Mund, den sie beim Sprechen kaum zu öffnen schien, war klein und mädchenhaft.

»Du bist draufhin drei, vier Schritt gangen, als wenn nichts gewesen wär, und dann wars ganz aus.« Sie goss den Tee in eine Blechtasse, entkorkte eine kleine Steingutflasche und zählte einige Tropfen einer Flüssigkeit hinein. Sie testete das Getränk mit einem kleinen Schluck, bevor sie fortfuhr: »Dann bist umgefallen. Wie ein Trumm Baum.«

Kajetan sah die Sennin ungläubig an. Wie hatte sie ihn hierherschleppen können?

Bevor er fragen konnte, schlurfte sie an sein Bett, hob seinen Kopf an und hielt ihm die Tasse an die Lippen. Dampf stieg ihm in die Nase. Er musste niesen. Sofort durchraste ihn wieder der Schmerz. Er schrie auf.

»Musst trinken«, sagte sie nüchtern. »Brauchst eine Wärm.«

Der Tee war heiß und würzig. Kajetan atmete schwer. Dann nippte er folgsam. Eine wohltuende Hitze flutete seinen Körper.

»Was hast denn da oben überhaupt verloren gehabt? Ist doch weit und breit kein Steig da oben?«

»Hab mich… wohl vergangen«, murmelte er zwischen zwei Schlucken.

Sie schüttelte tadelnd den Kopf. »Dass die Stadterer auch allerweil so dumm sein müssen…«

Nachdem Kajetan die Tasse geleert hatte, ließ sie seinen Kopf behutsam zurücksinken und wischte mit einem Tuch über seine feuchte Stirn. Erst jetzt bemerkte Kajetan, dass die obere Hälfte seiner Stirn verbunden war. Als er ihr ein mattes Dankeslächeln zuwarf, wich sie seinem Blick aus. Sie humpelte zum Fenster und sah forschend in die pechschwarze Nacht hinaus. Der Wind trieb einzelne Schneeflocken vor den Scheiben vorbei. Einen Moment sah es aus, als betrachtete sie sich in einem Spiegel. Ihr Kinn zuckte, dann hatte sie sich wieder in der Gewalt.

»Es hört wieder auf…« Sie ging zurück, zerteilte die Glut des Herdfeuers und hing ihre Schürze an den Haken. Dann nahm sie die Lampe, wünschte ihm eine gute Nacht und steuerte auf die schmale Tür zu, die zu ihrer Schlafkammer führte. Eine Weile lauschte Kajetan noch dem Knistern der ersterbenden Glut und dem dünnen Säuseln des Windes vor der Hütte, dann fiel er in einen bleiernen Schlaf.

*

Wer Wachtmeister Kaspar Panholzer nicht näher kannte, konnte von seiner Erscheinung nichts anderes als beeindruckt sein. Der Leiter der Gendarmeriestation Zellach strahlte allein schon wegen seiner hünenhaften Gestalt Autorität aus, und ein bäuerlich breiter Schädel mit eindrucksvoller Knollennase, verziert von einem prachtvollen Kaiser-Franz-Bart, und eine väterlich dunkle Stimme verstärkten diesen Eindruck. Zwar waren seine Bewegungen mit den Jahren träger geworden, umhüllte seine Uniform einen imponierenden Bauch (weshalb sie ihm der Schneidermeister Mitius seit einigen Jahren regelmäßig nachschneidern musste), doch die Dörfler gestanden einem Endfünfziger wie ihm eine etwas stärker gewordene Statur zu – wenn sie diese von einer Respektsperson nicht gar erwarteten. Die meisten Zellacher mochten ihn, sofern sie nicht wegen irgendeiner ärgerlichen Chose schon einmal mit ihm aneinandergeraten waren und noch dazu den Kürzeren gezogen hatten. Jetzt, da das Ende seiner Dienstzeit in Sicht war, glaubte man sogar eine zunehmende Altersmilde an ihm festzustellen. Der Zuneigung war keineswegs abträglich, dass Wachtmeister Panholzer an manchen Tagen mit verräterisch roter Nase seinen Dienst verrichtete. Wusste man doch, dass auch er wie jeder seine Sorgen hatte, dass er mit einer keifigen Alten (eine ›schwierige Person‹ sei sie, hieß es dazu im Dorf nachsichtig) geschlagen war sowie mit einem nicht übertrieben hellen Sohn, der laut getönt hatte, etwas Besseres werden und nicht in diesem Kuhdorf versauern zu wollen, sich aber seit vielen Jahren irgendwo in Norddeutschland als schlecht bezahlter Kontorist abmühte.

Viele Zellacher schätzten ihren Gendarmen vor allem deshalb, weil sie schon bald erkannt hatten, dass sich hinter seiner massigen Erscheinung ein gutmütiger Riese verbarg. Davor, den verzwängten und überheblichen Paragrafenreiter zu geben, wurde Panholzer durch sein eher phlegmatisches Naturell bewahrt. Seine Eitelkeit hielt sich in Grenzen, das Wort Ehrgeiz schien in seinem Sprachschatz nie existiert zu haben, und viele Torheiten so mancher jungen Hitzköpfe bog er mit klugem Augenmaß zurecht. Wie er auch Maßnahmen, die ihm von seinen Oberen oder einer zunehmend unverständlicheren Politik aufgebürdet wurden, mit für alle Zellacher sichtbarer Distanziertheit auszuführen pflegte.

Auch jetzt fühlte sich Wachtmeister Panholzer nicht wohl in seiner Haut. Er warf einen verstohlenen Blick auf den Peterbauern und seine Schwester, die schweigend auf der Stubenbank ihres Hauses Platz genommen hatten.

»Wir habens ja bald, Karl.« Er versuchte, seiner Stimme einen begütigenden Klang zu verleihen. »Ist mir doch selber zwider, die ganze Sach.«

Der Bauer schwieg. Seine Kiefer mahlten.

»Hab halt auch meine Vorschriften«, setzte Panholzer nach. Er hob unbeholfen die Schultern. »Da kann eins nichts machen. Hat ja keins was gegen euch.«

Der Peterbauer sah an ihm vorbei. »Weiß schon, Kaschpe«, knurrte er. »Ihr seids arm dran.«

Der Wachtmeister spürte, wie Zorn in ihm aufstieg. Die Aufsässigkeit des Bauern ging zu weit, so sehr er für dessen Unmut Verständnis hatte. Eine scharfe Antwort lag ihm auf den Lippen, und er wäre ihm ohne zu zögern über das Maul gefahren, wenn er selbst von dieser Maßnahme überzeugt gewesen wäre.

Das aber war nicht der Fall. Die Anweisung war an diesem Morgen telefonisch von der Gendarmeriehauptstation gekommen, deren Leiter sich auf ein dringliches Fahndungsersuchen der Landeskriminalpolizei in München berief. Im Gemeindegebiet Zellach halte sich mit hoher Wahrscheinlichkeit ein Individuum namens Philipp Kerschbaumer auf, gegen den wegen einer politischen Mordtat Haftbefehl erlassen worden sei. Personenbeschreibung und maßgebliche Details seien per Kraftrad-Kurier bereits zur Hauptstation unterwegs. Da der Gesuchte vermutlich versuchen würde, über die grüne Grenze zu entweichen, hätten ab sofort verstärkt Landesstreifungen stattzufinden, für die dem Posten Zellach zwei Hilfsgrenzaufseher beigestellt werden könnten, beide ebenfalls bereits per Fahrrad in Marsch gesetzt. Darüber hinaus ergehe der Befehl, im entsprechenden Abschnitt alle grenznahen Gehöfte zu durchsuchen sowie alle Almhütten, sofern sie zu diesem Zeitpunkt überhaupt noch bewirtschaftet waren oder als möglicher Unterschlupf dienen könnten.

Gegen die Streifungen an der grünen Grenze hatte Wachtmeister Panholzer keine Einwände. Ein bisschen Bewegung würde ihm nicht schaden, und die Sache wäre jeweils erledigt, wenn die bekannten Pfade abgeschritten waren. Niemand konnte darüber hinaus von ihm verlangen, sich ins unwegsame Hochgebirge zu begeben. War dieses Gebiet schon für erfahrene Alpinisten eine Herausforderung, so würde ein Stadtmensch erst recht davor zurückschrecken, egal ob harmloser Sommerfrischler oder Verbrecher.

Gegen die Hausdurchsuchungen aber hatte er Protest eingelegt, und er hatte nachgelegt: Habe man etwa Zweifel an seiner Erfahrung? Daran, dass er – als Chef des Zellacher Gendarmeriepostens, und das nun schon fast seit zehn Jahren – die Leute in der Gemeinde nicht in- und auswendig kenne? Könne man sich in der Gendarmeriehauptstation nicht vorstellen, welchen Unmut diese Aktion wieder in der Bevölkerung auslösen würde? Und wer hätte es auszubaden? Die Herrschaften da oben bestimmt nicht!

Offenbar hatte sein Vorgesetzter vonseiten des als umgänglich bekannten Panholzer keine derartige Widerborstigkeit erwartet, denn aus dem Hörer waren zunächst einige geschnaubte Atemzüge gedrungen, bevor es ungehalten daraus gequarrt hatte: Selbstverständlich müsse nicht jeder Hof auf den Kopf gestellt werden. Da die Tat aber einen politischen Hintergrund habe, seien all jene Höfe zu filzen, von deren Bewohnern bekannt war, dass diese etwas mit dem Bauernbund oder dem Reichsbanner, also mit den Sozen, zu schaffen hatten. Nach vorliegenden Informationen sei dieser Kerschbaumer nämlich aktiver Kommunist, und die Bagage halte bekanntlich wie Pech und Schwefel zusammen. Außerdem könne eine erhöhte Gefährdung der Bevölkerung durch eine mögliche Bewaffnung des Täters nicht ausgeschlossen werden.

Noch einmal hatte Panholzer versucht, sich die unangenehme Aufgabe vom Hals zu schaffen: Noch nie hätten sich die Sozen in Zellach mit etwas bemerkbar gemacht, was über einen heftigen Wirtshaus-Disput hinausgegangen sei, und auch der Bauernbund sei seit Jahren kaum mehr aktiv, wenigstens in seiner Gemeinde. Infrage kämen sowieso bloß ein oder zwei Höfe, deren Besitzer dieser Partei zugeschrieben werden könnten, ansonsten aber, und dafür verbürge er sich persönlich, über einen ordentlichen Leumund verfügten. Bei den beiden Burschen beispielsweise, die sich gelegentlich bei den Bezirkstreffen des *Reichsbanners* in Dornstein sehen ließen, handele es sich um einen mittellosen Holzarbeiter und einen Handwerksgesellen, die genug damit zu tun hätten, selbst über die Runden zu kommen. Er kenne sie, harmlose Kerle seien es, der eine außerdem im Ort beliebt, weil er ein guter Sänger und der beste ›junge Liebhaber‹ sei, den die hiesige Theatergruppe je gehabt habe, und –

Der Leiter der Gendarmeriehauptstation war seinem Untergebenen barsch ins Wort gefallen. Der Befehl habe auf der Stelle ausgeführt zu werden! Ob sich Panholzer nicht vorstellen könne, dass man derzeit auch in der Hauptstation unter beträchtlichem Druck stehe? Einen derartigen Zirkus habe er in seiner ganzen Amtszeit noch nicht erlebt. Sogar einer von der Politischen Polizei aus München habe gemeint, sich bei ihm wichtig machen zu müssen. Da aber sei er endgültig aus der Haut gefahren und habe den Anrufer mit Hinweis auf die bekannte und eindeutige Zuständigkeit von Landeskriminalpolizei und Gendarmerie abgebürstet. – Und jetzt kein Geschwafel mehr, Herr Wachtmeister, sonst werden andere Saiten aufgezogen!

Bevor der Wachtmeister auf diese Drohung reagieren hatte können, brach die Verbindung ab.

Wieder streifte er den Bauern mit einem Blick aus den Augenwinkeln. Der Peterbauer war aufgebracht, das konnte er verstehen. Er war eigentlich kein unebener Mensch, der Karl. Erst recht kein Dummkopf. Dass er sich kurz nach Kriegsende eine Zeit lang mit den *Volksjägern* gemein gemacht hatte, die auf das Jagdprivileg des Staates und der reichen Revierbesitzer pfiffen und Wildfleisch an die hungernden Kleinhäusler des Dorfes verteilten, hatte er ihm längst verziehen. Nein, mit ihm war auszukommen. Nach einiger Zeit würde dessen Wut verraucht sein.

Aber eine Weile würde es diesmal dauern. Einen Hof von Bewaffneten durchsuchen zu lassen, war schließlich mehr als eine beiläufige Zeugeneinvernahme. Sie erregte Aufsehen bei den Nachbarn, ließ böswillige Gerüchte aufkommen, sorgte für Misstrauen in der Gemeinde. Einem Kleinbauern musste diese Entwürdigung besonders schmerzen. Wendeten sich auch noch seine Nachbarn, mit denen ihn ein gewachsenes Netz gegenseitigen Beistands verband, von ihm ab, so konnte es seine Existenz bedrohen. Und diese war, wie der Wachtmeister nur zu gut wusste, armselig genug. Nur ein paar mickrige Ackerbreiten, mühsam abzuerntende Grasleiten und ein paar Morgen Bergwaldes umgaben die Rodung. Karls Mutter lag schon lange unter der Erde, und der brave, doch alterschwachsinnige Peterbauer senior dämmerte seit Jahren in seiner Kammer im ersten Stock seinem Ende entgegen. Würde Lies, die jüngere Schwester des Bauern, nicht fleißig mitwerken, so sähe es auf dem Peterbauerhof finster aus. Aber was, wenn Lies einmal einen Hochzeiter fände und fortginge?

Obwohl der Peterbauer selbst längst die Dreißig überschritten hatte, war auch er noch nicht zum Heiraten gekommen. Wurde er damit im Dorf gehänselt, gab er meist säuerlich zurück, dass ihm vor lauter Arbeit nun einmal keine Zeit dafür bliebe, um die Weiber herumzuschwänzeln. Die Wahrheit aber war, dass er noch immer zu glauben schien, den Heiklen spielen zu können. Jedenfalls verschmähte er die verkniffenen Überständigen des Dorfes, mit denen ihn der zunehmend ratlose Schmuser zu verkuppeln suchte. Die jungen Frauen dagegen, die dem zurückhaltenden und spröde wirkenden Peterbauern gefielen, rissen sich nicht darum, sich ein Leben voller Plackerei auf einem armseligen Hof einzuhandeln, wo eine Bäuerin im Sommer das Frischwasser noch aus dem Quellbachbrunnen schöpfen und die Tiere einen halben Kilometer zum Tränken führen musste. Hinzu kam, dass er ob seines Fleißes und seiner Verlässlichkeit zwar im Dorf respektiert, aber auch ein wenig als Sonderling verschrien war, als einer, der sich lieber mit allerlei versponnener Politisicrerei abgab als mit dem rechten, christkatholischen Glauben…

Um das lastende Schweigen zu brechen, suchte Panholzer Lies' Blick. Er machte eine Kopfbewegung zur Stubendecke.

»Wie gehts Euerm Vater?«, fragte er mitfühlend.

Die junge Frau zuckte die Schultern.

»Er liegt halt oben und kann nicht sterben.«

»Sind halt doch eine zähe Rass, die Peterbauern«, meinte Panholzer unbeholfen. »Kennt er euch denn überhaupt noch?«

Lies schüttelte den Kopf. »Schon lang nimmer.«

Erleichtert hörte der Wachtmeister die beiden Gendarmen kurze Zeit darauf Bericht erstatten: Nichts hatten sie gefunden. In Haus, Stall und Heuboden keine Spur des Gesuchten.

Der Bauer hatte mit grimmiger Genugtuung zugehört. Der Zugang zu dem winzigen Versteck, das er schon vor Jahren auf der Bergseite in den Fels getrieben hatte, war gut kaschiert. Vermutlich hatten die Beamten auch wenig Lust, den lichtlosen Kellerraum ausführlicher zu inspizieren. Aber auch wenn sie das Versteck entdeckt hätten – es wäre leer gewesen. Schon seit einiger Zeit hatte der Bauer nicht mehr gewagt, einen Flüchtenden auf seinem Hof zu verstecken. Die Zeiten, in denen dieser sich auf dem abgelegenen Peterbauerhof hätte sicher fühlen können, hatten sich geändert. Die Polizei organisierte sich Jahr um Jahr besser, Befehle mußten längst nicht mehr per Kurier in die abgelegenen Dörfer übermittelt werden, es gab Telefon, ein Netz von Polizeifunkstationen war über das ganze Land geworfen. Die Welt kam näher, sickerte in die entlegensten Rodungen. Mit ihr staksten die Masten der Stromleitungen durch die Landschaft. Schon gab es im Dorf Wichtigtuer, die ihr neues Radio bestaunen ließen und mit Einladungen zu Konzerten der ›Deutschen Stunde aus München‹ protzten.

Wachtmeister Panholzer hatte den Bericht der beiden Beamten erlöst aufgenommen. Er wandte sich an den Bauern.

»Siehst es, Karl«, sagte er, sich um einen versöhnlichen Ton bemühend, »jetzt haben wirs schon wieder überstanden. Du weißt, dass es nicht gegen dich gerichtet ist. Aber wenns um einen flüchtigen Mörder geht, darf die Kriminalpolizei halt keinen Pardon kennen. Und da kann ich mich auch nimmer dagegen –«

Er stockte, als er das entrüstete Gesicht des Bauern bemerkte.

»Hör ich recht?«, fragte dieser rau. »Einen *Mörder* suchts ihr?«

»Allerdings«, bestätigte der Wachtmeister. Er warf einen warnenden Blick zu Lies, bevor er fortfuhr: »Tuts mir aber den Gefallen, ihr Zwei, und rennts jetzt nicht gleich von Haus zu Haus damit. Dass mir auch noch das ganze Dorf hysterisch wird, darauf kann ich gut verzichten, verstanden?«

Der Bauer hakte nach: »Aber was … was soll der denn angestellt haben?«

»Wenn ich ›Mörder‹ sag, Karl, dann kannst dir die Frag eigentlich sparen, oder? Er wird im ganzen Land gesucht, weil er in München droben einen über den Haufen geschossen hat.«

»Ja … dann … ein Räuber, oder was?«

Der Wachtmeister zuckte die Schultern. »Jedenfalls soll das Bürscherl schon etliches auf dem Kerbholz haben und bewaffnet sein. Und weil er wahrscheinlich weiß, dass es um seinen Hals geht, wird er davon auch Gebrauch machen, wenn ihm einer in die Quer kommt.«

Das Gesicht des Peterbauern hatte sich verfärbt. Er sprang auf. »Und nach einem Mörder suchst du ausgerechnet bei *mir*?«, brauste er auf. »Du stellst mir am helllichten Tag, wo ich das Geschau der ganzen Nachbarschaft hab, mein Haus auf den Kopf? Und traust dich mir ins Gesicht zu sagen, dass ich einen Schwerverbrecher verstecken könnt? Möchtst mich unbedingt in die Schand bringen?«

»Das möchte ich nicht, du Ochs!«, blaffte Panholzer zurück. »Ich hab dir erklärt, dass es erstens reine Routine ist, und mir zweitens die Kriminalpolizei im Kreuz hockt. Du hast deine Arbeit, Karl, und ich hab die meine.«

Er wandte sich wütend zur Türe. »Abmarsch, Männer!«

»Sag mir bloß noch das eine, Kaschpe«, trat der Peterbauer mit bebender Stimme nach. Panholzer stand schon auf der Schwelle. Er drehte sich um und sah den Bauern argwöhnisch an.

»Was möchtst noch?«

Die Augen des Bauern funkelten herausfordernd. »Haben wir jetzt eigentlich einen Freistaat bei uns? Ich mein, eine Republik, wo das Volk das Sagen hat? Oder gehts eher wieder retour? Zur guten alten Zeit?«

»Karl«, gab der Wachtmeister beherrscht zurück, »ich geb dir einen guten Rat, und ich sags dir gradaus: Du weißt, dass es weit kommen muss, bis ich einem was krummnehm. Aber es gibt andere, bei denen das einmal nimmer gut ausgehen könnt. Also halt besser deinen Schnabel. Haben wir uns verstanden?«

Er winkte den beiden Beamten und marschierte mit knallenden Schritten hinaus.

Lies atmete auf, erhob sich und griff nach der Klinke der Küchentür. »Gut dahin und gleich vergessen«, sagte sie leichthin. Aufgewühlt fuhr er herum. Sie erschrak, als sie in seinen böse funkelnden Blick sah.

»Was hast?«, fragte sie konsterniert.

»Lass mich zufrieden.« Er drehte ihr schroff den Rücken zu, warf die Stubentür scheppernd hinter sich zu und stürmte über den Hof. Der Zorn schnürte ihm die Luft ab. Was erlaubte man sich eigentlich mit ihm? War er ein hergelaufener Grattler? Ein Verbrecher? Wie konnte sich jemand anmaßen, sein eigenes Haus, seinen eigenen Grund und Boden – sein Reich! – zu durchsuchen, in seine Schränke zu gaffen, die Bettdecken zu heben, im Heuboden herumzustochern?

Und dann auch noch Lies! Dieses verlogene Weibsbild! Seit einigen Tagen schlich sie sich immer wieder vom Hof, und mittlerweile gab es für ihn keinen Zweifel mehr: Sie log ihm ins Gesicht, wenn sie sich mit einer fadenscheinigen Ausrede in den Wald begab, wo sie es vermutlich mit irgendeinem losen Burschen, einem nichtsnutzigen Hilfsjäger oder einem auswärtigen Habenichts von Holzarbeiter trieb. Nach dem, was Panholzer soeben berichtet hatte, war nicht einmal auszuschließen, dass sie sich mit einem haltlosen Stadtmenschen eingelassen hatte, einem Verbrecher noch dazu, einem Mörder! Und jedes Mal fehlte in der Speisekammer etwas! Einmal ein Stück Geräuchertes, dann wieder ein ganzer Laib Brot, den sie ihrem Hungerleider vermutlich in den Mund stopfte. Für wie blöd und blind hielt sie ihn, dass sie glaubte, er würde es nicht bemerken?

Nein, seine Schwester hatte nichts daraus gelernt, dass sie ihre Familie mit ihrem Leichtsinn schon einmal schlimm ins Gerede gebracht hatte. Ein Glück nur, dass der Skandal damals nicht hier in Zellach geschehen war, sondern in einem Dorf im Osten des Bezirks, eine Halbtagereise entfernt. Mit Schimpf und Schande hatte sie der dortige Bräuwirt aus Dienstverhältnis und Haus verjagt, als ihre Verfehlung ans

Tageslicht gekommen war. Eigensinnig, wie sie schon als Kind gewesen war, hatte sie auch damals nicht eingestehen wollen, dass sie etwas Unrechtes getan haben sollte, war sie doch nur wieder ihrem dummen, leichten Herzen gefolgt, das sie in die Arme eines Fremden geführt hatte, dessen Namen sie nicht einmal richtig aussprechen konnte und der eines Tages verschwunden war.

So sehr man das junge Mädchen zuvor wegen ihres Fleißes und ihrer Anstelligkeit geschätzt hatte, so gründlich war ihr Ruf ab diesem Tag ruiniert gewesen. Da sich niemand mit dem herrischen Bräu anlegen hatte wollen, fand sich in weitem Umkreis kein anderer Bauer, der Lies eine Stellung gegeben hätte. Sein Kind in die Gosse zu stoßen, kam für den alten Peterbauern jedoch nicht in Frage. Bei aller Entrüstung über Lies' Fehltritt zeigte er trotzig Größe und holte sie wieder an den elterlichen Hof zurück. Viele Jahre sah es danach aus, als hätte sich ihre verantwortungslose Verträumtheit gelegt und wäre sie vernünftig geworden. Sie arbeitete hart, führte das Ackerross genauso mannhaft und energisch, wie sie schwerste Heuballen von der Grasleite schleppte, und machte sich schließlich auf dem Hof, den der junge Peterbauer mittlerweile übernommen hatte, unentbehrlich. An manchen Tagen wechselten der junge Bauer und seine Schwester sogar freundliche Worte miteinander. In solchen Momenten bemerkte er, dass er sie mochte und dass aus ihren unergründlichen Augen machmal wieder etwas schimmerte. Etwas, das ihm ihre gemeinsame Kindheit wieder ins Gedächtnis rief.

Der Peterbauer hatte sich sogar einmal bei der Überlegung ertappt, ob er Lies nicht Unrecht getan hatte. Was hatte sie denn Fürchterliches getan? Sie, damals noch keine siebzehn, hatte geliebt. Sie hatte dabei nicht lange nachgedacht, sich dieser Liebe hingegeben, und das mit einer Furchtlosigkeit, die ihm insgeheim beinahe Bewunderung abnötigte. Dann aber fühlte er wieder, dass ihn die Bigotterie des Dorfes zu zermürben begann. Alles verschloss sich wieder in ihm, machte dem Misstrauen Platz, Lies könnte sich wieder gehen lassen und endgültig in die Schande gerissen werden. Aber wenn sie es schon selbst nicht konnte, musste er, der Ältere, seine Schwester davor beschützen! Nichts hatte sie eingesehen, von niemandem ließ sie sich etwas vorschreiben und sie war zweifellos im Begriff, ihrer Flatterhaftigkeit und sträflicher Unbekümmertheit wieder nachzugeben! Lange würde es nicht mehr dauern, da würde man sich auch in Zellach die Mäuler darüber zerreißen. Aber es war diesem verantwortungslosen Ding offenbar vollkommen gleichgültig, dass die Verachtung auch ihn vernichten würde.

Der Gedanke an Lies, an ihren trotzigen Stolz, mit dem sie boshafte Anspielungen an sich abperlen ließ, an ihre schweigende Kraft, mit der sie an seiner Seite in Haus und Stall, auf Feld und im Wald arbeitete – all dies verwirrte ihn jetzt wieder, und erneut stieg das Gefühl einer unbestimmten Bedrohung in ihm auf.

Und maßloser Zorn. Getäuscht hatte sie ihn, hintergangen! Ihm schwindelte bei dem Gefühl, die Geschehnisse um ihn herum nicht mehr kontrollieren zu können. Als säße er auf einem Gefährt, das auf einen Abgrund zuraste.

Seine Schritte wurden unsicher, sein Puls hämmerte, wie ein Betrunkener klammerte er sich an den Holzgriff des Stalltores.

Ein alarmierender Ruf aus der Tiefe, dem ein schwaches Echo folgte, holte den Bauern in die Wirklichkeit zurück. Er ging zum Gatter, von dem aus er die Senke vor der Rodung einsehen konnte.

An der letzten Wegschleife vor dem Waldrand hatte die Gruppe des Wachtmeisters angehalten. Vom Tal kommend und ein Fahrrad neben sich herschiebend, löste sich jetzt eine Gestalt aus dem Schatten des Waldes. Der Peterbauer erkannte einen der Revierjäger, der jetzt, bei Panholzer und seinen Männern angekommen, händefuchtelnd auf sie einredete und immer wieder in verschiedene Richtungen deutete. Was gesprochen wurde, konnte der Bauer nicht verstehen. Der Haltung Panholzers war zu entnehmen, dass er ungläubig zugehört hatte, dann ein, zwei knappe Rückfragen stellte, die der Revierjäger mit nachdrücklichem Nicken und erneutem Fuchteln beantwortete.

Schließlich winkte der Wachtmeister seinen Männern energisch. Eilig, nun fast im Laufschritt, setzte sich der Trupp talwärts in Bewegung.

*

Wieder zermarterte Kajetan sein Gehirn, wie er hierhergekommen sein konnte, auf diesen Strohsack, in diese Hütte, und erneut stemmte sich etwas mit unerbittlicher Macht dagegen, sich daran zu erinnern, was ihm widerfahren war. Schließlich wagte er eine vorsichtige Kopfbewegung.

Durch ein winziges Fenster drang graues Tageslicht in den Kaser. Er war allein. Er verharrte einige Atemzüge, bevor er sich ächzend zur Seite wälzte, die Knie anzog und die Beine aus seinem Lager schob. Er warf die Zudecke zurück, stellte seine Füße auf den Boden und stemmte sich in den Sitz.

Augenblicklich spannten sich seine Muskeln, sirrte ein Kopfschmerz heran, brauste das Blut in seinen Ohren, zuckte ein dumpfer Schmerz von seinen Schultern bis zum Oberschenkel und wieder zurück. Um ihn drehte sich alles, die Welt war aus dem Gleichgewicht, er hatte keinen Halt mehr, der Boden vor ihm schwankte wie ein Boot im Sturm. Er schloss schnell die Augen, atmete hastig, um der Übelkeit Herr zu werden, die in seinem Magen zu gären begonnen hatte. Sein Gaumen fühlte sich trocken an, er schluckte.

Er blieb eine Weile bewegungslos sitzen. Der Aufruhr in seinem Inneren beruhigte sich. Vorsichtig stand er auf.

Die Luft war eisig und roch nach Erde, nach alter Milch und der herben und zugleich süßlichen Ausdünstung eines Viehstalles. Der kleine Raum, in dem er die Nacht verbracht hatte, war peinlichst aufgeräumt und wirkte beinahe unbewohnt, hätte nicht auf der Herdstelle noch warme Asche vor sich hin geschwelt. Er zog sich an, humpelte zu einem fleckigen Spiegel auf der Anrichte neben der Feuerstelle, rieb seine verschwiemelten Augen. Er erschrak. Seine rechte Schläfe leuchtete violett, durch den Stirnverband war bräunliches Blut gesickert. Noch immer erinnerte er sich an nichts.

Er trat ins Freie. Die Sonne verbarg sich hinter einem feinen Wolkenschleier. Die strohige Almwiese war mit einer dünnen Schneeschicht bepudert, und durch die griesig glitzernde Luft schimmerten die beinahe transparenten Umrisse des Hochgebirges, dessen Steilwände und Felszinnen mit weißen Schlieren übergossen waren.

Kajetan folgte einem Geräusch, das von der Rückseite der Hütte kam. Aus einer Tür neben einem aufgezäunten Stapel Brennholzes drang eine Stimme. Die Sennin redete beruhigend auf die Tiere ein.

»Gutmorgen«, grüßte Kajetan.

Die junge Frau warf einen Placken mit Heu durchsetzten Dungs durch eine Luke auf den Misthaufen hinter der Hütte. »Morgen ist gut«, gab sie zurück. Sie setzte die Gabel ab und betrachtete ihn prüfend. Was sie sah, schien zu ihrer Zufriedenheit auszufallen.

»Gehst?«, sagte sie.

Kajetan nickte.

»Dann steh mir nicht länger im Weg umeinand.« Sie wandte sich wieder ihrer Arbeit zu. Kajetan trat einen Schritt zur Seite.

»Wollt bloß noch fragen…«, begann er.

»Was?«

»Was… was gestern mit mir passiert ist.«

Wieder schleuderte sie eine Ladung Mist ins Freie. Sie wies mit dem Kinn nach draußen.

»Da drüben«, sagte sie. »Über der Rotwand bist auf einem Schneefeld ausgerutscht. Hast Glück gehabt, dass in der Rinne schon Schnee gewesen ist.« Sie rieb die Wange an ihrer Schulter. »Frag mich die ganze Zeit, was du da oben überhaupt verloren gehabt hast.«

»Ich… ich weiß es nimmer.«

Die Sennin warf ihm einen skeptischen Blick zu. Schließlich meinte sie: »Hie und da ist es ganz gut, wenn sich eins an nichts mehr erinnert.«

Eine der Kühe war unruhig geworden und drängte sich an die Sennin. Sie lachte leise. »Gell, Braunaugerl, den kennst?« Sie lehnte die Gabel an einen Stützbalken und wandte sich an Kajetan. »Das Braunaugerl ist schuld, dass du noch auf der Welt bist. Meint allweil, sie müsst es der Gams nachtun, und steigt mir allweil am weitesten in die Wand rein.«

Sie tätschelte die Kruppe des Tieres. »Was hab ichs schon hauen müssen. Aber es hilft nichts, sie muß halt allweil so därrisch sein.«

Kajetan räusperte sich. Er legte seine Hand auf die Flanke des Tieres und streichelte es ungelenk. Die Kuh schwenkte den schweren Kopf herum und musterte ihn gleichmütig.

Die Sennin schob die Kuh energisch an den Heubarn zurück und griff wieder nach der Gabel. »Jetzt geh, Braunaugerl. In den Schnee lass ich euch heut nicht naus.«

»Ihnen auch noch mal…« Von einem Fuß auf den anderen tretend, suchte Kajetan nach Worten. »Dankschön halt noch mal, gell?«

»Gib lieber Obacht das nächste Mal. Solche Spassettl kann ich nicht brauchen. Als wenn ich nicht schon genug zu tun hätt.« Sie stieß die Gabel wieder in eine Mistplacke. »Den Weg kannst nicht verfehlen. Die Markierung ist leicht zu sehn.«

Kajetan räusperte sich. »Dann halt ich Sie nimmer länger auf. – Wie lang werd ich denn brauchen?«

Die Ladung flog ins Freie.

»In drei Stund bist unten.«

»Unten?« Kajetan sah sie überrascht an. »Aber die Bärenalm muss doch… die ist doch…«

Sie stellte die Gabel ab. »Hast du raufgeschaut?« Sie packte ihn am Ärmel, zog ihn vor den Stall und streckte den Arm nach Osten aus. Durch eine steile Flanke über dem Etterkaser fräste sich ein schmales, unter dem Schnee kaum noch wahrnehmbares Felsband steil nach oben. »Auf die Bärenalm kommt keins mehr, schon gar nicht so ein ungeschicktes Mannsbild wie du. Und da oben ist jetzt schon über ein halber Meter Schnee.« Sie kehrte wieder in den Stall zurück. »Wofür hätt ich dich dann eigentlich gestern aus der Wand geholt?«

Kajetan taperte ihr nach. »Aber ...«

Sie wirbelte herum. »Willst draufgehn?«, schrie sie. Ihre Augen brannten. »Willst es *unbedingt*?«

Kajetan schwieg bestürzt. Sie drehte ihm ihren schmalen Rücken zu.

»Geh endlich«, sagte sie.

*

Schniefend durchquerte Kajetan die Almwiese. Das frostharte Gras knirschte unter seinen Tritten, als er den wellig bestoßenen, von Felsblöcken übersäten Hang emporstieg. Dann senkte sich der breite Almweg in die Tiefe. Nach einigen Kehren hatte er die Schneegrenze hinter sich gelassen. Der Boden schmatzte vor Nässe. Die Vegetation verdichtete sich, schon tauchte unter ihm der Hochwald aus dem Nebel. Dann raschelte totes Laub unter seinen Schuhen.

Obwohl er langsam marschiert war, begannen seine Knie plötzlich wieder zu zittern. Er blieb stehen, holte Atem und wischte sich den Rotz unter seiner Nase ab.

Er dachte an die Worte der Sennin. Natürlich hatte sie recht gehabt. Es war Irrsinn, auch nur daran zu denken, bei diesem Wetter noch höher zu steigen, mit nichts als seinem läppischen Touristen-Schuhwerk, ohne Steigeisen, ohne Seil, viel zu dünn bekleidet für winterliche Temperaturen. Hätte auf der Bärenalm überhaupt noch jemand auf ihn gewartet? Was wäre gewesen, wenn er dort niemand mehr angetroffen hätte? Der Bauer hatte ihm die Alm beschrieben: Vor Jahrzehnten aufgegeben, rottete sie seither vor sich hin, das

Dach nur noch ein Gewirr geborstener Balken, eingebrochen bis auf eine kleine Nische um die ehemalige Feuerstelle und einen Teil der Stallung. Wäre es ihm auch gelungen, sich zu ihr durchzuschlagen – nicht eine Nacht hätte er in dieser Schneewüste überstanden. Er schalt sich einen Idioten. Aufgewühlt setzte er seinen Weg fort.

Je näher er dem Talgrund kam, desto unruhiger wurde er. Sein Plan war gescheitert. Vor dem nächsten Frühsommer war der geheime Übergang nicht mehr zu benutzen. Wie sollte es nun weitergehen?

Als Erstes würde er den Peterbauer aufsuchen müssen. Vielleicht gab es noch die Möglichkeit, an einer anderen Stelle über die Grenze zu kommen. Wenn nicht –

Er blieb stehen. Hatte er Stimmen gehört? Oder war es nur das Gluckern des Bergbachs, über dessen Ufer sich der Almweg entlangwand? Die karrenbreite Piste machte eine scharfe Kehre.

Dann sah er sie. Ein halbes Dutzend Männer, darunter mehrere Gendarmen, die Gewehre geschultert. Ihr Gespräch erstarb augenblicklich. Kajetan blieb stehen. Auch die Männer verharrten wie angewurzelt und starrten ihn wie eine Erscheinung an. Unwillkürlich machte Kajetan einen Schritt zurück. Er wusste im selben Moment, dass er einen Fehler beging.

»Halt! Stehen bleiben!«

Die Männer rannten los. Ein Schuss krachte.

Kajetan hob die Hände. Er war müde, grenzenlos müde.

*

Wie ein Boxer in den Ring stürzte der untersetzte, säbelbeinige Mann mit fliegenden Mantelschößen durch die Tür des Zellacher Gendarmeriepostens. Wachtmeister Panholzer stand stramm und salutierte.

»Mach keine Staatsaktion, Kaschpe«, brummte Kriminalkommissar August Glaser. »Ich bins bloß. Wo hast ihn, deinen Mörder?«

Der Wachtmeister, noch immer mit eingezogenem Bauch und herausgestreckter Brust, wies auf einen seiner Hilfsgendarmen, der die Tür zum Nebenraum bewachte.

»Hm.« Der Kommissar knöpfte seinen Mantel auf und warf ihn über einen Wandhaken. Sein Hut segelte hintendrein.

»Ein Sauwetter hast mir wieder bestellt!« Glaser schniefte und wischte sich mit dem Handrücken über seinen borstigen Schnauzer. »Ihr Zellacher seids mir vielleicht eine hinterfotzige Bagasch. Schreibts in der Reklame für die Sommerfrischler, dass man bei Euch gesund wird – ja, von wegen! Jedsmal hol ich mir wieder einen Katarrh bei euch.«

Er griff nach dem Rapport, den ihm Panholzer entgegenhielt.

»Untersuchung des Tatorts und Personalien des Verhafteten«, erklärte der Gemeinde-Gendarm. »Und schon ein paar Zeugenaussagen. Zu recht viel mehr hab ich noch keine Zeit gehabt.«

»Hm. Von den Angehörigen hast nichts?«

»Direkt angehörig ist bloß seine Frau. Sie ist noch aushäusig, muss aber im Lauf des Tags heimkommen.«

Der Kommissar machte eine wegwerfende Handbewegung. Murmelnd überflog er das Blatt. »Verweigert Aussage …«, las er murmelnd.

»Grüß Gott, die Herrschaften!«, ertönte es hinter ihnen. Im Türrahmen stand ein fassrunder Mann und lüpfte andeutungsweise seinen flotten Jägerhut. »Herr Wachtmeister! Ich muss schon bitten! Meinen Sie nicht, ich müsste informiert werden?«

Glaser drehte sich mißmutig um.

»Was möcht der Hanswurst?«, fragte er Panholzer. »Soll sich schleichen.«

Der Wachtmeister schluckte. »Ah… ah… Gust… Herr Kommissar… Das wär der Herr Mannhardt vom Hotel ›Neuwirt‹, der Vorsitzende vom Zellacher –«

»›Verkehrs- und Verschönerungsverein‹, richtig!«, ergänzte der Ankömmling und wippte auf den Sohlen. »Die Gäste im Ort sind einigermaßen beunruhigt – und –!«

»Soll sich schleichen, hab ich gesagt.« Der Kommissar beugte sein Gesicht wieder über den Rapport.

»Wa –?« Mannhardt schnappte empört nach Luft. »Ich… ich werde mich beim Bezirksamt beschweren!«

Panholzer berührte ihn beschwichtigend am Arm und führte ihn in den Flur. »Jetzt… ah… gehts grad überhaupt nicht, Herr Mannhardt… wir sind… der Herr Kommissär ist grad mitten bei der Ermittlung… müssens verstehen…«

Mannhardt richtete seinen Hut aus, schoss einen giftigen Blick auf den Kommissar ab und marschierte hinaus. Panholzer schloss die Tür hinter ihm und stellte sich neben Glaser, der noch immer in den Bericht vertieft war.

»… macht geltend, sich an nichts erinnern zu können«, las der Kommissar laut. Er gab ein verächtliches Schnauben von sich. »Was für eine nagelneue Ausred.«

»Unser Doktor hat ihn sich angeschaut«, wandte der Wachtmeister ein. »Ein Gedächtnisverlust wär schon möglich, meint er. Zum Beispiel nach einer stärkeren Gehirnerschütterung.«

Glaser warf einen geringschätzigen Blick zu ihm hinauf. »Ist bloß auffallend, dass mir jeder zweite Ganov mit so was daherkommt.«

Er reichte die Blätter zurück. »Und? Was meinst? Ist es der Kerschbaumer?«

Panholzer nickte, schien aber nicht vollständig überzeugt. »Die Größe stimmt ungefähr, die Haarfarb könnt auch hinkommen und das Alter, hm, schwer zu sagen ...«

»Das Auffälligste soll eine Narbe auf der Stirn sein.«

»Ausgerechnet da hat er eine frische Verletzung.«

Der Kommissar verzog verächtlich den Mund. »Ein Schlauberger, was?«

Panholzer zuckte die Schultern. »Habt wenigstens ihr in der Bezirksinspektion schon eine Fotografie gekriegt?«

»Pffh!«, machte der Kommissar. »Ja. Eine uralte, auf der er ausschaut wie tausend andere. Von der Weiten aufgenommen, bei irgendeinem Sportkampf. Noch nicht einmal die Fingerabdrück hab ich. So viel zum Thema moderne Kriminaltechnik, mit der die Herrschaften in München sich aufblasen wie der Frosch beim Trompetenspielen.«

Wachtmeister Panholzer kratzte sich am Hinterkopf. »Aber mit irgendwas wird er doch zu identifizieren sein.« Sein Gesicht hellte sich auf. »Weißt, was das Einfachste wär?«

»Frag nicht, red.«

»Der Kerschbaumer soll doch von Schwarzberg sein. Das ist gute fünfundzwanzig Kilometer von da in Richtung Salzburger Grenz.«

Glaser unterbrach ihn: »Spar dir deine Vorträg. Werd meinen Bezirk grad noch kennen.«

»Wenn wir uns vom Schwarzberger Posten einen kommen lassen, der ihn noch von früher kennt –?«

»Ist ausnahmsweis einmal eine gute Idee, Kaschpe«, lobte Glaser. »Bevor wir lang drauf warten, bis uns die Münchner seine Fingerabdrück zum Zeug bringen, rufst gleich den Schwarzberger Posten an.«

»Habs schon getan, Gust«, verkündete der Wachtmeister.

Der Kommissar nickte anerkennend. Er wandte sich in die Richtung des Hausflurs.

»Nossak? Wo bleibst denn?!«, rief er. »Schlaf mir nicht wieder ein!«

Kurze Zeit später trat ein hochgewachsener junger Mann mit unsicherem Grinsen durch die Tür. Er führte linkisch die Hand an die Schläfe.

»Hab grad noch den Wagen –«

»Kaschpe«, dröhnte Glaser, »damitsd dich auskennst: Das wär der Herr Kriminalassistent Nossak. Ist seit gut vier Wochen bei uns.« Der Kommissar wies auf den Ortspolizisten. »Und das, Nossak, ist der Wachtmeister Kaspar Panholzer von Zellach.« Sein kräftiges Gebiss zeigte eine Lücke zwischen den Schneidezähnen, als er grinsend hinzufügte. »Beim Tarocken ein Halunk, wies abdrehter nimmer geht, aber als Gendarm durchaus zum Brauchen.«

Panholzer winkte geschmeichelt ab. Bevor die beiden Männer Begrüßungsfloskeln austauschen konnten, winkte Glaser befehlend. »Auf! Packen wir ihn uns, unseren Kunden!« Mit diesen Worten scheuchte er den Hilfsgendarmen beiseite und marschierte in das Nebenzimmer. Nossak folgte ihm.

»So, Freunderl –«, die struppigen Brauen des Kommissars hoben sich entgeistert, als er den Gefangenen erblickte. Er sah den Wachtmeister streng an.

»Wir sinds nicht gewesen, die ihn so zugerichtet haben«, erriet Panholzer seine Gedanken. Er fügte mit säuerlicher Miene hinzu: »Wirst lachen, Gust, aber es ist schon bis nach Zellach durchgesickert, dass die Folter abgeschafft ist.«

»Was dann? Hingefallen oder was?« Glaser fixierte Kajetan scharf, rückte sich einen Stuhl zurecht und pflanzte sich darauf. »Kannst dus mir vielleicht erzählen?«, fragte er.

»Ich möcht was fragen«, sagte Kajetan.

»Ich glaubs fast, Meister.« Der Kommissar verzog seinen Mund, legte seine kräftigen Arme auf den Tisch und beugte sich vor. »Ich glaub aber auch, dass du erst einmal auf *meine* Frag anwortest. Haben wir uns verstanden?« Er wartete die Antwort nicht ab. »Also, Freunderl: Du gibst an, du wärst ein Handlungsvertreter aus München, heißt Kajetan Paul – was uns auch dein Ausweis sagt. Der so nagelneu ausschaut, als hättst ihn erst gestern von der Druckerei geholt.«

»Das –«

»Bist noch nicht dran, Freunderl! Du hörst mir erst noch ein bisserl zu, bevor du deinen frechen Schnabel aufreißt. Und das tust du genau dann, wenn ichs dir erlaub, verstanden? Also: Was deinen Namen betrifft, so ist es heutzutag kein großes Kunststück, einen Ausweis nachzumachen. Dass ich das überprüfen lass, wird dir ja wohl klar sein. Wie dir auch klar sein wird, dass ich rauskrieg, wenn du mich aufs Kreuz legen willst. Und was dann passiert, sollt dir am allerklarsten sein. Dann nämlich kann ich ziemlich grantig werden. Und das, lass dir gesagt sein, wird dann nimmer sehr lustig.« Er setzte ein nachdrückliches Nicken hinzu. »Also? Du bleibst dabei, dass du so heißt?«

»Weils stimmt.«

»Er bleibt dabei«, sagte der Kommissar gedehnt. Während

er seine Pfeife aus der Tasche holte, sie stopfte und in Brand setzte, betrachtete er sein Gegenüber unverwandt. Eine Qualmwolke ausstoßend, fragte er in beiläufigem Ton: »Und der Name Kerschbaumer, Philipp – der sagt ihm wahrscheinlich auch nichts?«

Kajetan dachte nach. Dann schüttelte er den Kopf.

Für einen Moment war Glaser unsicher. War der Kerl wirklich so begriffsstutzig? Oder saß er einfach nur einem gewieften Lügner gegenüber?

»Ja oder nein?«, setzte er scharf nach.

Kajetan schüttelte den Kopf. »Wer soll das sein?«

»*Ich* frag!«, schnauzte der Kommissar. »Und zwar zum letzten Mal: Sagt dir der Name Kerschbaumer was?!«

»Noch nie gehört.«

»Soso.« Glasers Augen wurden zu Schlitzen. »Habs mir fast gedacht. Dann erzählst mir jetzt einmal, was du ausgerechnet in der Näh vom Tatort gesucht hast.«

Kajetan rollte hilfesuchend die Augen nach oben und stöhnte leise. »Ich … ich weiß es doch selber nicht.«

»Du meinst, du kannst dich nimmer dran erinnern, wie du hinaufgekommen bist?«

Kajetan nickte lahm. »Wie ich raufgekommen bin, weiß ich grad noch. Aber dann …«

»Interessant«, fiel ihm der Kommissar ins Wort. »So eine raffinierte Ausred hab ich noch nie gehört. Respekt, Meister. Ganz ehrlich.« Wieder ließ er eine Rauchwolke zur Decke steigen.

»Das ist keine Ausred!«, fuhr Kajetan hitzig auf.

Der Kommissar schlug mit der Faust auf den Tisch. »Blas dich nicht auf, Mannderl«, bellte er. »Wenn da herin einer schreit, dann bin ich das, verstanden?!« Er schniefte ärgerlich, zog ein kariertes Taschentuch aus seiner Rocktasche, trompetete wie ein übel gelaunter Elefant hinein und verstaute es wieder.

Kajetan holte Luft. »Dürft ich endlich einmal erfahren, um was es überhaupt geht?! Und mit wem ich red?«

Glaser sah ihn verdutzt an. Sein Blick wanderte zu Panholzer. »Der weiß das noch gar nicht? Stimmt das? Was sind denn das für Sitten bei Euch?«

»Freilich weiß ers!«, verteidigte sich der Wachtmeister aufgebracht. »Hab ihm doch gesagt, dass er wegen Mord verhaftet ist! Ist schließlich Vorschrift.«

Glaser musterte Kajetan. »Fängst jetzt schon an zu lügen?« Tücke funkelte aus seinen Augen. »Bürscherl, ich sehs schon. Wir werden eine rechte Freud miteinander haben.«

»Wegen Mordes, ja! Aber nicht, an wem. Und auch nicht, warum er ausgerechnet mich verhaftet –«

Glaser unterbrach ihn ärgerlich. »Meinetwegen! Dann hol ichs der Form halber nach, weil dus bist. Nummero eins: Du stehst im dringenden Verdacht, den Thannheiser Elias, Wirt vom Gasthof ›Taffern‹ zu Zellach, umgebracht zu haben. Selbiger Thannheiser ist – und weil du so ein Genauer bist, mach ichs extra pedantisch – heut in der Früh von zwei Revierjägern tot aufgefunden worden. Und zwar unter Umständen, die einen Unfall so gut wie ausschließen. Auf Deutsch: Es hat einer nachgeholfen. Nummero zwei: Die Verdachtsgründe sind so zwingend und einfach, wie sie zwingender und einfacher nicht sein könnten: Du hast zuvor im Gasthof vom Thannheiser logiert, bist am gleichen Tag, an dem auch der Wirt auf den Berg gegangen ist, zu einer angeblichen Wanderung ins Nachbardorf aufgebrochen, wo du aber nach Aussage von allen Hotels oder Pensionen nie angekommen bist. Dafür bist einen Tag drauf ganz woanders erwischt worden, nämlich fast metergenau da, wo die Leiche gefunden worden ist.«

»Ich –«

Der Kommissar brachte ihn mit einer Handbewegung zum Schweigen. »Drittens hast du ein paar Verletzungen, die mindestens eineinhalb Tag alt sind. Die interessanterweise so ziemlich genau zum gleichen Zeitpunkt entstanden sein müssen, an dem auch der Thannheiser umgebracht worden ist. Und zum Schluss gleich noch zu deiner anderen Frag, weil ich heut nämlich meinen höflichen Tag hab: Du redest mit dem Herrn Kriminalkommissar August Glaser von der Bezirksinspektion der Bayerischen Landespolizei in Dornstein. Von dems heißt, dass der Nam besonders gut passt, weil –«, er warf einen beifallheischenden Blick auf Panholzer, bevor er sich wieder Kajetan zuwandte und ergänzte: »– weil sich bisher noch ein jeder geschnitten hat, der sich mit ihm hat anlegen wollen! – So, Freunderl. Sind wir mitgekommen? Alle Fragen erledigt?«

»Bloß noch eine«, sagte Kajetan.

An der Schläfe des Kommissars bildete sich ein Wulst. »Wenns sein muss«, sagte er beherrscht.

»Wieso werd ich eigentlich geduzt?«

»Hä?«, wieherte der Kommissar auf, für einen Moment verblüfft. Er nahm die Pfeife aus dem Mund. »Wieso sollt ich nicht? Ist schließlich so der Brauch bei uns!« Er holte Panholzers zustimmendes Nicken ein und ergänzte: »Wenns dir noch nicht aufgefallen sein sollt: Wir sind da nicht bei euch in München droben, sondern herunt auf dem Land. Da wird nicht so gespreizt getan.«

»Kein Grund, mich wie einen Grattler anzureden.«

»Frechheit!«, empörte sich der Assistent. Glaser hob warnend den Finger und grinste verschlagen. »Nein, nein, Nossak – bei dem, glaub ich, müssen wir aufpassen. Schaut ganz danach aus, als hätten wirs mit einer ziemlich noblen Herrschaft zu tun.« Er sah Kajetan direkt an. »Einer, die sich mit unseren Vorschriften ziemlich gut auskennt.« Seine Stimme wurde wieder schneidend. »Zum Beispiel, weil sie schon öfters damit zu tun gehabt hat?«

»Ich hab mir nichts zuschulden kommen lassen!«, beharrte Kajetan. »Also kann ichs verlangen.«

Glaser durchbohrte Kajetan mit einem wütenden Blick. Sein Gesicht war dunkel geworden. Er musste sich zur Beherrschung zwingen. Schon zu Beginn des Verhörs hatte er zu seiner Verblüffung bemerkt, dass sein Gegenüber vom ersten Augenblick einen unbändigen Widerwillen bei ihm ausgelöst hatte. Glaubte dieser eingebildete Geck mit seiner Falschspielervisage etwa, die Beamten auf dem Land mit seinem Gehabe einseifen zu können? Er würde sich noch anschauen!

»Richtig!« Der Kommissar setzte ein hämisches Grinsen auf. »Das kann der gnädige Herr verlangen. Ist mir jetzt direkt nicht so geläufig gewesen.« Er suckelte an seiner Pfeife. »Für fachliche Hinweise jeder Art bin ich allweil dankbar. Sogar, wenn die von einem halbseidenen Stadtfrack kommen.«

Er lehnte sich zurück, ohne sein Gegenüber aus den Augen zu lassen. »Und nachsagen lassen wir uns erst recht nichts!« Er zwinkerte Panholzer boshaft zu. »Hinterher täts gar noch heißen, auf dem Land hätten die Leut keine Manieren.« Er spitzte den Mund und spuckte seitlich auf den Boden. »So was wär uns ganz arg, was, Kaschpe?«

Der Wachtmeister entschied sich für ein unentschiedenes Schmunzeln. Der Kommissar legte die Hände übereinander.

»Und wenn dem gnädigen Herrn ein legerer Ton gar so zuwider ist, dann kann ich gern auch anders.« Er kläffte unvermittelt los: »Und ich möcht jetzt auf der Stell eine Antwort, was du … was Er da oben gesucht hat!«

»Ich … weiß es doch nimmer«, antwortete Kajetan gequält. »Wahrscheinlich … Erholung.«

»Normaler Tourist, möcht Er uns weismachen, hm?«

»Vielleicht … Ich hab Erholung gebraucht, und da … hab ich mir gedacht, dass es im Gebirg vielleicht doch ruhiger ist.«

»Soso.« Glaser grinste boshaft. »Und? Sinds der Meinung noch allweil? Bezüglich der Erholung?« Der Kommissar wurde wieder sachlich. »Welche Erklärung gibt der feine Herr weiters dafür, dass er gestern nicht ins Nachbardorf gegangen ist, wie ers der Wirtschafterin vom ›Taffern‹ auf die Nase gebunden hat?«

»Werd mich halt verirrt haben.«

»Ach geh«, spottete Glaser. »Er verirrt sich andauernd, kann sich an nichts mehr erinnern, fällt beim Wandern aufs Hirn – muss schon sagen, so was von einem Tatterer kommt einem selten unter. Wär direkt zum Erbarmen. Wenn ichs bloß glauben könnt.«

Kajetan senkte den Blick auf seine Handfessel. »Probieren Sies wenigstens«, sagte er leise.

»Na gut, wenns dem gnädigen Herrn Spaß macht«, lenkte der Kommissar herablassend ein. »Er hat sich also verirrt und ist einen vollen Tag und eine volle Nacht im Gebirg umeinandgestolpert.« Er machte eine kleine Pause. »Dabei sinds wahrscheinlich auch ein paar Meter abgestürzt, daher die Verletzungen, richtig?«

Etwas anderes könne er sich nicht vorstellen, bestätigte Kajetan.

Glaser schüttelte den Kopf, sah Panholzer an und seufzte gespielt. »Dass sich die Stadterer aber auch allweil so dappig anstellen müssen? Dass die nie begreifen wollen, dass sie im Gebirg nichts verloren haben? Sollen doch herunten bleiben, die schönen Pensionärswegerl entlanghatschen, das Geld in die Wirtshäuser tragen und sich beim Heimatabend was vom schönen Leben im Gebirg vorjodeln lassen.«

Der Wachtmeister pflichtete ihm bei. »Ein Kapitel für sich …«

»Du sagst es, Kaschpe.« Glaser drehte sich wieder zu Kajetan. »Kommen wir aber wieder zu *unserem* Kapitel zurück, Meister. Einem, das mit ›Märchen und Sagen‹ überschrieben ist.«

»Aber anders kann ichs mir doch selber nicht erklären!«

»Dann erklär *ich* dem gnädigen Herrn jetzt einmal was.« Der Kommissar lehnte sich zurück und verschränkte seine Finger vor seinem Bauch. »Zufälligerweis hats oben schon seit ein paar Tag mehrere Grad unter null, und es hat grad gestern sogar den ersten Schnee gegeben. Wenn da einer keinen Schutzengel hat, erfriert er.« Der Kommissar ließ seine tabakgelben Zähne sehen, als er grinsend hinzufügte: »Ich bezweifle aber, dass so ein Engel große Lust hat, so was wie Sie zu beschützen.«

Kajetan fühlte, wie ihm heiß wurde. Fieberhaft überlegte er. Ab seinem Erwachen auf dem Etterkaser setzte seine Erinnerung wieder ein. Sollte er zugeben, dass er bei der Sennin war? Sie würde es bestätigen, warum auch nicht? Doch abgesehen davon, dass dies als Alibi wenig taugte – die Alm lag in verdächtiger Nähe zu jenem Treffpunkt, den ihm der Peterbauer genannt hatte, damit in der Nähe des illegalen Grenzübergangs. Sicher war der Polizei des Bezirks bereits zu Ohren gekommen, dass in diesem Gebiet ein Pfad über die Grüne Grenze existierte. Und das wiederum würde den Verdacht nähren, dass Kajetan dahin unterwegs gewesen war. Woraufhin man sich als Nächstes fragen würde, warum er das Land illegal verlassen wollte. Das aber musste er unbedingt vermeiden.

Er brauchte Zeit.

Glaser beäugte ihn lauernd. »Hats uns auf einmal die Sprach verschlagen?«

Im Wachraum nebenan setzte das durchdringende Geklingel des Telefonapparates ein. Panholzer stürzte hinaus. Kurze Zeit später kehrte er aufgeregt zurück.

»Ist für dich, Gust!«

Der Kommissar runzelte die Stirn.

»Wer istn dran?«

»München! Polizeipräsidium!«, japste der Wachtmeister. »Einer von der Abteilung Politische Polizei!«

Die Falten auf der Stirn des Kommissars vertieften sich. »Hä?«

Der Wachtmeister wedelte aufgeregt mit den Händen. »Jetzt komm halt! Der wartet doch!«

»So weit kommts noch!«, fuhr Glaser auf. »Die Geschicht ist in unserem Bezirk passiert! Und ist außerdem Sach der Kriminalpolizei, und von keinem anderen!«

Der Wachtmeister sah ihn flehend an. »Aber was soll ich denn… sags ihm doch selber, Gust…«

»Was du ihm sagen sollst?« Der Kommissar drehte ihm die Schulter zu und sah Kajetan an. »Dass er mich am Arsch lecken kann.«

Panholzer ließ die Schultern fallen und taperte hinaus.

»So!«, sagte Glaser. »Dann wieder zu dem Herrn, der allweil noch glaubt, dass er bei uns seinen Gesellenbrief zum Komiker machen kann. Dass mich keine einzige von seinen windigen Erklärungen bisher überzeugt hat, wird ihn wohl kaum wundern.«

»Ich hab keinen umgebracht«, sagte Kajetan. »Herrgottnochmal! Es ist ein Zufall gewesen, dass ich ausgerechnet an der Stell vorbeigegangen bin.«

»Zufall.« Glasers Mund zuckte gehässig. »Der gnädige Herr gestatten ein Lächeln.«

»Lachens, so viel Sie wollen!«, fuhr Kajetan auf, von plötzlichem Zorn ergriffen. »Aber ermittelns gefälligst auch in andere Richtungen! Ziehen Sies wenigstens *in Betracht,* dass es einen anderen Täter gegeben haben könnt, Sie dritte Garnitur von einem Provinzkriminaler!«

Glaser donnerte seine Faust auf den Tisch, schoss aus seinem Stuhl und beugte sich, die Hände auf die Platte gestützt, zu Kajetan. Seine Nasenflügel bebten. Für einen Moment sah es aus, als wolle er sich auf ihn stürzen.

Der Wachtmeister kam zurück. Beunruhigt sah er vom einen zum anderen.

»Weißt, was ich jetzt am liebsten tät, Kaschpe?«, sagte der Kommissar mit kehliger Stimme. Panholzer nickte überzeugt, fügte aber besorgt hinzu: »Aber du haust ihm jetzt keine rein, Gust. Gell?«

Der schnaubende Atem des Kommissars antwortete ihm.

»Ich hab ja eine Kultur«, grunzte er schließlich, löste sich aus seiner Starre und ließ sich auf den Stuhl zurückplumpsen. Nossak atmete hörbar aus.

»Weißt was, Kerschbaumer?«, sagte der Kommissar mit gezwungener Gelassenheit. »Du fängst schön langsam an, mir auf die Nerven zu gehen.« Entschlossen stand er auf und rief im Ton eines Befehlshabers: »Wachtmeister Panholzer!«

Der Ortsgendarm schlug die Hacken zusammen.

»Kaschpe, der Herr Oberschlauberger aus der Stadt meint, den harten Knochen spielen zu müssen. Der wird sich noch anschauen.« Glaser wandte sich an seinen Assistenten. »Aber den fieseln wir uns lieber in der Bezirksinspektion ab, was, Nossak?«

Der Angesprochene lachte pflichtschuldig. »Genauso machen wirs. Fahren wir auf der Stell?«

Glaser sah ihn entgeistert an. »Hats dich? Hast nicht gehört, was unser feiner Herr, der im Nebenberuf mindestens Professor auf der Polizeischul sein muss, grad gesagt hat? Nennst du das vielleicht Ermittlungen, was wir bisher gemacht haben? Noch nicht einmal mit dem Doktor haben wir geredet.« Er deutete befehlend zur Tür. »Du schwingst dich jetzt raus und schaust dich nach einem ordentlichen Zimmer für uns um, für den Fall, dass wir heut nimmer fertig werden. Verstanden? Abmarsch!«

Nossak hatte einen roten Kopf bekommen. Er nickte eckig und verließ eilig das Zimmer.

»Und du, Kaschpe, sperrst unseren Kunden derweil wieder hinter ins Kastl. Deine Hilfsgendarm sollen sich vor der Tür aufstellen.«

Panholzer salutierte. Zwischen den Augen des Kommissars bildete sich eine Falte.

»Jetzt lass den Käs doch endlich«, brummte er. »Schick dich lieber. Hab noch mit dir zu reden.«

*

»Mach die Tür zu«, sagte der Kommissar. Wenig später kehrte der Wachtmeister in den Vernehmungsraum zurück. Panholzer gehorchte und sah Glaser abwartend an.

»Kaschpe …«, begann Glaser, nachdem er sich wieder ausgiebig geschnäuzt hatte. »Auf deine Nasen hab ich allerweil was geben können, groß genug ist dein Zinken ja. Was sagst du? Ist es der Kerschbaumer oder ist ers nicht? Und hat er auch noch den Thannheiser auf dem Gewissen?«

Der Wachtmeister griff sich einen Stuhl und setzte sich. »Tja, wenn wir wenigstens die Fingerabdrück hätten …«

»Haben wir aber nicht!«, raunzte Glaser ungeduldig. »Deine Auffassung möcht ich gefälligst hören, kapiert?«

Panholzer war unsicher. »Es spricht fast alles dafür, dass es der Kerschbaumer ist … die Umständ … sein verdächtiges Benehmen … aber da wär was, was mir noch ein bisserl spanisch vorkommt …«

Der Kommissar sah ihn aufmerksam an. »Red?«

»Na, dass der Kerl ausgerechnet von oben gekommen ist. Und dass der Weg, auf dem wir ihn erwischt haben, direkt ins Dorf geht. Er geht also nicht in Richtung Grenze, sondern in die Richtung vom Dorf, wo er sich doch ausrechnen kann, dass es da schon vor Polizei grad so wimmeln muss.«

»Hm …« Glaser wiegte den Kopf.

Der Wachtmeister zuckte die Schultern. »Gut, vielleicht hat er gehofft, dass der Thannheiser nicht gleich gefunden wird. Vielleicht ist er aber auch bloß ein blöder Hund. Die meisten Mörder sind doch so dumm, dass es wehtut.«

»Blöd ist der nicht!«, entgegnete Glaser, und wieder wunderte er sich über die Heftigkeit, mit der dieser Satz aus ihm geplatzt war. Er brauchte einige Sekunden, um sich wieder zu sammeln. »Ich vermut eher«, fuhr er fort, nun wieder konzentriert, »dass er gar keine andere Möglichkeit mehr gehabt hat. Soweit ich informiert bin, ist der alte Schmuggler-Steig ins Österreichische saumäßig gefährlich.«

Der Wachtmeister stimmte ihm zu. »Er müsst durch die Muntenwand gehen, eine andere Möglichkeit gibts nicht«, erklärte er. »Ich hab mirs bisher erspart, da reinzusteigen. Bin schließlich kein Selbstmörder.«

»Eben.« Glaser zog nachdenklich an seiner Pfeife. »Dazu kommt, dass es gestern Nacht oben geschneit hat. Da hat er wohl einsehen müssen, dass da kein Drüberkommen mehr ist. Was also tut er? Er geht wieder hinab, vielleicht in der Hoffnung, sich auf halber Höh irgendwo bis in die Nacht verstecken und danach wieder ins Flachland schleichen zu können. Drüben im Bregenzer Wald beispielsweis solls noch keinen Schnee geben.«

Panholzer war noch immer skeptisch, sagte aber nichts. Der Kommissar fuhr fort: »Und damit gleich zum Motiv: Sag, Kaschpe – es ist doch gut möglich, dass der Thannheiser davon informiert gewesen ist, dass sich der Kerschbaumer in der Gegend herumtreiben soll. Oder?«

»Gut möglich. Einer von den Revierjägern könnts ihm gesteckt haben. Sind ja oft beim ›Taffern‹ gehockt.«

Glaser stand auf, legte die Hände hinter seinem Rücken zusammen und ging grübelnd auf und ab. »Und dann hats ein saudummer Zufall gewollt, dass die beiden aufeinandergestoßen sind. Vielleicht hat der Thannheiser sogar versucht, ihn zu packen.« Er blieb stehen und sah Panholzer an. »Bei der Gelegenheit: Was hat der Thannheiser eigentlich da oben verloren gehabt?«

»Er hat eine Alm droben, den Etterkaser. Nachdems Vieh

heuer früher als sonst ins Tal runter muss, ist er deswegen wohl hinauf.«

Glaser nickte abwesend. Dann schüttelte er den Kopf. »Nein, nein … er ist es.« Als wollte er sich selbst davon überzeugen, wiederholte er es: »Es ist der Kerschbaumer.«

Er zog eine Uhr aus seiner Jackentasche und ließ den Deckel aufspringen. »Der Doktor müsst fertig sein«, sagte er.

*

Der Wachtmeister hatte die Leiche des »Taffern«-Wirts im Behandlungszimmer der Zellacher Bezirksfürsorgestelle aufbahren lassen. Gerichtsarzt Doktor Mühlauer war gerade dabei, seine Instrumente im Waschstein zu reinigen.

»Gratuliere«, sagte er zu den eintretenden Beamten. »Ich würde sagen, der Verdacht hat sich bestätigt.«

»Überlassens das mir«, grummelte Glaser. »Was habens rausgefunden?«

»Ich bitte inständig um Verzeihung, Herr Kommissar, wenn ich versehentlich gewagt haben sollte, auch nur in die Nähe Ihres Kompetenzfeldes zu geraten.«

»Stehlens uns nicht die Zeit, ja?«

»Das würde ich bei Ihnen doch niemals wagen, Herr Kommissar.« Der Doktor legte seine Geräte in seinen Koffer, trocknete seine Hände ab und stellte sich neben die Bahre. »Also, erstens: Der Mann war, wie man so sagt, in seinen besten Jahren und kerngesund. Zweitens: Der Mann war definitiv nicht betrunken. Drittens …« Der Arzt griff an das Leichentuch und legte Kopf und Oberkörper der Leiche frei. »… die Leiche weist die für einen Bergunfall typischen

Blutergüsse und Abschürfungen sowie eine schwere Schädelverletzung auf, bei der das Gehirn nicht unerheblich in Mitleidenschaft gezogen wurde. Eine Verletzung, die ihn vermutlich künftig schwer beeinträchtigt hätte, die aber, um schon einmal vorzugreifen –« Der Arzt hob den Zeigefinger und sah über den Brillenrand, »– nicht unmittelbar zum Tod geführt hat. Des Weiteren, für einen Bergunfall ebenfalls nicht untypisch, findet sich je ein Bruch des linken Oberarmes und des Kniegelenks, ebenfalls links.« Der Arzt deutete auf den Hals der Leiche. »Und nun viertens: Zum Tod hat letztendlich ein rasanter Blutverlust durch diese verletzte Halsarterie geführt.«

»Ein Messerstich?«, wollte Glaser wissen.

»Ich vermute eher, es handelte sich um einen an- oder abgebrochenen Ast, dick und steif genug, um ihm die Halsarterie aufzureißen.«

»Moment!«, fuhr der Kommisssar auf. »Ein Ast? Das könnt aber doch auch heißen, dass er einfach bloß saudumm gefallen ist?«

Der Doktor nickte ungerührt. »Sicher. Wir können andererseits aber auch nicht ausschließen, dass er – mangels geeigneter Tatwaffe seitens des Täters – mit einem angebrochenen oder entsprechend präparierten Ast attackiert und dann in die Tiefe geworfen worden ist. Eine derartige Wunde ist für einen Absturz tatsächlich etwas ungewöhnlich. Ich würde sagen, das müssen Sie, meine Herren, direkt am Tatort verifizieren. Wenn sich auf dem Weg beispielsweise erhebliche – ich betone: erhebliche, und rede dabei von mehreren Litern – Blutspuren befinden, dürfte diese letztere Variante die wahrscheinlichste sein.«

Glaser sah den Wachtmeister fragend an. Dieser schüttelte

verneinend den Kopf. »Auf dem Weg haben wir, glaub ich, kein Blut gesehen, Gust.«

»*Glaubst du?*«

»Es ist uns jedenfalls auf dem Weg nichts aufgefallen.«

»Diese Menge würde sogar einem Blinden auffallen«, mischte sich Dr. Mühlauer ein.

»Und drunten, wo er gelegen ist, Kaschpe?«

»Da schon. Ziemlich viel sogar.«

»Bin ich jetzt deppert?«, ereiferte sich der Kommissar. »Dann könnts ja genauso gut doch ein hundsgemeiner Unfall gewesen sein? Wenn einer den Thannheiser abgestochen hat, mit was auch immer, dann hat er das garantiert nicht an der Stelle getan, wo er gefunden worden ist. Kaschpe, du hast doch gesagt, dass man auf den Felsvorsprung unter dem Weg bloß kommt, wenn man mit dem Seil absteigt.«

Panholzer bestätigte mit einem Nicken. Glaser fuhr aufgebracht fort: »Und nachdem oben offenbar kein Blut gewesen ist, muss sich der Thannheiser die Verletzung zwischen dem Weg oben und dem Fundort seiner Leiche zugezogen haben! Also? Wer von uns kann bis drei zählen? Ich kanns grad noch, und deswegen sag ich Euch: Wir haben da nichts anderes als einen hundsnormalen Bergunfall!«

Der Arzt lächelte überlegen. »Ich will Ihnen Ihre Arbeit keinesfalls abnehmen, lieber Herr Kommissar. Warum ich Ihnen trotzdem vorhin gratulieren wollte, hängt damit zusammen, was ich noch entdeckt habe.«

»Himmelherrgottsakrament!«, platzte Glaser heraus. »Jetzt machen Sies doch nicht gar so spannend.«

»Wären Sie so freundlich, Ihre Cholerik ein wenig zu zügeln?«

»Cholerisch!! Ich!?«

Glasers Aufgebrachtheit ignorierend, deutete der Pathologe auf das Gesicht des Toten. »Sehen Sie diese Verletzungen um die Augenpartie? Lauter kleine und größere Einstiche, teilweise bis zu einem dreiviertel Zentimeter tief. Und jetzt –« Er schob eines der Lider zurück. »– sehen Sie sich das an.«

Der Wachtmeister wandte sich entsetzt ab. Glaser schluckte. Thannheiser hatte keine Augen mehr. Seine Augäpfel bestanden nur noch aus einer blutdurchtränkten, gallertartigen Masse. Der Doktor schob das Lid wieder über die Höhlung. »Da diese Verletzung unmöglich durch den Sturz entstanden sein kann, gibt es nur eine Erklärung: Der Mann wurde geblendet. Er war natürlich augenblicklich ohne jede Orientierung, muss zudem rasende Schmerzen verspürt haben, ist vermutlich halb besinnungslos umhergetorkelt und schließlich abgestürzt.« Er zog das Tuch wieder über den Körper. »Wie das der Richter würdigen wird, weiß ich natürlich nicht. Aber ich würde sagen: Jemanden im Hochgebirge seines Augenlichts zu berauben, ist gleichbedeutend damit, ihn zu töten.«

Dr. Mühlauer öffnete eine schmale Metallkassette und brachte mit der Pinzette zwei undefinierbare Splitter zum Vorschein. »Diese Partikel habe ich aus der Augenwunde isolieren können.«

Die beiden Beamten kniffen ihre Augen zusammen.

»Fichte«, kam ihnen der Doktor zu Hilfe. »Astholz der jungen Fichte, daneben eine Fichtennadel. Vor allem Ersteres ist steif genug, um diese Augenwunden zu verursachen.«

Glaser schob seinen Hut in den Nacken und knetete nachdenklich seine Nasenspitze. Der Gerichtsarzt verstaute seine Beweisstücke wieder in seiner Kassette, streifte sich die Handschuhe ab und begann, seinen grauen Kittel auszuziehen.

»Eine eingehendere Untersuchung ist meinerseits nicht mehr nötig, damit auch keine Überführung in das Labor des Bezirksgerichts.« Er sah über die Schulter. »Es sei denn, Herr Kommissar, dass Sie noch weitere Informationen brauchen – Nicht? Dann ist der Leichnam –«

»Moment noch, Herr Doktor«, unterbrach Glaser. »Wie stell ich mir das mit dieser Blendung vor?«

»Wie diese Attacke abgelaufen sein könnte? Nun, wie ich Ihre beispielhafte Ermittlungsarbeit kenne, Herr Kommissar, wird Ihnen das Ihr Mörder bestimmt binnen kürzester Zeit genauer erklären.« Der Doktor machte eine kurze Pause, in der er die Wirkung seiner Spitze auskostete, fuhr dann aber zügig fort: »Aber da Sie mich danach fragen: Ich bin davon überzeugt, dass der Täter vor allem das Überraschungsmoment ausgenutzt hat. Dazu stelle ich mir vor, dass er zuvor die Spitzen einiger Fichtenzweige abbricht, sie in der Hand bündelt, so dass sie dem ahnungslosen Opfer als harmloser Fichtenboschen erscheinen müssen, mit dem man etwa den Herrgottswinkel oder vielleicht auch das Haupt eines über die Maßen erfolgreichen Kriminalkommissars bei der Ordensverleihung schmückt –«

»Was ein gewohnt unpassender Scherz sein soll, verstanden. Weiter.«

»Nun, im geeigneten Augenblick dreht er diesen Boschen so, dass die spitzen Bruch- oder Schnittstellen nach vorne stehen, und schlägt sie ihm mit Kraft in die Augenpartie. Die Folgen sind so verheerend, wie Sie vorhin gesehen haben. – Noch Fragen?«

Die beiden Beamten verneinten stumm.

»Gut. Der Leichnam ist damit für die Beerdigung freigegeben.« Er ging zur Anrichte und klappte den Koffer zu.

»Ich darf mich dann mit Ihrer Erlaubnis verabschieden. Den Bericht gebe ich gleich in der Bezirksinspektion ab. In Ordnung?«

*

In Zellach hatten die Ereignisse Bestürzung ausgelöst. Der Dorfplatz war für diese Jahreszeit ungewöhnlich belebt, vor den Läden standen die Dörfler und debattierten aufgewühlt miteinander. Wachtmeister Panholzer grüßte ernst nach allen Seiten, als er mit dem Kommissar zur Gendarmeriestation zurückging.

Kommissar Glaser hatte keine Augen für seine Umgebung. Den Oberkörper leicht vornübergebeugt, stiefelte er mit ausgreifenden Schritten und sichelnden Armen voran. Der Wachtmeister hatte Mühe, Schritt zu halten.

»Weißt, was mich am meisten wurmt, Kaschpe?«, presste der Kommissar durch die Zähne.

»Hm?«

»Dass er recht hat! Dieser Sauhund!«

Schnaufend holte Panholzer auf. »Der Doktor?«

»Frag doch nicht so blöd, Kaschpe! Unseren sauberen Kunden mein ich. Den, der bei dir in deinem Kastl hockt.«

»Den Kerschbaumer.«

»Wer sonst?« Die Stimme des Kommissars war voller Verachtung. »Der aber meint, er könnt mich für dumm verkaufen! Und behauptet, dass ers nicht ist, sondern Kajetan Paul heißt.«

»Ahja…« Panholzer verstand. »Und… aber mit was soll der jetzt auf einmal doch wieder recht haben?«

»Mit was wohl!«, wütete Glaser los. »Dass ich noch in andere Richtungen ermitteln muss! Auch wenn ich zehnmal überzeugt davon bin, dass er und kein anderer unser Kandidat ist! Auf einen Kilometer seh ichs ihm an, dem verschlagenen Lumpen!«

»Jaja ... schon ...«, japste Panholzer. Sein Gesicht war gerötet. »Aber, Gust, ich versteh noch allweil nicht recht. Wo, in Gottsnam, willst denn da überhaupt noch herumstöbern?«

Auf dem Platz vor der Station angekommen, verlangsamte der Kommissar seine Schritte. Er senkte die Stimme. »Kaschpe, pass auf: Ich muss als Erstes wissen, ob der Thannheiser Elias Feinde gehabt hat. Ob er, beispielsweis, irgendwann einmal in was verwickelt gewesen ist, was im Dorf ungutes Blut geschaffen hat.«

Der Wachtmeister wischte sich mit dem Ärmel den Schweiß von der Stirn und setzte eine wissende Miene auf. »Da brauch ich nicht lang nachzudenken, Gust. Das kann ich dir gleich sagen.«

»Dann tus gefälligst.«

»Es gibt bloß eine Antwort: Es gibt nichts. Jedenfalls nichts, was uns bei dem Fall helfen könnt.«

Glaser blieb stur. »Denk trotzdem nach!«

»Gust! Wenn ichs dir doch sag! Gut, mit dem Herrn Mannhardt hat er vor einiger Zeit wohl ein Gewirks gehabt.«

»Mannhardt? Ist das ein Hiesiger?«

»Er ist von München zugezogen, hat vor ein paar Jahr den alten ›Neuwirt‹ gekauft und ein Hotel draus gemacht. Er ist, wie soll ichs nennen, ziemlich umtriebig, was den Fremdenverkehr in Zellach betrifft.«

»Ist das womöglich der Gschaftlhuber, der sich vorhin hat aufmandeln wollen?«

»Das ist er gewesen, ja.«

»Der euer Dorf verschönern möcht, weils gar so gräuslich ist? Hat ers Schuhplatteln auch schon als uraltes Zellacher Brauchtum einführen lassen, damit sich eure Burschen und Madeln auch garantiert für die Stadterer zum Affen machen können?«

Der Wachtmeister grinste betreten. »So ungefähr.«

»Gut. Um was ist es bei dem Streit zwischen den Zweien gegangen?«

Panholzer wand sich. »Das ist nie so richtig aufgekommen, hat mich auch weiters nicht interessiert. Soweit ich gehört hab, hat der Mannhardt seinerzeit dem alten ›Taffern‹-Wirt selig – ich red vom Vater von der Mena –«

»– die Frau, respektive jetzt die Witwe vom Elias Thannheiser«, drängte der Kommissar. »Weiß ich. Also? Was ist da gewesen?«

»Der Mannhardt hat dem Alten Wirtschaft und Gasthaus abschwatzen wollen. Wie der Thannheiser Elias aber dann beim ›Taffern‹ eingeheiratet hat, wars damit natürlich aus. Der Mannhardt soll damals vor Wut in die Tischkanten gebissen haben.«

»Aha? Und danach sind die Zwei wieder Gutfreund geworden, oder was?«

»Das grad nicht«, räumte Panholzer ein. »Auch deswegen, weil der Thannheiser es politisch mit den Königstreuen gehabt hat, der Mannhardt aber mit der Volkspartei. Neuerdings, so heißts, soll er sogar ein bisserl mit den Nazen schmusen.« Er fügte bestimmt hinzu: »Aber bevor du aus so was jetzt einen verkehrten Schluss ziehst, Gust, lass dir gesagt sein: In einem Dorf wie Zellach ist es mit dem Politisieren nicht so weit her. Die Leut lassen jedem seine Spinnerei, man muss ja miteinander leben. Die Leut können es sich gar nicht leisten, sich wegen so einem Krampf zu zerkriegen.«

Der Kommissar war stehen geblieben. Erwartungsvoll sah er zu Panholzer hoch. »Aber trotzdem –?«

»Jetzt spinn dich gefälligst aus, Gust!«, unterbrach der Wachtmeister energisch. »Der Mannhardt und dem Thannheiser was antun wollen! Das hat der überhaupt nicht nötig, weil er eh schon einer von den Reichsten in Zellach ist. Und weil er einer ist, ders auf die hinterfotzige Art anpackt, wenn er einen dick hat.« Er senkte seine Stimme. »Er ist, unter uns gesagt, ein feiger Hund. Große Goschen, nichts dahinter.«

»Habt ihr Sozen oder Kommunisten in Zellach?«

»Es gibt keine Ortsgruppe von denen, wenn du das meinst. Ein paar tun bei der Holzarbeitergewerkschaft und beim Reichsbanner mit. Der Bauernbund ist bei uns vor dem Krieg und kurz danach ziemlich stark gewesen, aber die Zeit ist auch schon lang vorbei.« Er warf Glaser einen ungehaltenen Blick zu. »Warum fragst mich eigentlich ausgerechnet nach denen? Kannst mir glauben, wenn ich bloß mit den paar Sozen bei uns zu tun hätt, hätt ich ein ruhiges Leben.«

Die Stirn des Kommissars kräuselte sich zweifelnd, bevor er erklärte: »Ich frag dich deswegen, weil der Kerschbaumer bei den Kommunisten ist.« Er machte eine bedeutungsvolle Pause und fuhr streng fort: »Und weil ich mich in den letzten Jahr ein paarmal hab wundern müssen, dass sich die Spur von ein paar Leuten, die wegen politischer Verbrechen gesucht worden sind, ausgerechnet in Eurer Gegend verliert. Dass das was mit der Grenz zu tun hat, liegt auf der Hand. Aber nach dem, was du mir gesagt hast, kommt eins ohne Hilfe nicht ins Österreichische rüber. Also muss es Leut geben, die denen helfen.«

»Kann sein«, parierte der Wachtmeister aufgebracht. »Wenn du mir jetzt auch noch einen guten Rat gibst, wie ich als Dorfgendarm rausfinden soll, ob unter den paar Tausend Sommerfrischlern, die wir jedes Jahr haben, einer dabei ist, der nicht ganz sauber ist und ob ein Bauer sich als Bergführer bloß ein Zubrot verdient oder so einem über die Grenze hilft, dann wär ich dir ehrlich dankbar.«

»Reg dich wieder ab«, lenkte Glaser ein. »Du weißt, wie ichs mein. Mir ist bloß vor einiger Zeit der Name von einem hiesigen Bauern untergekommen. Und zwar in Zusammenhang damit, dass nach einem Zeitungsschreiber – oder wars ein Dichter? – gefahndet worden ist.«

»Kann mich dran erinnern. Auch daran, dass ich mir damals gedacht hab, dass es jetzt aber arg wird.«

»Wieso?«

»Seit wann wird bei uns nach Dichtern oder so was gefahndet?«, wunderte sich Panholzer. »Umgänglichere, oder wennsd willst, harmlosere Leut kenn ich nicht. Kann mich noch erinnern, wie vor dem Krieg einmal der Herr Ganghofer bei uns logiert hat. Der Roman, den er damals geschrieben hat, war zwar ein ziemlicher Krampf, aber wenn das schon strafbar wär …«

»Soweit ich mich erinnern kann, hat der, den sie damals gesucht haben, sich mit dem Herausgeber von den ›Münchner Neuesten Nachrichten‹ angelegt, den Prozess verloren, worauf er für mehrere Jahr ins Zuchthaus hätt sollen. Weil er aber nach der Revolutionszeit schon einmal schmecken hat dürfen, wies da drin ausschaut, ist er ab- und ein paar Monate später in der Schweiz wieder aufgetaucht.«

»Ein Soze also.«

»Blöde Frag, Kaschpe«, sagte Glaser.

»Stimmt«, gab der Wachtmeister zu. »Wer von den Zellachern solls denn gewesen sein, von dem du seinerzeit gehört hast?«

»Soweit ichs noch im Kopf hab, ist von einem ›Peterbauer von Zellach‹ die Red gewesen.«

»Ich kenn den Karl«, sagte Panholzer überzeugt. »Gegen den ist nichts zu sagen. Außerdem hab ich ihm eh erst grad das Haus auf den Kopf stellen müssen.«

»Ergebnis?«

»Keins natürlich! Die ganze Geschicht ist überflüssig gewesen wie ein Kropf!«, sagte Panholzer erbost. »Außer, dass ich mirs wieder mal eine Zeit lang mit dem Bauern verdorben hab. Der Karl und mit einem Mörder unter einer Decken stecken! Wer bloß auf so eine Idee kommen kann! Und jetzt sei so gut, Gust, und erzähl mir, was das alles auch noch mit dem Mord am Thannheiser zu tun haben soll!«

»Weiß ich doch auch noch nicht«, musste Glaser gestehen. »Ich rühr halt ganz gern in der Soß rum, verstehst? Im Moment schmeckts mir allerdings noch überhaupt nicht, muss ich zugeben.«

Panholzer lachte leise. »Und ziemlich trüb ist sie auch.« Er deutete zur Tür. »Wieso gehen wir nicht rein?«

»Weil ich noch mit dir allein reden möcht, Panholzer. Der Nossak muß nicht alles hören.«

»Warum?«

»Darum.«

»Versteh.«

»Wir sind außerdem noch nicht ganz fertig. Denk noch einmal scharf nach. Andere Feinde hat der Wirt tatsächlich nicht gehabt?«

Der Wachtmeister gab einen gequälten Seufzer von sich.

»So glaub mirs doch endlich, Glaser. Du bist auf dem Holzweg. Einer wie der Thannheiser hat Konkurrenten, die bestimmt nichts lieber tun, als hintenrum dumm über ihn daherzureden. Aber keinen Todfeind. Der Thannheiser ist außerdem ein durchaus reeller Wirt gewesen, hat den ›Taffern‹ wieder gut auf die Höh gebracht. Von ihm ist keins je ausgeschmiert worden. Nachsagen hat man ihm da nichts können, auch keine Weibergeschichten. Gut verheiratet ist er nämlich auch gewesen.«

Glaser kniff die Brauen zusammen. »Was hebst das gar so raus? Dass sich zwei gut verstehen, solls doch hin und wieder geben.«

»Wie soll ichs dir erklären …«, seufzte Panholzer. »Also … du musst wissen, dass die Mena, seine Frau, die Kinderlähmung gehabt hat und ihr da ein bisserl was geblieben ist. Ein Hax zu kurz, und ein bisserl einen Buckel. Der Thannheiser andrerseits ist ein fesches Mannsbild gewesen, nach dem hätten sich viele die Finger abgeschleckt. Aber nein, er nimmt *sie*. Gut, sie ist ein herzensgutes Ding, hat ein recht netts Gsichterl, ist recht gescheit, aber … wie soll ich sagen …«

»Herrschaftszeiten, Kaschpe! So wies halt ist!«, schimpfte der Kommissar.

»Naja«, fuhr Panholzer zögernd fort, »dass sie durchaus was zum Zeug gebracht hätt, weil sie immerhin die Erbin vom ›Taffern‹ gewesen ist, das hätt natürlich den einen oder anderen interessiert … aber dann möchte man halt doch schon was Gesundes, verstehst? Dass es einen Nachwuchs gibt, ist für einen jungen Bauern halt einmal wichtig. Gut, ein paar Hungerleider hätts schon gegeben, die aufs Haus spekuliert haben und sie als lästiges Möbel akzeptiert hätten. Aber die hat sie schnell rasiert! Aber wie! So eine Bescheidene sie auf der einen Seit ist, so stolz kann sie nämlich schon auch sein, die Mena.«

»Aber den Thannheiser hat das mit ihrem Hax und ihrem Buckel nicht gestört«, wiederholte Glaser nachdenklich.

»Er mag sie so, wie sie ist, soll er gesagt haben. Dass er seiner Mena allweil recht schön getan hat, ist dem Thannheiser jedenfalls im Dorf hoch angerechnet worden.«

»Hm…«, machte Glaser. Der Kommissar zog sein Taschentuch hervor und schnäuzte sich. »Also keine Feinde im Dorf, was?«

»Gust, zum allerletzten Mal: Nein«, antwortete der Wachtmeister. »Und jetzt fängts an, mich zu frieren.«

*

In der Station ließ sich Glaser auf den Stuhl fallen. Er stützte seine Ellbogen auf die Lehne und faltete die Hände.

»Eins interessiert mich trotzdem noch, Kaschpe. Die Jäger haben den Thannheiser in der Früh gefunden, haben dich geholt, und kaum bist du wieder im Dorf gewesen, hast du bei mir angerufen. Bei einem normalen Bergunfall hätt sich Eurer Doktor die Leich angeschaut, einen Totenschein ausgestellt und ich hätte meine Ruh gehabt.« Er sah zu Panholzer hinauf. »Wieso bist du dir gleich so sicher gewesen, dass es kein einfacher Bergunfall gewesen ist? Das mit den Augen hast du ja noch gar nicht wissen können.«

Der Wachtmeister legte seine Pickelhaube ab und strich sich über sein schütteres Haar. »Kann ich dir sagen, Gust. Der Almweg ist oberhalb der Stell, wo er gefunden worden ist, fast zwei Meter breit und fast eben. Solang ich denken kann, ist da weder jemals ein Mensch noch ein Almvieh abgestürzt. An der Stell nämlich, Gust, *kann* keins abstürzen. Außer, er wär komplett besoffen gewesen. Ich wiederum hab gewußt, dass sich der Thannheiser zwar durchaus einmal den einen oder anderen Schluck gegönnt hat, aber niemals schon in der Früh. Deswegen ist für mich klar gewesen, dass da wer nachgeholfen haben muss. Wie, wissen wir ja jetzt.«

Glaser ergriff die Armlehnen, stemmte sich aus dem Stuhl, legte die Hände hinter seinem Rücken zusammen und ging grübelnd auf und ab.

»Du sagst, der Thannheiser ist unterwegs gewesen zu seiner Alm …«

Panholzer hatte hinter seinem Schreibtisch Platz genommen.

»Richtig«, bestätigte er.

»Seit wann kümmert sich eigentlich ein Bauer selber drum? Der wird doch seine Leut dafür haben?«

»Das … ah … ist bei den Thannheiserischen alles ein bisserl anders gewesen. Als Sennin nämlich ist seine Frau oben gewesen – die Mena.«

»Ah?« Der Kommissar blieb stehen und sah Panholzer verwundert an. »Also weißt, Kaschpe – es ist zwar bekannt, dass die Zellacher eine extrige Rass sein können, aber eine Bäuerin, die selber auf der Alm ist, ist mir bisher eher selten untergekommen.«

Der Wachtmeister zuckte die Achseln. »In Zellach jedenfalls hat sich keins was dabei gedacht. Die Leut auf dem Land können da überhaupt recht leger sein, da täusch dich bloß nicht. Wenns notwendig ist, wird da nicht erst im Benimmbüchl nachgeschaut. Einer guten Bäuerin graussts vor nichts, musst du wissen. Und wenns nicht grad eine ganz

Gespreizte ist, ist sie sich erst recht nicht für die Almarbeit zu schad. Außerdem ist die junge Thannheiserin eh nie so gern unter die Leut gegangen. Wegen ihrem Buckel, nehm ich an. Und wie vor ein paar Wochen der alte Senn, der sonst die Arbeit auf dem Etterkaser geschmissen hat, aufgeben hat müssen, da ist halt sie eingesprungen. Der Thannheiser solls überhaupt nicht gern gesehen haben, aber einen Ersatz hat er auch nicht so schnell auftreiben können, so mitten unterm Jahr. Außerdem soll die junge Mena allweil schon gern mit dem Vieh gewesen sein und hat die Almarbeit gemocht.«

Glaser ließ sich wieder in den Sessel plumpsen. Er rieb sich den Nacken.

»Trotzdem«, sagte er. »Der Elias Thannheiser ist keiner von den Armen gewesen. Für eine Aushilf wird so einer grad noch ein paar Kreuzer in seiner Kassa übrig gehabt haben.«

»Hast ja recht«, pflichtete ihm Panholzer bei. »Für viele Bäuerinnen käms eher nicht in Frag, auf die Alm zu gehen. Haben ja auch herunten mit dem Haushalt genug zu tun. Aber für den und die Gastwirtschaft hat der Thannheiser ja schließlich eine tüchtige Wirtschafterin gehabt, die ihm alles geschmissen hat. Die Mena dagegen –« Er unterbrach sich. Von der Dorfstraße drang das Geläut schwerer Kuhglocken herein. Der Wachtmeister wuchtete sich aus dem Sessel und stellte sich an das Fenster. Er winkte den Kommissar zu sich. Glaser, der gerade nach seiner Pfeife gekramt hatte, sah neugierig auf.

»Sie kommen«, sagte Panholzer.

Thannheisers Herde kehrte von der Alm zurück. An der Spitze des Zuges, sich auf den Hirtenstock stützend und ein Bein leicht nachziehend, ging Mena. Ein knöchellanger, schwarzer Hirtenmantel umschlotterte ihre hagere Gestalt.

Ihr Gesicht war bleich, und es schien ihr Mühe zu bereiten, sich aufrecht zu halten. Die Menschen auf dem Dorfplatz hatten ihre Gespräche unterbrochen und betrachteten sie befangen.

»Das ist sie, die Mena …«, sagte Panholzer, unwillkürlich flüsternd, als wohne er einer Feierlichkeit bei.

»Denk mirs schon.« Glaser drehte sein Gesicht zu Panholzer, ohne seinen Blick von der behäbig dahintrottenden Herde und den beiden Sennen zu nehmen. »Sag einmal, Kaschpe … eins wundert mich …«

»Hm?«

»Schau dir mal das Vieh an. Ists bei euch nicht auch der Brauch, dass die Küh beim Almabtrieb einen Schmuck aufgesetzt kriegen?«

»Du meinst die Kränze, die Furkel?«

»Wie ihr das auch nennt.« Glaser nickte und wies auf die Dorfstraße. »Die Viecher da unten haben jedenfalls nichts.«

»Das muss so sein«, belehrte ihn Panholzer. »Seit altersher werden die Furkel bloß dann aufgesetzt, wenn es den Sommer über kein Unglück auf der Alm gegeben hat.«

»Verstehe«, murmelte der Kommissar. Er deutete an das Ende des Zuges, dem ein gebückter Alter folgte und die Tiere mit Stockhieben antrieb.

»Und wer ist der zusammengewerkelte Alte hintendran?«

»Der alt Dori. Ist schon seit Lebtag lang Knecht beim ›Taffern‹ gewesen.«

In diesem Moment löste sich unter dem Fenster der Bann. Der Zug geriet ins Stocken. Eine ältere Frau trat tränenüberströmt aus der Reihe, ging auf Mena zu, ergriff ihre Hand und sprach tröstend auf sie ein. Zwei weitere Frauen folgten ihr, berührten ihre Schultern. Mena Thannheiser unterbrach kurz ihre Schritte, nickte ihnen mit abwesender Miene zu, bis sie die Herde wieder vorwärts schob.

Dann war sie hinter einer Straßenbiegung im Süden verschwunden. Nachdenklich drehte sich Glaser um. Dann sah er entschlossen auf.

»Kaschpe, wir kommen nicht drum rum, aber ich muß dich jetzt doch noch ein bisserl herumsprengen. Ich muss unbedingt noch mit ein paar Leuten reden. Was ich sie fragen will, weiß ich selber noch nicht genau. Ich … ich möcht bloß sichergehen, verstehst?«

»Nicht ganz, wenn ich ehrlich sein muss, Gust. Heißt das denn, dass du auf einmal nimmer glaubst, dass der Kerschbaumer den Thannheiser auf dem Gewissen hat? Oder gar, dass wir doch den Falschen haben und dieser Paul doch so heißt, wies in seinem Pass steht?«

»Ich möcht einfach sichergehen!«, wiederholte Glaser, plötzlich gereizt. Wieder fühlte er Zorn in sich aufsteigen. Er wollte, musste diesen Kerl überführen! Dabei durfte er sich keinen Fehler leisten. Der Mann war mit allen Wassern gewaschen!

Der Wachtmeister betrachtete ihn kopfschüttelnd. Er gab einen Seufzer von sich.

»Gust, dann sei wenigstens so gut und sag einem einfachen Dorfwachtmeister wie mir, was dir im Hirn rumgeht. Mir, der ich das Dorf lang genug kenn –«

»Streitet keiner ab, Panholzer!«, beschwichtigte der Kommissar brummig.

»Dann hör mir aber auch zu, Gust: Ich sags zum allerletzten Mal: Mir fällt kein einziger Grund ein, den irgendeiner aus Zellach gehabt haben könnt, den Thannheiser umzubringen!« Mit einer Heftigkeit, die ihn selbst verblüffte, brach es aus ihm heraus: »Und langsam wirds mir zwider, Gust, dass ich mir bei dir mein Maul fransig reden muss.«

Glaser nahm seine Pfeife aus dem Mund und sah Panholzer kühl an. »Dann tät ich doch vorschlagen, dass du dir die Polizeiordnung wieder mal vornimmst. In der unter anderem drinsteht, was ein Beamter der Gendarmerie zu tun hat, wenn die Kriminalpolizei bei Ermittlungen seine Hilfe anfordert.«

»So brauchst mir aber auch nicht zu kommen«, sagte der Wachtmeister verletzt.

»Ich komm jedem, wie ers braucht, Kaschpe. Es hat nichts damit zu tun, dass ich dich schätz.«

Panholzer gab auf. Er zuckte mit den Schultern. »Von mir aus … wenn du unbedingt meinst …«

»Ja, ich meins«, bekräftigte Glaser. Er versuchte ein versöhnliches Grinsen. »Je früher du fertig bist, desto eher hast mich los.«

*

Es war noch dunkel, als Kajetan Schritte vor der Zelle hörte. Einige unverständlich gemurmelte Worte zwischen Wachtmeister Panholzer und dem Nachtposten folgten, kurz darauf das Klirren eines Schlüsselbundes. Dann drehte sich der Schlüssel im Schloss. Knirschend schwang die schwere Zellentüre in den Raum. Eine Lampe an der Decke flammte auf.

Geschmerzt kniff Kajetan die Lider zusammen.

»Aufstehen, Herr.« Panholzer wirkte übermüdet. »Sie werden ins Bezirksgericht überführt.«

Kajetan wälzte sich von der Pritsche und folgte dem Wachtmeister in die Wachstube.

Er hatte nicht geschlafen, von einer erschöpften halben Stunde zwischen zwei Kontrollen seines Bewachers abgesehen. Vergeblich hatte er sein Gehirn nach einem Ausweg zermartert. Den Gedanken an einen Ausbruch hatte er früh fallen gelassen; die winzige Fensterluke war mit fingerdicken Stäben vergittert, und jeder Versuch, sich an ihnen zu schaffen zu machen, hätten den Bewacher sofort alarmiert.

Er hatte sich zuletzt nur noch ausgemalt, was nun weiter geschehen würde. In der Bezirksinspektion würde sich seine Identität rasch klären. Damit hätte er zwar die Mordanklage als vermeintlicher Kerschbaumer vom Hals, aber noch nicht den Verdacht, den »Taffern«-Wirt ums Leben gebracht zu haben. Dieser Provinz-Kriminaler schien sich regelrecht darin verbohrt zu haben, und er schien nicht einsehen zu wollen, dass die Indizien mehr als mager waren. Doch gerade in Fällen wie diesem war die Dauer der Untersuchungshaft ein einziges Glücksspiel. Hatte er Glück, dann – und nur dann – würde er in einem halben Jahr wieder freikommen. Hatte er es nicht, geriet er bei der Verhandlung außerdem an einen ehrgeizigen Richter und beschränkte Beisitzer, so konnte ihm lebenslanges Zuchthaus blühen.

Kaum weniger beängstigend war, dass seine Verfolger in München früher oder später davon Wind bekommen würden, dass er noch am Leben war. Es würde ihnen ein Leichtes sein, ihn endgültig loszuwerden. Die Zeitungen würden eine kurze Notiz, einen ›Selbstmord in der Zelle‹ oder ein ›beim Fluchtversuch erschossen‹ vermelden.

Kommissar Glaser erwartete ihn mit düsterer Miene. Auch er wirkte übernächtigt.

»Hand her, Kerschbaumer«, befahl er knurrend. Er schloss die Handschelle um Kajetans rechtes Gelenk, befestigte die andere an seiner Linken, verabschiedete sich einsilbig von Panholzer und bugsierte seinen Gefangenen ins Freie.

Hinter der Station wartete Assistent Nossak, fröstelnd die Arme um sich geschlungen. Der Motor des dunkelgrünen Simson-Supra schnurrte fahrbereit. Glaser schob Kajetan auf den Rücksitz und ließ sich neben ihm auf das Polster fallen, löste seine Kettenschelle und befestigte sie am Holm des Vordersitzes.

Der Kriminalassistent legte den Gang ein und bog auf die Dorfstraße ein. Die Scheinwerfer stocherten durch den glitzernden Nebel. Noch war kein Mensch unterwegs, nur aus dem dampftrüben Fenster der Bäckerei bleckte gelbes Licht.

Nach wenigen Minuten hatten sie das Dorf hinter sich gelassen. Dichte Nebelschwaden flogen ihnen entgegen. Nossak fluchte leise. Er saß verkrampft, über das Lenkrad gebeugt. Mit zusammengekniffenen Augen starrte er durch die Windschutzscheibe auf die nassschwarze Fahrbahn.

Glaser brütete vor sich hin, den Kopf zwischen den Schultern. Sein starrer Blick schien ein Loch in das Leder des Vordersitzes zu sengen. Schon am Abend zuvor hatte er seine Unzufriedenheit an Nossak und Panholzer ausgelassen, und auch jetzt brodelte es noch in ihm.

Der Rest des vergangenen Tages war ein einziger Reinfall gewesen. Die Witwe des Thannheiser war für eine Vernehmung nicht ansprechbar gewesen. Glaser hatte das nicht hinnehmen wollen. Doch Wachtmeister Panholzer machte ihm mit überraschender Entschiedenheit klar, dass er keinen Finger dafür krumm machen würde, die Witwe zwangsweise vorführen zu lassen. Stattdessen hatte er ihm den Pfarrer angeschleppt, der mit auffallendem, für Glasers Geschmack etwas übertriebenen Nachdruck bestätigte, dass der Tod ihres Gatten die arme Frau Thannheiser in eine schwere seelische Krise gestürzt habe, weshalb er inständigst ersuche, nein, als Priester und Mensch sogar fordere, zum jetzigen Zeitpunkt auf eine Vernehmung zu verzichten – soweit sein Schweigegelöbnis davon nicht angetastet sei, könne er immerhin bestätigen, dass Frau Thannheiser ihren Mann tatsächlich um einen Besuch auf dem Etterkaser gebeten habe. Eine Menge organisatorischer Dinge seien zu besprechen gewesen, denn die Thannheiser-Alm sei in den letzten Jahren etwas vernachlässigt worden. Jetzt mache sich die junge Frau deshalb Vorwürfe, fände aber Trost im Gebet.

Von den Stallarbeitern des »Taffern« war ebenfalls wenig herauszubekommen gewesen; die alte Magd schluchzte nur Unverständliches vor sich hin, dem Glaser mit Mühe entnehmen konnte, dass sie ihr Lebtag noch nie mit der Polizei zu tun gehabt habe und lieber sterben wolle, als in die Schande zu kommen. Auch der Hausknecht, der alte Dori, reagierte auf Fragen des Kommissars mit unverhohlenem Argwohn. Von irgendwelchen Unstimmigkeiten oder Feindschaften gegenüber ihrem Brotgeber, mümmelten die beiden durch ihre schlechten Zähne, könnten sie nichts berichten. Es war nutzlos gewesen, dass Glaser zu erklären versuchte, selbst im Bezirk geboren worden zu sein, dass seine Eltern ebenfalls dem Bauernstand angehörten und einige Familienmitglieder noch immer einen Hof im Unterland bewirschafteten. Aber er war nicht mehr einer der Ihren; er verkörperte Staat und Macht, und von beiden war noch nie Vernünftiges ausgegangen.

Das Moar-Mariedl, Dienstmädchen und Kellnerin auf dem »Taffern«, war nicht mehr rechtzeitig anzutreffen gewesen; sie hatte sich bereits aufgemacht, bei einem Bauern im Nachbardorf um eine neue Anstellung anzufragen. Der Hotelier Mannhardt wiederum hielt sich zu angeblich wichtigen Gesprächen mit einem Reiseveranstalter in Rosenheim auf.

Nur dem vereinten und energischen Einsatz von Wachtmeister Panholzer und Kriminalassistent Nossak war es zu verdanken gewesen, dass sich zuletzt noch der Peterbauer in die Station zitieren ließ.

Ob er seine Zeit zum Verplempern habe?, polterte er. Was habe ausgerechnet er mit dem Mord an Thannheiser zu tun? Welche Drecksau versuche ihn da hineinzuziehen?

»Jetzt spiel nicht den Beleidigten, Peterbauer!«, hatte ihn der Kommissar in die Schranken gewiesen. »Es geht um eine Zeugenaussage, um nichts anderes. Kein Mensch sagt, dass du verdächtigt wirst. Und damit du klar siehst: Ob einer ein Soze ist, ein Indianer oder gar ein Chines, ist mir wurscht. Solang er sich nichts zuschulden kommen lässt. Kapiert?«

»Dann frag endlich. Muss heim in den Stall.«

»Du bist ein Bauernbündler, Peterbauer.«

»Wenn dus schon weißt, was fragst dann?«

»Weil der Thannheiser beim Königsbund war, und sich der Bauernbund und der Königsbund wie Hund und Katz gegenüberstehn, Peterbauer.«

»Pah! Als ob die Hanswursten noch einer ernst nehmen tät.«

»Euch Bauernsozen nimmt erst recht keiner mehr ernst. Jedenfalls sind die Königsbündler in euerem Gäu noch ziemlich stark, und wos geht, machen sie euch schlecht. Zum Beispiel, dass ihr alle miteinander halbe Bolschewisten seids, nichts von der Kirch wissen und am liebsten alles enteignen wollts.«

»Das geht bloß gegen die Großen. Was haben irgendwelche Großkopferte so viel Grund und Wald zu haben? Möchtst mir vielleicht weismachen, dass so was gerecht ist, wo unsereins mit Müh und Not übers Jahr –«

»Spar dir deine Propaganda, Peterbauer!«, war ihm Glaser in die Parade gefahren. »Ihr Sozen habts euch bei der Fürstenenteignung vor ein paar Jahr nicht durchsetzen können, da brauchst mir jetzt gar nichts vorwinseln. Entweder hat man die Mehrheit oder man hats nicht. So einfach ist das.«

»Jaja …«, hatte der Bauer geknurrt.

»Wie bist du selber eigentlich zum Thannheiser gestanden, Peterbauer?«

»Dass einer so sterben muss, gönn ich keinem. Aber sonst ist er mir wurscht gewesen.«

»Du hast ihn nicht mögen«, hatte Glaser gefolgert. »Und wieso?«

Der Peterbauer gab einen verächtlichen Ton von sich, sagte aber nichts.

»Peterbauer – ich hab Zeit. Ganz viel Zeit. Wie schauts da bei dir aus? Hast mir nicht gesagt, dass du gleich wieder in den Stall musst?«

»Fütterst du meine Viecher?«

»Wenn ich auf meine Fragen eine anständige Antwort krieg, bleibts ihnen zum Glück erspart, Peterbauer. So viel Liebe zur Kreatur könnt ein Bauer schon aufbringen. Also: Was für einen Grund hats gehabt, dass du den Thannheiser nicht mögen hast?«

»Weil er ein falscher Hund gewesen ist.«

»Gehts ein bisserl genauer?«

»So was spürt eins halt. Der Thannheiser hats allweil mit den Großkopferten gehabt. Über unsereinen hat der drüber geschaut.«

»So was hast du dick, gell?«

»Ich mag keinen über mir und keinen unter mir.«

»Alle Menschen sollen gleich sein, was?«, spottete Glaser. »Aber jetzt tät ich sagen, lassen wir die Sozen-Sprüch. Peterbauer, ich möchte von dir wissen, wo du gestern in der Früh gewesen bist.«

»Wo ein Bauer in der Früh ist.«

»Im Stall.«

»Gratulation, da kennt sich einer von den Oberen ja glatt einmal aus.«

Nossak war dem Auftritt des Peterbauern stirnrunzelnd gefolgt. »Etwas Respekt vor dem Herrn Kommissar, ja?«

»Dafür sorg ich noch allweil selber, kapiert?«, fauchte Glaser. Er widmete sich wieder dem Bauern. »Gibts Zeugen dafür, dass du daheim gewesen bist?«

»Meine Schwester. Und mein Vieh. Das kann zwar nicht reden, aber dafür umso lauter schreien, wanns kein Futter kriegt. Kann ich jetzt endlich –?«

»Nein! Wann du gehst, erfährst schon noch! – Sagt dir der Nam Kerschbaumer was?«

Der Peterbauer hatte gestutzt. »Wer soll das schon wieder sein?«

»So heißt der, den wir gestern kassiert haben, und der einen Mord in München und wahrscheinlich auch den am ›Taffern‹-Wirt auf dem Gewissen hat. Tu mir den Gefallen und stell dich nicht so blöd. Jeder im Dorf weiß es, also wirst es auch du schon gehört haben. Ich frag noch mal: Was sagt dir der Nam Kerschbaumer?«

»In Schwarzberg oder im Klausertal drüben solls einen Bauern geben, der sich so schreibt. Mehr weiß ich auch nicht. Was fragst denn überhaupt?«

»Tu nicht so scheinheilig, Peterbauer. Wenn ich was dick hab, dann ist es das, wenn mich einer für blöd verkaufen möcht. Drum pass jetzt genau auf, was ich dir sag: In eurer Gegend passierts allweil wieder, dass sich die Spur von dem einen oder anderen verliert, der wegen was Politischem zur Fahndung ausgeschrieben ist. Dass du als alter Bauernsoz davon nichts weißt, kannst mir nicht weismachen.«

»Glaub, was d'willst, Kommissär. Ich hab mit deinem Kerschbaumer, oder wie der heißt, nichts zum tun!«

Glaser war aufgestanden und hatte dem Bauern mit einem Wink zu verstehen gegeben, ihm zu folgen. Er hatte die Sichtklappe der Arrestzelle zurückgeschoben und den Bauern hineinsehen lassen.

»Und, Peterbauer? Kennst ihn allweil noch nicht?«

Der Bauer schien für einen Moment verblüfft zu sein.

»Das soll … der Dings sein … der …?«

»… der Kerschbaumer, genau«, hatte Glaser herablassend ergänzt. »Du sagst es. Philipp mit Vornamen, wenn dus genau wissen willst. Der, nach dem im ganzen Land wie angestochen gesucht worden ist. Und den wir erwischt haben.«

Der Peterbauer hatte ihn verächtlich gemustert. »Seids ja richtige Füchs …«

»Halt deinen Schnabel! Gib endlich zu, dass du den Kerschbaumer kennst. Und dass du ihm hast helfen wollen, über die Grenz zu kommen.«

»Nein.«

»Nähmst das auf den Eid?«

»Jederzeit.«

»Dass auf Falscheid Zuchthaus steht, weißt?«

»Ist auch recht so. Drum hörst von mir nichts anderes als das, was die Wahrheit ist. Ich kenn ihn nicht, den Kerschbaumer. Und was den Herrn da drin angeht, bild ich mir ein, dass ich ihn im Dorf spazierengehn gesehen hab.«

»Tarnung. Und Frechheit!«

»Bieg dirs nur hin, wie dus brauchst.«

Glaser hatte den Bauern fluchend zum Teufel geschickt. Allein die ehemalige Wirtschafterin hatte der Wachtmeister am späten Nachmittag noch auftreiben können. Sie bestätigte, was sie bereits Panholzer zu Rapport gegeben hatte. Jawohl, ein Gast namens Paul, Vorname Kajetan, habe im »Taffern« für einige Tage gewohnt. Besonderes sei ihr nicht aufgefallen, der Herr sei höflich und zurückhaltend gewesen, habe höchstens ein wenig angespannt gewirkt, aber wo würde sie hinkommen, wenn sie sich über die seelischen Zustände jedes Gastes Gedanken machen würde? Mit Sicherheit könne sie aber ausschließen, dass es einen Konflikt zwischen Thannheiser und diesem Herrn gegeben hat. Der Wirt hätte es ihr nicht verschwiegen.

»Hat er Ihnen immer alles gesagt?«, hatte Glaser wissen wollen. Worauf sie nachdrücklich, mit einem Anflug von Stolz um die Lippen genickt hatte.

Den Grund für Thannheisers Wanderung bestätigte sie ebenfalls. Mena Thannheiser habe einige Tage zuvor über einen der Revierjäger ausrichten lassen, ihr Mann möge zu ihr auf den Etterkaser kommen. Es gäbe ein paar Dinge zu bereden, der Zaun um den Anger nahe der Alm müsse ausgebessert werden, das Schindeldach des Kasers sei an einigen Stellen verrottet, und außerdem traue sie dem Wetter nicht. Sie befürchte, dass die Kühe in diesem Jahr früher ins Tal gebracht werden müssten, wozu sie Hilfe brauche.

Es sei nicht eben üblich, dass eine Bäuerin selbst auf die Alm gehe, hatte Glaser eingeworfen.

Die Wirtschafterin hatte die Achseln gezuckt. Die Mena Thannheiser sei da halt eigen gewesen. Sie selbst habe das nie gestört, denn bei der Arbeit im Gasthof sei sie kaum zu brauchen gewesen.

Wenn ihr der Wirt immer alles gesagt habe – wisse sie dann auch, ob er Feinde gehabt habe?

Sie verneinte entschieden. Herr Thannheiser sei überall respektiert worden.

Gab es dafür politische Feinde?, hatte der Kommissar nachgehakt. Elias Thannheiser sei immerhin beim Heimat- und Königsbund aktiv gewesen, der in dieser Region noch ziemlich einflussreich sei. Was bekanntlich weder den Volksparteilern noch den Sozen und Nazen in den Kram passte.

Auch das hatte die Wirtschafterin kategorisch verneint. Thannheiser war offenbar Geschäftsmann genug gewesen, um das mit der Politik nicht zu übertreiben.

Zum Schluß hatte Glaser wissen wollen, wie es jetzt mit dem Gasthof weiterginge.

Ein bitteres Lachen war die Antwort gewesen. Nichts ginge weiter. Binnen kurzer Zeit würde Mena Thannheiser alles in den Graben gefahren haben. Sie selbst habe bereits die Koffer gepackt.

Glaser war überrascht gewesen: Sie hatte gekündigt? Ausgerechnet jetzt?

Etwas anderes sei ihr nicht übrig geblieben, erklärte Frau Tischler grämlich, die junge Thannheiserin sei heimgekommen, habe sie nur stumm und hasserfüllt angestarrt. Worauf die Wirtschafterin gewusst hatte, was sie zu tun habe. Jetzt sei sie darüber fast froh, denn sie wolle keine Nacht mehr im Haus einer Verrückten bleiben, bei allem Mitleid mit einer Frau, die gerade ihren Mann verloren habe, aber anders könne man das leider nicht mehr sagen.

Schon während des Gesprächs hatte der Kommissar eine zunehmende Gereiztheit bei sich festgestellt, obwohl alles, was er bisher in Erfahrung bringen konnte, seine Sicht der Dinge bestätigte: Thannheiser hatte im Dorf keine Feinde. Nur *ein* Mensch hatte ein plausibles Motiv, ihn zu ermorden: Kerschbaumer!

Trotzdem war Glaser von Stunde zu Stunde verdrossener geworden. Seine Unzufriedenheit hatte sich schließlich zum Wutausbruch gesteigert, nachdem Panholzer mit vielsagender Miene in den Verhörraum gekommen war. Anruf aus der Bezirksinspektion Dornstein! Dringend! Der Leiter der Bezirksinspektion, der Herr Kriminalrat persönlich, sei am Apparat!

Der Inspektionsleiter hatte in markigem Befehlston angeordnet, dass der Gefangene nicht erst in die Dornsteiner Bezirksinspektion, sondern unverzüglich nach München zu transportieren sei.

Glaser hatte empört Einspruch erhoben. Erst habe der Mord an Thannheiser aufgeklärt zu werden! Für diesen Fall aber sei eindeutig die Kriminalabteilung der Dornsteiner Inspektion zuständig, und damit er, Kommissar Glaser, und kein anderer! Halte man ihn in München für einen unfähigen Idioten?

Der Inspektionsleiter war ihm massiv über den Mund gefahren: Wehe, Glaser wage es, sich diesem Befehl zu widersetzen! Dieser sei von, jawohl!, höchster Stelle gekommen!

Aus der Zentrale der Landeskriminalpolizei, und damit aus dem Innenministerium!

Fluchend hatte Glaser sich fügen müssen. Gleichzeitig hatte es ihm gedämmert, dass das Spiel von vornherein abgekartet gewesen sein musste. Er hatte sich schon darüber gewundert, warum ihm der Kriminalrat den nagelneuen und einzigen Simson-Supra überlassen hatte, den er doch, vor Stolz auf die moderne Motorisierung seiner Inspektion fast platzend, normalerweise wie seinen Augapfel hütete.

Glaser war es nach und nach wie Schuppen von den Augen gefallen: An der Lösung des Thannheiser-Falles war man in München wenn überhaupt, dann nur in zweiter Linie interessiert. Viel wichtiger schien es den Herrschaften zu sein, eines gefährlichen Politischen habhaft zu werden. Mit einem Prozess gegen Kerschbaumer würde es wieder einmal gelingen, dem bürgerlichen Publikum Schauer über den Rücken zu jagen und aller Welt die Bedrohung durch Sozen und Kommunisten zu demonstrieren.

Der Kommissar warf einen verstohlenen Blick auf Kajetan. Wusste der Mann überhaupt, dass vermutlich das Schafott auf ihn wartete?

Eigenartig. Glaser empfand plötzlich keinen Triumph mehr. Auch der Widerwillen, dessen Heftigkeit ihn selbst überrascht hatte, war nahezu verflogen. Er hatte einer Nachdenklichkeit Platz gemacht, die ihn zuweilen überkam, wenn er in einem Verbrecher auch dessen Lebenstragödie erahnte.

Dennoch – als Mörder kam allein Kerschbaumer in Frage, und dafür musste er die Quittung bekommen. Nur er hatte ein Motiv, ein anderes gab es nicht, weder ein persönliches noch ein politisches. Die Ehe der Thannheiserischen mochte ungewöhnlich gewesen sein, war aber in Ordnung. Auch

Thannheisers Konflikt mit dem Zellacher Hotelier gab nichts her; Intriganten wie Mannhardt mordeten nicht, sondern bedienten sich anderer Waffen. Und mochten die unterschiedlichen politischen Einstellungen gelegentlich zu bissigen Debatten an Zellacher Biertischen führen, so schlug man sich deswegen nicht die Köpfe ein.

Kerschbaumer dagegen hatte seine verbrecherische Natur schließlich schon in München unter Beweis gestellt, sich in der Nähe des Tatorts herumgetrieben, war höchstwahrscheinlich mit gefälschtem oder gestohlenem Pass unterwegs und hatte ein überzeugendes Motiv: Er wollte ins Ausland flüchten und konnte nicht riskieren, entdeckt zu werden. Es muss zu einem Handgemenge zwischen ihm und Thannheiser gekommen sein… der Mörder packte einen herumliegenden trockenen Ast, setzte seinen Kontrahenten außer Gefecht, indem er ihm die Augen ausstach… und ließ ihn seelenruhig in die Tiefe stürzen…

Ja, so musste es gewesen sein. Aber jetzt sollte sich seinetwegen die Landeskriminalpolizei damit herumschlagen. Es ging ihn nichts mehr an.

Der Kommissar sah auf seine Uhr. Eine gute Stunde waren sie bereits unterwegs. Es war hell geworden, doch die Sicht hatte sich nur wenig gebessert. Noch immer segelten zähe Nebelschwaden auf sie zu. Schwarze Baumriesen, die Rinde vor Nässe gesättigt, wölbten ihr welkes Laub über die Straße.

Nachdem der Wagen einige tiefer gelegenen Ortschaften durchquert hatten, trat die Straße wieder in den Schatten einer Felsenge ein, die letzte, bevor sie endgültig das Flachland erreichen würden. Die Fahrbahn wand sich in leichter Steigung auf eine niedrige Kuppe und hielt auf ein Felstor zu. Nossak schaltete herunter. Der Motor röhrte auf.

Nossak sah die dunkle Adler-Limousine zuerst. Er wischte hektisch mit dem Ärmel über die beschlagene Scheibe. Der Wagen stand schräg über den rechten Fahrstreifen, der Vorderreifen schien sich im Gestrüpp des Straßenrandes verfangen zu haben.

»Ist scheints ein Unfall«, sagte Nossak. »Sollen wir –?«

»Nein, tun wir nicht.« Glaser stieß sich ab und krallte sich mit der Linken an die Lehne des Vordersitzes. »Fahr langsamer.«

»Sowieso.« Nossak bremste ab. Langsam näherten sie sich der Unfallstelle. Zwei schemenhafte Gestalten waren im Nebel zu erkennen. Eine davon war über die geöffnete Kühlerhaube gebeugt, die andere machte Anstalten, den Wagen auf die Straße zurückzuschieben.

Kajetan beobachtete den Kommissar. Dieser sah gebannt nach vorne. Seine Kiefer mahlten.

»Bleib stehen!«, sagte Glaser heiser.

»Wir kommen gut vorbei«, beruhigte ihn Nossak. »Keine Sorg.«

»Bleib stehen!«, kommandierte der Kommissar scharf. Nossak wandte sich fragend um.

Glaser brüllte: »Stehen bleiben, sag ich!«

Nossak trat heftig auf die Bremse. Der Wagen stand. Kajetan kippte wieder in die Lehne zurück. Verwirrt bemerkte er, dass Glaser seine Pistole gezückt hatte. Er folgte dem Blick des Kommissars, der noch immer nach vorne starrte.

Eine der beiden Gestalten richtete sich auf.

»Fahr rückwärts!«, keuchte Glaser. »Sofort.«

»Aber ...«

»Tu, was ich dir sag!!«

Nossak zuckte zusammen. Krachend legte er den Gang

ein, warf den Arm über die Rücklehne und ließ den Motor aufheulen. Mit quietschenden Reifen schlingerte der Simson-Supra zurück.

Noch immer fassungslos sah Kajetan, wie Glaser seine Pistole entsicherte. War der Mann noch ganz bei Sinnen? Er warf einen Blick nach vorne. Die beiden Gestalten hatten sich in Bewegung gesetzt und rannten auf sie zu.

»Schneller!!«, schrie Glaser.

Mit ohrenbetäubendem Kreischen schrammte der Wagen einen Begrenzungsstein, bevor Nossak scharf den Lenker einschlug, zurückkurbelte und mit aufheulendem Motor in Richtung Gebirge zurückjagte.

Hinter ihnen knallte es dumpf. Das Geräusch wurde von den Felswänden zurückgeworfen und pflanzte sich durch die Schlucht fort. Augenblicklich begann der Wagen zu rütteln. Nossak versuchte krampfhaft, das schlingernde Fahrzeug in der Spur zu halten.

»Der Reifen!«, kreischte er. »Der Reifen ist hin!«

»Fahr!«, brüllte Glaser. »Oder ich bring dich um!«

*

Die Wagnerei im nächsten Dorf war für luxuriöse Gefährte wie einen Simson-Supra nicht ausgerichtet. Der Schmied tat dennoch sein Bestes, den Wagen wieder notdürftig fahrbereit zu machen.

Rumpelnd bog er Stunden später wieder auf den Platz hinter der Gendarmeriestation ein. Der flatternde Kotflügel schwang aus. Glaser riss die Tür auf.

Der Wachtmeister stürzte alarmiert aus der Tür.

»Gottseidank!«, rief er. »Gust, ich muss dir …« Sein Blick fiel auf das ramponierte Automobil. »Habts ihr einen Unfall gehabt?«

»Der Nossak ist sogar zu blöd zum Rückwärtsfahren!«, wütete Glaser. Krachend schlug er die Wagentüre hinter sich zu, umrundete das Fahrzeug und zerrte Kajetan aus dem Fond.

»So, Bürscherl!«, schnaubte er, »das ist euch danebengegangen.«

Kajetan öffnete verdattert den Mund. Bevor er ein Wort herausbrachte, keifte der Kommissar: »Stell dich bloß nicht so blöd! Das nutzt dir auch nichts mehr.« Er wandte sich an den Wachtmeister. »Seine Kommunistenspezl haben wieder mal besonders schlau sein wollen!«

Panholzer klappte den Mund auf und zu. »Sei mir nicht bös, Gust, aber ich kapier erst recht nichts. Außerdem muss ich dir –«

»Wundert mich nicht«, blaffte der Kommissar und stapfte wortlos zur Station. An der Pforte drehte er sich noch einmal um. »Kaschpe! Den Gefangenen auf der Stell wieder ins Loch zurück! Und du, Nossak, bringst das Auto zum Wagner rüber. Der soll uns augenblicklich das Blech wieder dranpappen und den Reifen richten.« Er verschwand in der Station.

»Gust! So wart halt!«, rief ihm der Wachtmeister nach. »Ich muss dir was …«

Krachend fiel die Tür ins Schloss.

Mit verwirrtem Gesichtsausdruck wandte sich Panholzer an Nossak. Der zuckte mit den Schultern.

»Da waren zwei auf der Straß«, erklärte er, »der Glaser hat gemeint, dass sie den Kerschbaumer befreien wollten.«

»Gibts doch nicht!«, entfuhr es Panholzer. »Wir sind doch … wir sind nicht bei den Indianern!«

»Unter uns gesagt, bin ich mir auch nicht sicher, ob der Herr Glaser da nicht ein bisserl hysterisch ist«, sagte der Assistent. Er packte Kajetans Ellbogen und sah zu Panholzer. »Dann sperrens mir halt die Zelle wieder auf, Herr Wachtmeister.«

»Das … das wollt ich dem Herrn Kommissar grad sagen. Das geht nicht.«

»Wieso?«

»Weil da einer drin ist.« Der Wachtmeister musste Luft holen. »Es ist der Kerschbaumer. Aber diesmal ist es der echte.«

Nossak riss den Mund auf. Sein Blick wanderte ungläubig von Panholzer zu Kajetan und wieder zurück.

Der Wachtmeister nickte bestätigend. »Ist noch keine Viertelstund her. Der Doktor ist grad bei ihm.«

»Ja, aber dann …« Nossak musste schlucken. Er deutete auf seinen Gefangenen. »… dann … dann wär das ja der Falsche gewesen?«

*

Kommissar Glaser vermied es, Kajetan anzusehen. »Wie oft soll ichs Ihnen noch sagen?«, sagte er mürrisch. »Sie können gehen. Die Sach hat sich erledigt. Für Sie jedenfalls.« Er räusperte sich. »Und … ah …« er kramte angestrengt in seinem Gedächtnis nach Worten, die ihm vor Urzeiten zum letzten Mal über die Lippen gekommen sein mussten, »… ah … nichts für ungut.«

»Heben Sie sich keinen Bruch, Herr Kommissar.« Kajetan griff nach seinem Rucksack, den ihm Panholzer reichte. »Möcht ja jetzt nicht unhöflich sein, meine Herrschaften. Aber ich bin irgendwie froh, wenn ich Sie nimmer sehn muss. Verstehens das?« Ohne die beiden Männer noch eines Blickes zu würdigen, verließ er den Wachraum. Der Kommissar sah ihm aus den Augenwinkeln nach.

»Hau ab«, maulte er verdrossen.

Der Kommissar starrte auf die Türe, hinter der Kajetan verschwunden war.

Und doch ist mit diesem Kerl irgendwas faul…

Aber was?

Sofort nach seiner Rückkehr hatte er die Gendarmeriestation jener Gemeinde alarmiert, in deren Gebiet sie diese mysteriöse Autopanne zur Umkehr veranlasst hatte. Die Auskunft war kurze Zeit später eingetroffen: Außer einer Reifenspur am Fahrbahnrand habe man nichts Verdächtiges feststellen können. Ein größerer Personenwagen – ja, ein ›Adler‹ könnte es durchaus gewesen sein, so genau kenne man sich dann doch noch nicht aus – habe nach Auskunft einer älteren Zeugin, die zur Frühmesse unterwegs gewesen sei, das Dorf nach Norden durchquert. Irgendwelche Auffälligkeiten seien jedoch nicht festzustellen gewesen. Der Verkehr habe in den vergangenen Jahren enorm zugenommen, an manchen Tagen durchquerten fast ein Dutzend Autos den Ort, und die Leute achteten nicht mehr so darauf wie noch vor einigen Jahren.

Sah er womöglich schon Gespenster?

Was ging hier eigentlich vor?

Und warum hatte sich das Einwohnerbüro der Münchner Polizeidirektion noch immer nicht gemeldet? Wieso dauerte das so lange? Gut, bei Licht besehen, war die Angelegenheit bereits wieder hinfällig. Kerschbaumer war schließlich gefasst.

Aber mit diesem angeblichen Vertreter war trotzdem irgendetwas nicht in Ordnung! Glaser ballte unwillkürlich die Fäuste. Er musste die Sache selbst in die Hand nehmen! In der Dornsteiner Bezirksinspektion gab es jemanden, der schon öfters bewiesen hatte, dass auf ihn zu zählen war. *Auf sie,* korrigierte sich Glaser, und er ertappte sich dabei, dass ihm bei diesem Gedanken ein wenig warm ums Herz geworden war.

*

Das Mittagsläuten klang in der Ferne schwebend aus, als Kajetan wieder vor dem Peterbauerhof eintraf. Der Bauer hatte soeben das Tor zum Heustock zugeschoben und ging ihm entgegen. Er wirkte müde.

»Ich weiß, dass du nicht scharf drauf bist, wenn ich zu dir komm, Peterbauer«, sagte Kajetan. »Aber ich hab mir nicht anders zu helfen gewußt. Was passiert ist, wirst ja schon gehört haben.«

Der Bauer nickte. »Gehört und gesehen«, sagte er. »Gehen wir in die Stuben. Muss uns keiner sehn.« Er wies mit einer Kopfbewegung zum Bergwald über dem Hof. »Ist wahrscheinlich schon langsam Spinnerei von mir. Aber ich bild mir manchmal ein, als ob da oben irgendwo wer mit seinem Fernglas hocken könnt.«

»Wer?«

»Was weiß ich. Einer, dens halt interessiert, wer bei mir aus und ein geht. Hast schon was gegessen?«

Kajetan verneinte. Der Bauer hielt seine Hände unter den spärlichen Strahl des Außenbrunnens, wusch sie und trocknete sie an seiner Schürze ab. Sie betraten das Haus.

»Pouss dir doch endlich einmal die Schuh ab, Karl! Allweil tragst mir deinen Dreck in die Stuben«, empfing ihn Lies. Sie stellte eine dampfende Suppenschüssel auf den Tisch. Dann sah sie Kajetan.

»Der kriegt nichts«, sagte sie.

Kajetan glotzte sie an.

»Was ist?«, sagte der Bauer.

»Er ist es gewesen!«, stieß sie hervor.

»Was… wer?«, stotterte Kajetan.

»Stell dich nicht so blöd!«, geiferte Lies, das Gesicht vor Wut verzerrt. »Der den Lipp hingehängt hat! Weil du selber deinen Kopf aus der Schling ziehen hast wollen!«

»Das kannst doch gar nicht wissen, Lies!«, versuchte sie der Peterbauer zu beruhigen. »Habs dir schon mal gesagt!«

»Wer solls denn sonst gewesen sein? Raus mit ihm, oder –!«

Kajetan schnappte nach Luft. »Ich hab weder einen hingehängt noch hätt ichs tun können«, protestierte er. »Und erfahr ich endlich, um was es geht?«

»Na, um den, dens heut früh auf dem Lackenkaser verhaftet haben«, erklärte der Bauer.

»Den Mörder vom ›Taffern‹-Wirt?«

»Er ist kein Mörder!«, stieß die junge Frau hervor. »Raus!«

»Jetzt halt endlich einmal deinen Schnabel!«, dröhnte der Bauer. »Woher sollt er überhaupt gewusst haben, wo sich der Lipp versteckt hat?« Er sah Kajetan an. »Stimmts? Du bist ja nie beim Lackenkaser gewesen, gell?«

»Ist … das eine Alm an einem See?«

Ein plötzliches Misstrauen glomm aus dem Blick des Bauern. »Du bist dort gewesen?«

»Ich sags doch, Karl! Er ist bei ihm gewesen! Er hat ihn hingehängt! Wer solls denn sonst getan haben?!«

Der Bauer sah Kajetan fragend an. »Aber … das ist doch gar nicht der Weg gewesen, den ich dir gezeigt hab?«

»Weil ich mich vergangen hab!«

»Und du hast den Kerschbaumer da gesehen?«

»Ja! Aber so viel hab ich mir grad noch zusammenreimen können, dass es ihm nicht viel anders geht als mir.« Kajetan reckte seine Brust. »Und deswegen hab ich auch bei den Gendarmen nichts von ihm gesagt!«

»Ha! Wers glaubt!«

Lies knallte die Küchentür hinter sich zu. Kajetan sah ihr aufgebracht hinterher, dann wieder zum Peterbauern. »Was außerdem gar keine Kunst gewesen ist. Weder der Wachtmeister noch der Kommissar haben mich danach gefragt.«

Der Bauer maß ihn skeptisch.

»Glaubs dir ja«, sagte er schließlich. Er hängte seinen Arbeitsschurz an den Wandhaken und ließ sich mit leisem Ächzen auf der Tischbank nieder.

»Ich bins nicht gewesen«, beteuerte Kajetan. »Sag ihr das.«

»Ist doch jetzt wurscht«, sagte der Bauer. »Der Panholzer und der Kommissär haben jetzt einen, dem sie die Geschicht mit dem Thannheiser anhängen können. So gern ich ihm helfen möcht, so wenig weiß ich, wie ichs anstellen könnt. Vielleicht reißt ihn ein guter Rechtsanwalt vor Gericht noch raus, ich wünschs ihm.« Er machte eine lahme Kopfbewegung. »Hock dich schon nieder.«

Kajetan setzte sich zögernd. Der Bauer wandte sich zur Küche. »Lies! Jetzt fang dich gefälligst wieder! Du tust ihm Unrecht.«

»Entweder er verschwindet, oder ich!«, drang es durch die Tür.

»Da herinn hab ich auch noch was anzuschaffen!«, brüllte der Peterbauer. »Auf der Stell gehst her!«

Lies erschien im Türrahmen. Ihre Augen waren gerötet. »Geschirr! Und Besteck! Und ein Brot schneidest auf!«, befahl der Bauer.

Sie bewegte sich nicht. Bockig presste sie die Lippen aufeinander.

»Ich hab ihn nicht angegeben«, wiederholte Kajetan. »Ich schwörs dir. Bei allem, was mir jemals heilig gewesen ist.«

Hinter Lies' Stirn arbeitete es.

»Lies«, redete ihr nun auch der Peterbauer zu, »meine Leut haben mir gesagt: Wenns einen gibt, für den sie die Hand ins Feuer legen können, dann ist ers.«

Die junge Frau ließ ihre Schultern fallen. »Wer … wer solls denn sonst gewesen sein«, flüsterte sie. »Hat doch keiner gewusst, dass sich der Lipp da oben versteckt.«

»Es … es soll einer von Zellach gewesen sein, der sie zu dem Versteck geführt hat«, sagte Kajetan.

Der Bauer drehte sich mit einem Ruck zu ihm. »Was?«

Kajetan nickte bekräftigend. »Ich habs durch die Tür aufgeschnappt, wie einer der Jäger mit dem Kommissar geredet hat. Einen Namen hab ich nicht hören können, der hätt mir wahrscheinlich auch nichts gesagt. Und die Tür ist auch gleich wieder zugemacht worden.«

Der Peterbauer stierte einen Moment wie abwesend vor

sich hin. Dann schüttelte er den Kopf. »Musst dich verhört haben. Vom Dorf kanns keiner gewesen sein. Ganz ausgeschlossen!« Er winkte seiner Schwester. »So hock dich endlich her«, sagte er. »Die Suppen wird kalt.«

Kajetan atmete auf. Lies brachte Geschirr und Besteck, holte den Brotlaib aus der Schublade und begann, Scheiben abzusäbeln.

»Eine arme Sau, der Kerschbaumer…«, sagte der Bauer bewegt. »Es heißt zwar, dass er in München droben einen erschossen haben soll, aber ich glaub eher, dass er sich da in was reinziehen hat lassen. Und dass er auch noch den Thannheiser umgebracht haben soll, kann ich mir erst recht nicht vorstellen. In dem Zustand, in dem ich ihn gesehen hab, gleich dreimal nicht.«

Kajetan stimmte ihm zu. »Er ist wahrscheinlich auch einer von denen gewesen, die du über die Grenz bringen hast wollen?«

Die junge Frau setzte sich, schlug ein Kreuzzeichen und füllte die Teller. Der Bauer griff nach dem Löffel. »Ach wo. Der Kerschbaumer ist doch von da. So einer braucht keinen Führer.«

»Aber gewusst habt ihr, dass er sich da oben versteckt?«

»Erst seit Kurzem, und auch bloß, weil –« Er stockte und wechselte einen Blick mit Lies. Er sah Kajetan offen an. »Nimm mirs nicht krumm. Es ist nicht, dass ich dir nicht trauen tät… aber es ist wahrscheinlich besser, wenn du nicht so viel davon weißt. Für dich und für… uns.«

Kajetan nickte stumm.

Eine Weile war nichts als das Klicken des Bestecks und das leise Schlürfen des Peterbauern zu hören.

»Gut«, lobte Kajetan in das Schweigen.

Der Bauer pflichtete ihm brummig bei. Lies hielt den Kopf gesenkt. Nachdem er sich zweimal nachschenken hatte lassen, schob der Bauer den Teller von sich.

»Merci«, sagte er. Lies sah überrascht auf. Sie sammelte Geschirr und Besteck ein und ging in die Küche.

Der Bauer lehnte sich zurück und begann, seine Pfeife zu stopfen.

»Was schlagst jetzt vor, Peterbauer? Was soll ich tun?«

»Frag mich was Leichteres. Dass es heuer so früh Schnee gibt, hat keins erwartet. Die Genossen von der *Gilde* drüben haben gar nicht erst aufsteigen können.« Der Peterbauer hielt eine Streichholzflamme über den Pfeifentopf und begann zu schmauchen. »Wie hast du die Nacht da oben überhaupt überstanden? Hab mir Mordssorgen gemacht. Hättst glatt erfrieren können.« Mit einer Kopfbewegung deutete er auf Kajetans Verband. »Und den Pletzer da auf deinem Hirn? Wo hast den überhaupt her?«

Er wisse es selbst nicht mehr genau, antwortete Kajetan. Wahrscheinlich sei er einige Meter abgestürzt. Eine Sennin hätte ihn aufgeklaubt.

Der Peterbauer nahm seine Pfeife aus dem Mund. »Was für eine Sennin?«

Er sei nicht dazu gekommen, sie nach ihrem Namen zu fragen, sagte Kajetan. Die Alm habe Etterkaser oder so ähnlich geheißen.

»Dann kanns bloß die Thannheiser Mena gewesen sein«, stellte der Bauer fest. Er übersah Kajetans Verblüffung. »Na, dann hast jedenfalls noch ein Mordsmassl gehabt. Aber die Frag ist, wie wirs jetzt anstellen...« Er massierte nachdenklich seine Nasenwurzel. »Soweit ichs seh, gibts bloß noch zwei Möglichkeiten. Die eine ist, dass ich einen Pascher auftreib, der …« Er fing Kajetans fragenden Blick auf. »Ich mein einen Schmuggler, der dich auf seinem Fuhrwerk versteckt und über die reguläre Grenz bringt. Die andere wär, dass du ins Allgäu rübergehst. Da hats noch nicht so viel Schnee.« Der Peterbauer überlegte einen Moment. Dann nickte er entschlossen. »Ich probiers zuerst mit einem von den Paschern in Saalfelden drüben. Der alte Mangstl möcht zwar ein bissl Geld sehen, ist aber zuverlässig.«

»Viel?«

»Einen Zehner normalerweis. Hast noch so viel?«

Kajetan überschlug rasch in Gedanken, wie viel ihn der verlängerte Aufenthalt in Zellach kosten würde. Noch musste er sich keine Sorgen machen. Er nickte.

»Gut«, fuhr der Peterbauer fort. »Wenn der Mangstl sich aber sperrstellen sollt, kriegst von mir eine Adress in Sonthofen. Aber für das eine wie für das andere brauch ich noch mal gut zwei, drei Tag. Solang kannst, mein ich, noch warten. Die Wachtl werden dich nach der Blamage wahrscheinlich erst mal in Ruh lassen.«

Er empfahl Kajetan, sich in der Pension »Schönblick« im Dorf einzumieten. Sie sei einfach und die billigste im Dorf. Die Besitzerin sei zwar ortsüblich neugierig, mit Panholzer und den Ortsgrößen aber eher über Kreuz und die Letzte, die der Obrigkeit eine Information zukommen ließe.

Kajetan stand auf.

»Bloß noch eine Frag, Peterbauer. Habt ihr, du und noch einer, heut früh probiert, das Polizeiauto aufzuhalten?«

Der Bauer runzelte die Stirn. »Was?«

Kajetan berichtete, dass an diesem Morgen Unbekannte versucht hatten, ihn zu befreien. Ungläubig hatte der Peterbauer zugehört.

»Das ist ja der größte Schmarren, den ich je gehört hab«, platzte er ärgerlich heraus. »Als ob ich für so was Zeit hätt. Bin ich vielleicht der Räuber Kneißl?«

»Aber wer kanns dann gewesen sein?«

»Ist überhaupt gewiss, dass sich der Kommissär das nicht bloß eingebildet hat? Eine Phantasie scheint der ja zu haben, wenn er schon glaubt, dass ein Schwerkranker wie der Kerschbaumer Lipp ein Brackl Mannsbild wie den Thannheiser umgebracht haben soll.«

Kajetan zuckte die Schultern. »Weiß nicht. Der tut zwar, als ob er nicht bis drei zählen könnt, aber unterschätzen sollt man ihn auch nicht.«

»Schmarren!«, wiederholte der Peterbauer entschieden. »Außerdem: Wenn dich einer befreien hätt wollen, müsstest es du doch am besten wissen, oder?«

»Tu ich aber nicht«, sagte Kajetan. Im gleichen Moment schoss ihm ein Gedanke durch den Kopf. Er musste auch gleichzeitig dem Peterbauern gekommen sein, denn dieser sprach ihn aus: »Und wenns gar keine Befreiung hätt werden sollen? Sondern das Gegenteil?«

*

Kommissar Glaser zog sich den Stuhl zurecht und vergewisserte sich mit einem Seitenblick, ob Nossak, der an einem Tisch am Ende des Zimmers saß, seinen Notizblock bereithielt.

»So, Kerschbaumer…« Er betrachtete die zusammengesunkene Gestalt, die ihm gegenübersaß. Zehn, höchstens fünfzehn Minuten für ein Verhör könne er verantworten, hatte der Dorfarzt mitteilen lassen, nachdem er den Gefangenen untersucht und dessen verletzten Fuß versorgt hatte.

»Dass du der Philipp Kerschbaumer bist, streitest ja nimmer ab, oder?«

Lipp hielt den Kopf gesenkt. »Nein …«, flüsterte er.

»Würd dir auch nichts mehr nützen.«

Vor wenigen Minuten hatte der Kommissar den früheren Gendarmen des Schwarzberger Postens verabschiedet. Dieser war am frühen Nachmittag mit dem Fahrrad eingetroffen und hatte Lipps Identität bestätigt. Mit bekümmerter Miene hatte er sich an den Gefangenen gewandt.

»Lippl … Lippl … dass es so weit hat kommen müssen? Was du deine Leut antust …« Er hatte sich zu Panholzer umgedreht. »Ich kenn den Lippl schon, wie er noch Rotzglocken geläutet hat. Ein frecher Lauser ist er gewesen, hast ihm aber nichts krummnehmen können. Und seine Alten, die Kerschbaumerischen, waren grundanständige Leut. Aber so arm und notig, dass es einen erbarmt hat.« Er seufzte. »Wahrscheinlich ists der Bluts-Krieg gewesen, der ihn aus dem Gleis geschmissen hat … na ja, wär ja nicht der Einzige …« Er warf einen letzten Blick auf den Gefangenen und verabschiedete sich.

Lipp hielt sein Gesicht in seinen Händen verborgen. Die Handkette klirrte dünn.

»Ich hab nichts getan«, flüsterte er.

»Erzähl mir keine Märchen, Kerschbaumer. Soweit mir bekannt ist, gibts eindeutige Beweise, dass du in München droben einen erschossen hast –«

»Stimmt doch nicht …«, begehrte der Gefangene kraftlos auf.

»Kann ich nicht beurteilen, interessiert mich auch nicht.

Der Staatsanwalt und seine Zeugen scheinen da jedenfalls ganz anderer Meinung zu sein. Mich interessieren erst mal bloß drei Sachen, Kerschbaumer. Erstens, wie du hergekommen bist, zweitens, wieso du ausgerechnet nach Zellach bist, und drittens, wer aus dem Dorf dich versorgt hat.«

»Mich hat keiner –«, setzte Lipp an.

Glaser ließ ihn nicht zu Wort kommen. »Fangen wir von vorn an. Wie bist du hergekommen? Mit dem Zug oder mit dem Postauto kannst nicht gekommen sein, weil schon am Tag nach dem Mord an jeder Station kontrolliert worden ist. Also? Wer hat dich gefahren?«

»… bin zu Fuß gangen.«

»Was?«, Glaser wechselte einen ungläubigen Blick mit Panholzer, der neben der Tür zum Vernehmungsraum Aufstellung genommen hatte. »Mit deinem angebrochenen Hax willst über hundert Kilometer gegangen sein? Komm mir nicht mit so was, Bürscherl! Lüg mich bloß nicht an!«

»Wanns aber so gewesen ist …«, flüsterte Lipp.

Glaser holte seine Pfeife hervor und stopfte sie, während er sein Gegenüber nachdenklich musterte. Eine Jäger-Patrouille hatte Kerschbaumers Versteck am frühen Morgen entdeckt. Lipp hatte noch versucht zu fliehen, war aber nur bis zum Waldrand gekommen, wo ihn seine Kräfte verließen und er widerstandslos festgenommen werden konnte. Einer der Jäger hatte zu Rapport gegeben, dass der Mörder geweint habe, und dem Beamten schien es, als sei Kerschbaumer beinahe, ja, erleichtert gewesen. Wie alle überhaupt erstaunt waren, da sie sich ein völlig anderes Bild von der Gefährlichkeit des Gesuchten gemacht hatten. Von Waffe übrigens keine Spur, wenn man von einem angerosteten Hirschfänger absähe, der aber eh mehr als Handwerkszeug einzustufen sei.

Der Kommissar setzte die Pfeife in Brand und blies eine Rauchwolke über den Tisch.

»Na gut, wills dir einmal glauben. Dann weiter: Wieso kommst du grad ausgerechnet nach Zellach? Du bist doch von Schwarzberg?«

Lipp ließ den Kopf herabsinken und schwieg.

»Hast dir gedacht, dass die Polizei bei dir daheim als Erstes suchen wird, hm?«

Lipp schüttelte matt den Kopf. »... wollt halt über die Grenz ...«

Glaser nickte befriedigt.

»Das nehm ich dir sogar ab, Kerschbaumer. Aber dann bist nicht weitergekommen, weil du dir deinen Fuß so angebrochen hast, dass du niemals durch die Muntenwand gekommen wärst. Kannst uns übrigens dankbar sein, dass wir dich erwischt haben. Noch ein paar Tag länger, und du hättst dir deinen Fuß abhacken können. Oder wärst wegen Blutvergiftung eingegangen.«

Lipp nickte matt.

»Dann die dritte Frag: Wir haben im Lackenkaser Lebensmittel gefunden, aber keinen Pfennig Geld. Wo hast du das Essen hergehabt? Hast dus gestohlen?«

»... hab noch nie was gestohlen ...«, flüsterte Lipp.

»Wer hat dich dann versorgt? Wars der Peterbauer?«

Der Gefangene schüttelte den Kopf.

»Mach nicht den Fehler und halt mich für blöd, Kerschbaumer. Ich weiß zufällig, dass der Peterbauer-Karl gestern in der Näh vom Lackenkaser gewesen ist.«

»Der ist das gewesen?«

»Willst mir vielleicht weismachen, du hättst ihn nicht gekannt?«

»Wenns doch wahr ist …«

Der Kommissar seufzte. »Warum lügst mich an, Kerschbaumer? Weil du ihn nicht reinziehen willst? Dazu ists leider zu spät. Er ist gesehen worden. Aus welchem anderen Grund soll er zu dir gegangen sein, als dem, dir was zu Essen zu bringen?«

»Weiß ich doch selber nicht«, gab Lipp müde zurück. »Er ist zur Tür rein, hat mich bloß wie einen Geist angestiert und ist gleich wieder fort.« Er sah auf. »Ists … er gewesen, der mich verraten hat?«

»Geht dich nichts an.« Glaser machte eine kleine Pause, in der er versuchte, die Miene seines Gegenübers zu ergründen, bevor er hinzufügte: »Wenn, dann höchstens, ohne es zu wollen.«

»Der Peterbauer hat mir nie geholfen«, murmelte Lipp nach einer Weile. »Er hat bis gestern gar nichts von mir gewusst. Muss … muss ein Zufall gewesen sein, dass er mich gefunden hat.«

»Dass du allweil noch nicht kapierst, dass deine Lügerei keinen Zweck mehr hat?«

Kerschbaumers Kinn fiel wieder auf seine Brust.

»Ist die Wahrheit«, flüsterte er.

»Soso. Aber wenn ers nicht gewesen ist, der dich in den letzten Wochen da oben durchgefüttert hat, wer dann? Wars einer von deinen Kommunisten-Spezln?« Der Kommissar unterbrach sich. »Schmarren, was red ich. Das kann schlecht sein. Deine Partei hat dich ja rausgeschmissen.«

Lipps Augen irrten ungläubig über das Gesicht des Kommissars.

»Rausgeschmissen?«, flüsterte er.

»Das weißt noch gar nicht?«, setzte Glaser nach. »In allen

Zeitungen hats dringestanden. Deine Genossen wollen mit dir nichts mehr zu tun haben. Du und deine Spezl, ihr wärts – wie ist geschrieben worden? – verantwortungslose Abenteurer und Parteischädlinge. Was noch das Freundlichste gewesen ist. In eurer ›Roten Fahne‹ haben sie euch sogar als Spitzel von der Politischen Polizei und bezahlte Provokateure hingestellt, und –«

»Ist … ist nicht wahr«, stammelte Lipp. Der Kommissar fuhr ungerührt fort: »– und dass ihr den Mord an einem angeblichen Spitzel bloß begangen habt, damit die Partei schneller wieder verboten werden kann.« Glaser suckelte genüsslich an seiner Pfeife. »Da allerdings muss ich dich jetzt direkt in Schutz nehmen vor deinen ehemaligen Freunderln, Kerschbaumer. Und ich finds so verlogen und hinterfotzig, wenn die sich jetzt auf deine Kosten aus dem Schlamassel rausziehen wollen. Wärst tatsächlich ein bezahlter Provokateur gewesen, tätst jetzt nicht wie ein Häuferl Elend vor uns sitzen, sondern könntst in irgendeiner Beizen im Ausland dein Judasgeld aus dem Fenster schmeißen und mit Weibern poussieren. Die Polizei hat außerdem genug damit zu tun, mit ihrer anderen Arbeit nachzukommen. Da kann ich mir schlecht vorstellen, dass sie sich ihre eigenen Fälle auch noch selber zusammenfabriziert.«

Lipp hatte mit wachsender Bestürzung zugehört.

»Ausgeschlossen …?«, hauchte er fassungslos.

»Jawohl. Aus der Partei. Mit Schimpf und Schande, wies so schön heißt«, bestätigte der Kommissar. »Aber lassen wir das. Sag mir bloß noch eins: Wieso hast dann auch noch den Thannheiser umbringen müssen?«

»Hab keinen umgebracht!!«, röhrte Lipp auf.

Glaser beugte sich ruckartig vor, dachte aber im selben Moment an die mahnenden Worte des Arztes. »Lüg nicht schon wieder, Kerschbaumer!«, sagte er beherrscht. »Der Thannheiser hat dich gesehen, stimmts? Angst hast gehabt, dass er dich verraten könnt! Gibs doch zu!«

»Nein …«, wimmerte Lipp. Sein Kopf sank vornüber. Er schluchzte haltlos.

Panholzer räusperte sich. »Glaser … eine Viertelstund, hat der Doktor gesagt … jetzt sind wir schon weit drüber …«

»Weiß ich schon selber«, brummte der Kommissar. Er stand auf und befahl mit einer Kopfbewegung, den Gefangenen wieder in seine Zelle zu bringen. Der Kriminalassistent öffnete die Tür zum Wachraum und rief nach dem Hilfsgendarmen.

»Nossak, du gehst mit ihm mit«, herrschte ihn Glaser an.

»Zu Befehl.« Der Assistent zog den Gefangenen vom Stuhl und führte ihn aus dem Verhörraum.

Glaser und Panholzer kehrten in den Wachraum zurück. Glaser dehnte sich ächzend, ging ans Fenster und sah versunken in den trüben Tag hinaus. Seine Pfeife war ausgegangen. Er stopfte sie mit bedächtigen Bewegungen nach und steckte sie wieder an. Der Wachtmeister gähnte. Schweigen breitete sich aus.

»Was meint dein Zinken, Kaschpe?«, sagte der Kommissar schließlich durch die Rauchwolke hindurch. Panholzer war ratlos. »Also …« Er räusperte sich. »… wenn das, was wir grad gehört und gesehen haben, ein Theater gewesen ist, dann wär der Kerschbaumer so ungefähr das Durchtriebenste, was ich in meinem ganzen Leben gesehen hab.«

Glaser streifte ihn mit einem zustimmenden Blick. »Aber man täuscht sich halt manchmal …«, sagte er nachdenklich.

»Ich hab mich bei einem früheren Kollegen, der auf München gegangen ist, nach der Sach erkundigt.«

»Und?«

»Sie sind zu dritt gewesen. Der Kerschbaumer und noch zwei andere. Den sie erschossen haben, ein Friseur namens Schöttl, soll ein Spitzel gewesen sein, der sich bei den Kommunisten eingeschlichen hat. Die Drei sind bloß eine Stund nach dem Mord in ihrem Versteck überrascht worden. Der Kerschbaumer hat noch rechtzeitig abhauen können, der zweite hat tags drauf beim Transport nach Stadelheim unter ziemlich zweifelhaften Umständen abhauen können und soll jetzt im Ausland sein, der dritte hat sich vor ein paar Tagen in der Zelle aufgehängt. Ist alles natürlich eine Mordsblamage für die Münchner Polizei. Drum müssen sie sich jetzt auf Teufel komm raus an den Kerschbaumer halten. Sonst kriegens keinen gescheiten Prozess zustand. Den aber brauchens unbedingt.«

»Damits wieder gut dastehen.«

»Und wahrscheinlich auch, damits den Roten wieder anständig eine einschenken können.«

»Noja«, gab Panholzer zu bedenken, »wenn die aber meinen, einfach Leut über den Haufen schießen zu dürfen, gehörts ihnen auch nicht anders.«

»Hast vollkommen recht«, räumte der Kommissar ein. Er nuckelte eine Weile stumm an seiner Pfeife. »Was anderes, Kaschpe. Ich hab mir heut nachmittag noch mal den Tatort oben angeschaut.«

Der Wachtmeister verbiss sich eine Bemerkung. »Und?«, fragte er.

Glaser ließ eine Rauchwolke aufsteigen. »Spuren findst natürlich keine mehr, weil die Küh vom Etterkaser danach drüber sind. Aber immerhin hab ich unterhalb des Wegs die Stell gefunden, wo er sich den Hals aufgerissen hat. Ein abgestorbener Strunk auf halber Höh ist es gewesen. Aber das Wichtigste, Panholzer: Es ist tatsächlich so, wie du gesagt hast. An der Stell stürzt keiner ab, völlig ausgeschlossen. Den Weg kann ein Blinder gehen.« Er hob den Finger. »Was theoretisch übrigens heißen kann, dass der Thannheiser noch eine längere Wegstreck entweder von oben oder von unten zurückgelegt hat, nachdem ihm der Kerschbaumer die Augen ausgestochen hat.«

»Was vielleicht drauf rauslaufen könnt, dass ihm die Geschicht bloß als schwere Körperverletzung mit Todesfolge ausgelegt wird«, folgerte Panholzer.

Glaser stieß ein galliges Lachen aus. »Vorausgesetzt, dass er einen Richter findet, der auch nur eine einzige Sach gelten lässt, die zu seinen Gunsten auszulegen wär.« Er schüttelte überzeugt den Kopf. »So einen aber findet er nicht. Drauf zu verzichten, sich wieder als Retter der Nation aufblasen zu können, wird garantiert keiner von den Herrschaften über sich bringen.« Er feuerte die Pfeife nach. »Hat sich die Einwohnerstelle in München eigentlich noch allweil nicht gemel…?«

Nossak kam zurück. Glaser maß ihn mit einem ärgerlichen Blick.

»Ist der Gefangene in Sicherheit?!«, schnauzte er.

Nossak nickte eifrig.

»Dann gehst jetzt rüber und gibst an die Bezirksinspektion durch, dass wir den Kerschbaumer identifiziert haben, dass er aber vor morgen früh nicht transportfähig ist. Und dass außerdem unser Auto noch repariert werden muss. Verstanden?«

»Aber der Wagner hat schon heut vormittag gemeint, dass er höchstens ein, zwei Stunden dafür …«

»Nossak! Mach mich ja nicht rasend! Du tust, was ich dir sag!«

»Jawohl, Herr Kommissar.«

Glaser wartete stirnrunzelnd ab, bis der Assistent die Türe hinter sich geschlossen hatte. Dann wandte er sich wieder dem Wachtmeister zu: »Wie ist der Kerschbaumer eigentlich gefunden worden? Bin nicht ganz schlau draus geworden, was der Forstmeister da zusammengeschwafelt hat. Wie und wo genau haben sie ihn erwischt?«

»Na, Gust, du selber hast doch gestern noch die Jäger angewiesen, den Peterbauern zu überwachen.«

»Stimmt. Hab ich glatt vergessen.«

»Und kaum sinds ein paar Stunden auf dem Posten oberhalb vom Hof, da sehens durchs Fernglas, wie die Tür vom Peterbauerhof aufgeht, die Peterbauern-Lies rauskommt und auf den Wald hinter dem Haus zugeht. Die Jäger denken sich erst noch gar nichts. Aber kurze Zeit drauf geht wieder eine Tür auf, diesmal die vom Stall, und es ist der Peterbauer selber, der herauslinst und dann in genau die Richtung schleicht, in der seine Schwester verschwunden ist. Während die aber den normalen Weg in Richtung zum Kleinen Muntenhorn nimmt, bleibt er immer ein Stück hinter ihr im Wald. Grad so, als wollt er unter gar keinen Umständen, dass sie ihn sehen kann.«

»Er spioniert ihr nach, willst sagen.«

»Genau danach hats jedenfalls ausgeschaut«, bestätigte Panholzer. »Er ist ihr nachgeschlichen wie einer, der seine Alte beim Fremdgehen erwischen will.«

»Und weiter?«

»Eine Zeit lang verlieren die Jäger die zwei wieder, aber dann taucht oben am Engpass die Lies wieder auf. Sie bleibt ein paar Minuten stehen, verschwindet kurz hinter einem Felsblock, kehrt dann wieder um und geht zurück. Der Peterbauer sieht es, duckt sich, lässt sie vorbei und rennt weiter zu dem Platz, an dem sie vorher umgekehrt ist, geht ebenfalls ein paarmal hin und her, verschwindet dann aber auf der anderen Seite vom Pass. Und zwar genau da, wos zum alten Lackenkaser hinabgeht, und wo –«

»– bisher noch nicht gesucht worden ist. Wieso eigentlich?«

»Kanns bloß raten. An und für sich ist der Lackenkaser bloß von unten, von der anderen Talseite aus zu erreichen. Der Weg aber ist vor dem Krieg bei einem Felssturz in die Schlucht gerissen worden, worauf, weils wohl nicht das erste Mal gewesen ist, die Alm endgültig aufgegeben werden hat müssen. Der Weg von oben her, vom Engpass, den der Peterbauer genommen hat, ist demnach sowohl ein Umweg als auch eine Sackgasse, abgesehen davon, dass er schon längst überwachsen ist und ihn ein Auswärtiger nie finden würd. Und – unter uns gesagt – reißen sich unsere Jäger auch nicht unbedingt gern einen Haxen aus, wenn ihnen Sachen aufgetragen werden, die sie von ihrer anderen Arbeit abhalten.«

Glaser winkte uninteressiert ab. »Wie ists weitergegangen?«

»Während die Jäger also noch überlegen, ob sie von ihrem Standplatz direkt über einen Grat zum Engpass rübersteigen sollen, da sehen sie auf einmal den Peterbauern wieder zurückkommen. Und jetzt rennt er auf dem Weg wie ein angestochener Stier nach unten. Fast, als ob er die Lies doch noch einholen möcht.«

»Oder vor ihr wieder auf dem Hof sein«, mutmaßte der Kommissar.

»Kann auch sein. Die Jäger jedenfalls haben gerechnet. Von ihrem Standplatz aus hätten sie den Bauern und seine Schwester nicht mehr abfangen können. Gleichzeitig hats ihnen gedämmert, dass da, wo der Peterbauer eine Zeit lang verschwunden ist, der alte Lackenkaser sein muss. Kurz darauf fängts aber zu wettern an, und sie wissen, dass sie bei einem Gewitter ohne Ausrüstung nicht mehr über den Grat kommen. Also haben sie in ihrer Hütte, die ganz in der Näh ist, übernachtet und sind am nächsten Tag gleich in der Früh zum Lackenkaser abgestiegen.«

Nossack kam strahlend zurück.

»Herzlichste Gratulation!«, platzte er los. »Der Herr Kriminalrat gratuliert uns zu unserem Erfolg.«

Glaser verzog den Mund.

»Hat er gefressen, dass wir heut nimmer fahren?«

»Hab ihn überzeugen können. Morgen Mittag müssen wir aber unbedingt in München sein, sagt er.«

Glaser grunzte befriedigt. »Was noch?«

»Dass die Bezirksinspektion Dornstein wieder einmal stolz auf Sie sein kann, Herr Kommissar.«

»Jaja …«, brummte Glaser.

»Jetzt tu nicht so bescheiden, Gust«, tadelte der Wachtmeister wohlwollend.

»Das muss ich auch sagen!«, sekundierte der Assistent. »Sie sind wirklich viel zu bescheiden, Herr Kommissar.« Er wechselte einen einverständigen Blick mit Panholzer.

»Auf einen Zufall kann eins wohl schlecht stolz sein«, hielt Glaser mürrisch dagegen. Er wechselte das Thema und wandte sich wieder Panholzer zu: »Auf Deutsch, Kaschpe –

es sind also die Peterbauern-Lies und ihr Bruder gewesen, die uns zum Versteck vom Kerschbaumer geführt haben?«

»Die Lies nicht, Gust«, korrigierte Panholzer. »Dein Auftrag war schließlich nicht, *sie* zu beobachten. Der Peterbauer wars. Wär er seiner Schwester nicht nachgeschlichen, wär kein Mensch auf die Idee gekommen, da oben nachzuschauen.«

»Wir verhaften die zwei, oder?«, mischte sich Nossak ein.

Glaser brachte ihn mit einem strengen Blick zum Schweigen. »Das wirst mir überlassen.«

Nossak schluckte. Der Kommissar fuhr ernst fort: »Kaschpe, Nossak – die Gschicht mit den Peterbauer-Leuten bleibt vorläufig unter uns, haben wir uns verstanden?«

»Ist doch klar«, sagte der Wachtmeister. Er wirkte erleichtert.

»Nossak? Kann ich mich einmal auch auf dich verlassen?«

»Jawohl, Herr Kommissar.«

Der Kommissar nahm es befriedigt auf.

»Gut. Dann übertragst jetzt dein Geschmier in Reinschrift, damit wir unseren Rapport draus machen können, verstanden? Danach kannst zum Essen gehen. Fällst mir ja sonst noch vom Fleisch.«

Der Assistent gehorchte wortlos und verließ die Wachstube. Glaser zog die Stirn in Falten. »Was wars übrigens, Kaschpe, was ich dich vorhin hab fragen wollen –? – Ahja! Ob sich die Einwohnerstelle in München schon gerührt hat!«

Der Wachtmeister verneinte bedauernd.

»Einen Saustall haben die da oben«, knurrte Glaser. »Und da soll unsereins gescheit arbeiten können. Ich sags dir, Kaschpe – große Goschen und nichts dahinter! Aber auf unsereinen runterschauen, das können sie.«

»Sie werdens schon nötig haben«, meinte Panholzer gleichgültig. Ihn beschäftigte etwas anderes: »Aber jetzt muss ich dich doch einmal was fragen, Gust.«

»Dann tus halt.«

»Brauchen wir denn das alles noch? Dass der, den wir jetzt haben, der Kerschbaumer ist, daran gibts doch überhaupt keinen Zweifel mehr. Soweit ich außerdem mitgekriegt hab, hast du mit diesem Fall nichts mehr zu tun. Wieso schaust du dir dann den Tatort noch mal an? Den Kerschbaumer zu verhören, wär auch nimmer deins gewesen. Was aber tust du? Bohrst und gründelst trotzdem weiter. Wieso lässt du nicht aus, wie ein Hund seinen Knochen?«

»Wahrscheinlich ein Geburtsfehler.«

Der Wachtmeister schüttelte lachend den Kopf. »Ich glaubs fast.« Dann schlug er sich mit der Hand auf die Stirn und rief: »Herrgott! Wo hab ich bloß mein Hirn in letzter Zeit! Fast hätt ichs vergessen! – Gust, du sollst bei deiner Frau in Dornstein anrufen! Unbedingt!«

*

Den Rest des Tages brachte Kajetan damit zu, sich vom Dorfarzt den Kopfverband abnehmen und die Wunde versorgen zu lassen. Der Doktor zeigte sich zufrieden. Alles sei ordentlich verheilt, ein weiterer Verband nicht mehr nötig, ein Pflaster genüge vollkommen, frische Luft wäre jetzt das Beste. Eine kleine Narbe würde bleiben. Der Arzt hatte geschmunzelt: So nehme halt jeder sein kleines Souvenir nach Hause, nicht wahr?

Die Besitzerin der Pension »Schönblick« war eine hagere Witwe in den Sechzigern und bereits ein wenig schwerhörig. Sie hatte die Empfehlung des Peterbauern mit einem erfreuten Lächeln quittiert und ihn umstandslos bei sich einquartiert. Da sich die Betten der einfacheren Quartiere von Zellach zu Saisonende als Erste leerten, war er der letzte Feriengast des Hauses.

Kajetan saß gerade beim Abendessen, als Kommissar Glaser den Essraum betrat, auf Kajetans Tisch zusteuerte und sich ohne Umschweife setzte.

»Ich stör doch nicht.«

Kajetan warf ihm einen reservierten Blick zu.

»Die Antwort könnens Ihnen wohl denken.«

»Sinds doch nicht so nachtragend. Hab mich entschuldigt oder nicht?«

»Herr Kommissar«, Kajetan ließ die Gabel sinken. »Ich kann zwar verstehen, dass man als Polizist hie und da ziemlich einsam ist, weil einen wenig Leute mögen, bin mir aber trotzdem nicht sicher, ob ich der Richtige für eine zünftige Gesellschaft bin.«

»Könntens recht haben.«

»Dann redens nicht lang rum. Was wollens?«

Der Kommissar legte seinen rechten Arm auf die Tischplatte und lehnte sich behäbig zurück. »Na hörens, Herr Paul! So ungemütlich müssens auch nicht gleich tun.« Er grinste falsch. »Sagens, wie gehts uns denn allerweil?«

Kajetan konzentrierte sich demonstrativ auf sein Essen.

Die Wirtin hatte Tellerfleisch mit Kren und Salzkartoffeln aufgetragen.

»Geht schon, danke«, mampfte er. »Und selbst?«

»Geht auch, danke, geht auch«, erwiderte der Kommissar gedehnt. »Auch wenn mans mir wahrscheinlich nicht direkt anmerkt. Aber dass ich hie und da grantig schau, muss ein Geburtsfehler sein. Kann ich auch nichts dafür.«

Die Wirtin war an den Tisch getreten. Glaser bestellte ein Glas Bier. Er schaute wieder Kajetan an. »Ist außerdem nicht persönlich gemeint. Überhaupt nicht.«

Eine Pause trat ein. Kajetans Ärger wuchs.

»Zum Grantig-Schauen gibts ja auch keinen Grund mehr, oder? Sie haben ihn ja endlich, Ihren Doppelmörder«, sagte er. Die Wirtin stellte das Bierglas auf den Tisch und zog sich wieder in ihre Küche zurück.

»Ja, man ist zufrieden.« Der Kommissar hob das Glas. »Prost, der Herr.«

Kajetan ignorierte die Geste, was Glaser jedoch nicht zu bekümmern schien. Er nahm einen tiefen Schluck, grunzte genüsslich, setzte das Glas wieder ab und wischte sich mit dem Handrücken über den Mund.

»Aber ganz zufrieden kann man halt nie sein«, begann er bedächtig. »Sicher ist, und da habens recht, dass es sich bei dem, den wir heut erwischt haben, um den gesuchten Philipp Kerschbaumer handelt, der in München wegen Mordes bald vor Gericht stehen wird. Wenn er auch behauptet, unschuldig zu sein. Was er gleich gar nicht zugeben mag, ist, dass er auch den Thannheiser umgebracht hat.«

Kajetan hatte ein Stück Fleisch abgesäbelt und wollte es sich zum Mund führen, ließ aber jetzt die Hand sinken. »Und jetzt muss ich wieder dafür herhalten, oder was?«, sagte er verärgert. »Habens nicht auch langsam das Gefühl, dass da ein Komödi fürs Bauerntheater draus wird? Und zwar eine ziemlich fade?«

Glaser hob die Hände und grinste beschwichtigend.

»Gottswillen, nein, Herr – äh – Paul. Da brauchens keine Angst mehr haben.«

Wieder trat eine Pause ein. Kajetan bemerkte, dass er sich mehr und mehr anzuspannen begann.

»Sie werden dann auch bald wieder auf München heimfahren, nehm ich an?«, begann der Kommissar in harmlosem Ton.

»Wird mir ja keiner verdenken können, nachdem ich mich in Zellach so gut hab erholen können.«

Der Kommissar gab den Zerknirschten. »Das kann keiner, da habens vollkommen recht.« Er nickte bekräftigend, griff wieder nach seinem Glas und trank.

Kajetan sah dem Kommissar direkt ins Gesicht.

»Machen wirs kurz, Herr Kommissar. Sie sagen mir jetzt auf der Stell, was Sie von mir möchten, und dann lassens mich gefälligst in Ruh! Einverstanden?«

»Jetzt sinds halt nicht gar so ungemütlich«, tadelte Glaser. »Find bloß, dass Sie sich ganz gut gehalten haben –«, er machte eine kurze Pause und fuhr leiser fort: »– dafür, dass Sie eigentlich tot sind.«

Kajetans Magen krampfte sich.

»Wissens, Herr Paul – oder sagen wir besser – Herr Kajetan, ich hab auf München, genauer gesagt, zur Einwohnerstelle, telegrafieren lassen, um rauszufinden, ob mit Ihrem Pass auch alles in Ordnung ist.« Glaser lächelte falsch. »Hätt ja schließlich auch in Ordnung sein können! Ich ermittel nämlich in alle Richtungen, wie sichs gehört, gell?

Von München hab ich zwar allweil noch nichts gehört, aber dafür hab ich vor einer halben Stund eine zwar eher inoffizielle, aber dafür umso interessantere Information retour gekriegt. Könnens Ihnen denken, wie die lautet?«

Kajetan bemühte sich um einen herablassenden Ton. »Dass alles in Ordnung ist, was denn sonst.«

»Nicht ganz«, korrigierte Glaser süffisant. »Die Antwort ist vielmehr gewesen: Einen Herr Paul, Vorname Kajetan, gibts nicht. Dafür aber wär ein Herr Kajetan, wiederum mit Vornamen Paul, im Angebot gewesen.« Der Kommissar blickte versonnen in sein Glas. »Ganz schön raffiniert, muss ich zugeben. Da tauscht einer auf seinem falschen Pass bloß Vor- und Zunamen aus, und schon kommt er auf der Fahndungsliste nimmer vor. Gleichzeitig wird sein Risiko kleiner, dass er einmal verkehrt reagiert, wenn er mit seinem richtigen Namen angerufen wird.«

Glaser nahm einen Schluck. Bedächtig stellte er das Glas ab. »Außerdem ist mir, wie man so schön sagt, zu Ohren gekommen, dass Sie früher einmal –«

Die Tür des Gastraumes flog auf. Wachtmeister Panholzer kam atemlos hereingestürzt. Sein Gesicht war puterrot.

»Da bist ja!«, rief er, wirkte aber nicht erleichtert. »Gust! Musst kommen! Auf der Stell!«

Glaser sah alarmiert auf.

»Der Kerschbaumer …«, keuchte Panholzer.

Der Kommisssar schoss mit einem Ruck hoch. Der Stuhl polterte hinter ihm zu Boden.

»Sag bloß nicht …?«

Der Wachtmeister nickte zerschmettert. »Er hat sich … hat sich …«

Glaser stieß den Wachtmeister beiseite und rannte zur Tür. Dort drehte er sich noch einmal um und streckte den Zeigefinger befehlend aus: »Kajetan! Sie fahren nicht ohne meine Erlaubnis! Sie bleiben im Dorf, ist das klar?!«

*

Lipp Kerschbaumer lag auf der Pritsche, den Mund leicht geöffnet. Zwischen den Zähnen drängte die violette Zunge hervor, um seinen Hals wand sich ein Streifen abgerissenen Leinentuchs, das andere Stück hing noch am Fensterknauf. Verstohlen äugte der Wachtmeister zu Glaser.

Das Gesicht des Kommissars war dunkel. Sein Brustkasten hob und senkte sich.

»Alle in die Station«, befahl er schließlich und marschierte wortlos voran. In der Wachstube angekommen, setzte er sich schwer. Stumm deutete er Panholzer und Nossak, ebenfalls Platz zu nehmen. Er stützte seine Ellbogen auf den Tisch und nahm sein Gesicht in die Hände. Für einen Moment wirkte er erschöpft.

»Tod in Polizeigewahrsam …«, sagte er rau.

Die beiden Männer senkten die Köpfe.

Der Kommissar sah mit einem Ruck auf. »Ich möcht jetzt auf der Stell wissen, wie das passieren hat können.« Er sah den Wachtmeister scharf an. »Da die Hilfsgendarmen wieder abgezogen worden sind, bist du für die Bewachung zuständig gewesen, Kaschpe.«

»Ja …«, stöhnte Panholzer gepeinigt.

»Wann bist dus letzte Mal beim Kerschbaumer gewesen?«

Der Wachtmeister zwinkerte nervös. »Ziemlich genau um acht«, berichtete er. Leiser fügte er hinzu: »Wie … wie ich wieder in die Station gekommen bin.«

»Du bist *weg gewesen*?!«

Panholzer wetzte auf dem Stuhl hin und her.

»Ich habs dem Herrn Wachtmeister angeboten«, stand ihm Nossak bei. »Seiner Frau gehts grad nicht so gut. Hab eh nichts zu tun gehabt.« Er richtete sich auf dem Stuhl auf. »Die Station ist jedenfalls keine Sekunde unbesetzt gewesen.«

Glasers Blick war von Panholzer zu Nossak und wieder zurück gewandert.

»Wie lang bist du weg gewesen?«

»Eine knappe Stund, nicht länger«, sagte Panholzer. »Meine Frau … ich hab ihr eine Suppen …«

Der Kommissar winkte ungeduldig ab. »Und nachdem du um acht den Nossak abgelöst hast, bist du gleich als Erstes hinter in den Karzer gegangen.« Panholzers stumme Bestätigung einholend, fuhr er fort: »Hast du aufgesperrt und bist zu ihm rein?«

Panholzers schlaffe Wangen zitterten, als er den Kopf schüttelte. »Ich hab bloß durch die Türklappen geschaut.«

»Und hast *was* gesehen?«

»Dass der Kerschbaumer auf der Schlafbank liegt.«

»Wie hast du das sehen können? War das Licht noch an?«

»Hab die Lampe dabeigehabt und reingeleuchtet.«

»Hast sein Gesicht gesehen?«

Panholzer zögerte mit einer Antwort. »Er … er ist mit dem Gesicht zur Wand gelegen, soweit ich mich erinnern kann. Ich hab ihn an seine Haar erkannt.«

»Aber du hast nicht deutlich gesehen, dass er es gewesen ist.«

Die Frage verwirrte den Wachtmeister. »Wer … wer solls sonst gewesen sein?«

Glaser ging nicht darauf ein. »Und gerührt hat er sich auch nicht, wie du reingeleuchtet hast?«

»Nein, er hat schon geschlafen. Freilich, ich hab mich gewundert, weil es noch so früh gewesen ist. Die wenigsten können da drin ja ein Aug zumachen. Vielleicht hat ihm der Doktor noch eine Spritzen gegeben, hab ich mir halt gedacht.«

»Geschlafen hat er, behauptest du …« Der Kommissar überlegte. »Und draufhin bist wieder in die Wachstuben gegangen, oder?«

»Ja.«

»Und? Weiter?«

»Ich hab den Herrn Nossak gefragt, obs was gegeben hätt, solang ich weg gewesen bin. Nein, hat er gemeint. Dann haben der Herr Nossak und ich noch ein bisserl geratscht …«

»So? Über was?«

Der Wachtmeister sah zu Nossak, dann wieder zu Glaser. »Über nichts Bestimmtes. Darüber, wies halt so ist bei uns. Was die Gendarmerie auf dem Dorf normalerweis zu tun hat …« Panholzer sandte einen fragenden Blick zu Nossak. Dieser räusperte sich und ergänzte: »Obs auf dem Land seit dem Krieg mehr Verbrechen als vorher gibt, wie das mit den illegalen Grenzgängern ist, den Schmugglern und Schleusern und so. Eher Fachliches. Hat mich halt interessiert.«

Der Blick des Kommissars umfasste die beiden Männer. »Wie lang habt ihr geratscht?«

»Die Zeit ist schnell vergangen«, erklärte Nossak. »Eine dreiviertel Stund ungefähr.«

Panholzer nickte bestätigend.

»Und weiter?«, bohrte der Kommissar.

»Dann hab ich Hunger gekriegt und wollt schauen, ob ich im Dorf noch was zum Essen krieg«, berichtete Nossak. »Aber bevor ich gegangen bin, hab ich noch einmal zum Kerschbaumer geschaut, und da …«

»Wieso bist du eigentlich noch mal rüber?«, wollte Glaser wissen. »Eine Viertelstund später hätt der Herr Wachtmeister doch eh wieder bei ihm reingeschaut?«

Der Kriminalassistent zuckte mit den Achseln. »Weiß auch nicht genau … mir ist halt immer noch im Kopf rumgangen, was uns heut früh passiert ist. Dass probiert worden ist, einen Gefangenen zu befreien.«

»Du bist also misstrauisch gewesen, möchst sagen.«

»Irgendwie, ja«, räumte der Assistent ein. »Hab mir halt gedacht, lieber einmal zu viel nachschauen als zu wenig. Ich wollt vor allem noch mal sehen, ob das Schloss auch wirklich sicher ist. Auf die Blamage jedenfalls, dass uns der Kerschbaumer noch mal auskommt, wär ich nicht besonders scharf gewesen.«

»Ich auch nicht«, sagte Glaser düster. »Jetzt ist er bloß tot.«

»Furchtbar …«, murmelte Panholzer.

Der Kommissar fasste sich wieder und fixierte Nossak: »Und um nachzuschauen, hast du den Schlüssel mitgenommen.«

»Freilich. Sonst hätt ich ja nicht gleich reinkönnen, wie ich ihn am Fensterkreuz hab hängen gesehen.«

»Freilich, freilich …«, wiederholte Glaser. »Und du hast ihn auch gleich abgeschnitten, richtig?«

Nossak nickte. »Hätt ja sein können, dass er noch lebt.

War aber alles zu spät. Dann hab ich dem Herrn Wachtmeister geschrien.«

Glaser wandte sich wieder an Panholzer. »Wie war die Leich, wie du gekommen bist?«

»Wie meinst …?«

»War sie noch lebwarm oder schon kalt?«

»Eher noch warm, jedenfalls noch nicht steif. Er muss sich kurz nach meiner letzten Kontrolle aufgehängt haben.«

Der Kommissar nickte ein paar Mal nachdenklich. Er wirkte mit einem Mal niedergeschlagen. Seine Schultern sanken herab. »Also dann … es ist schon, wies ist. Kaschpe, du holst euren Doktor wegen dem Totenschein, und du, Nossak, du rufst jetzt gleich noch den Doktor Mühlauer in Dornstein an, verstanden?«

Nossak räusperte sich. »Bin schon so frei gewesen. Er hat sich sauber bedankt, heut noch rausfahren zu müssen. Was es da noch zu obduzieren gäb, wenn sich einer aufgehängt hat, hat er gesagt.«

»Interessiert keinen. Wann ist er da?«

»Er kommt morgen in der Früh.«

Glaser sagte nichts. Er stand auf, knöpfte seinen Mantel zu und ging zur Tür.

»Wo … wo gehst hin?«, fragte Panholzer.

»Geht dich einen Dreck an«, schnauzte Glaser über die Schulter zurück. »Ich brauch jetzt ein bissl frische Luft. Sonst erstick ich noch.«

Krachend fiel die Tür hinter ihm zu. Nossak sah ihm achselzuckend nach und wandte sich erklärend an den Wachtmeister: »So ist er halt, der Herr Kommissar. Darf man ihm nicht übel nehmen. Grad jetzt nicht. Wenn er wo nicht weiterkommt, saust er bei der Tür raus, rennt stundenlang in der

Gegend umeinand. Und wenn er zurück ist, weiß er, was er tun wird.«

Panholzer winkte müde ab. Er griff nach seinem Umhang. »Weiß schon.«

»Sie und ich haben jedenfalls keine Schuld.«

Der Wachtmeister wich seinem Blick aus.

»Nein …«, sagte er leise. Wortlos verließ er die Station.

*

München, Palais Plechstein

Frau Kommerzienrat Plechstein, ganz Herrscherin ihrer noblen Stadtresidenz am Münchner Karolinenplatz, nickte hoheitsvoll. »Einen Nebenraum? Aber mit größtem Vergnügen, verehrter Herr Doktor, lieber Herr Obergruppenführer. Daran mangelt es glücklicherweise nicht. Bitte folgen Sie mir.« Nach allen Seiten huldvoll nickend, durchschritt sie den Salon und öffnete eine Flügeltüre. »Bitte sehr. Hier sind die Herren völlig ungestört.«

Die beiden Männer bedankten sich höflich und gingen an ihr vorbei. Die Gastgeberin zwinkerte verschwörerisch. »Sie haben gewiss bedeutende Dinge zu bereden. Vollstes Verständnis.«

Sie zog die Türe hinter den beiden Männern zu.

»Nun, Herr Doktor Trattner? Was haben Sie Wichtiges auf dem Herzen?«, fragte Obergruppenführer Schneidberger, während er sich in den Fauteuil fallen ließ. Der Polizeirat setzte sich ebenfalls. Das lebhafte Geplauder der Abendgesellschaft war nur noch gedämpft zu hören.

»Ich habe vor allem gute Nachrichten, den Fall Schöttl betreffend.«

Der Obergruppenführer schlug die Beine übereinander. »Ahja? Schön. Berichten Sie.«

Der Polizeirat lachte gekünstelt. »Sie hatten doch hoffentlich keine Zweifel, dass die Operation gut verlaufen würde, Herr Obergruppenführer.«

Schneidberger legte die Finger aneinander. »Nun, Sie müssen zugeben, nach der Flucht dieses – wie war noch gleich der Name?«

»Kerschbaumer!«

Der Obergruppenführer nickte. »– dieses Kerschbaumer gab es doch einen gewissen Anlass zur Sorge, finden Sie nicht? Nicht auszudenken, wenn er einem unbedarften Kripo-Beamten, und deren gibt es in der Münchner Polizei leider noch etliche, in die Finger geraten wäre.«

»Ich kann Sie völlig beruhigen. Der Mann wurde an der Grenze gefasst, und –«

»An welcher?«

»Der österreichischen, nicht weit von Salzburg. In einem Dorf namens Zellach, Bezirk Dornstein.«

»Ahja. Reizende Gegend. Und wo befindet er sich jetzt?«

»Im Leichenschauhaus«, sagte Trattner knapp.

»Ach«, sagte der Obergruppenführer.

Trattner nickte selbstgefällig. »Er konnte umgehend unschädlich gemacht werden.« Der Polizeirat lächelte überlegen. »Nachdem auch unser zweiter Kunde, der –«

Schneidberger hob abwehrend die Hand. »Bitte verschonen Sie mich mit Namen und sonstigen unbedeutenden Details. Ich kann mir sie nie merken.«

»Natürlich«, beeilte sich Trattner. »Ich wollte Sie lediglich davon unterrichten, dass auch der zweite Mann vor einigen Tagen, äh, verschieden ist. Womit keinerlei Gefahr mehr von dieser Seite besteht.«

»Schön«, sagte der Obergruppenführer. »Es wäre der Sache in der Tat nicht dienlich gewesen, wenn es zu einem öffentlichen Prozess gekommen wäre. Apropos Schöttl – sagen Sie: War denn von vornherein vorgesehen, dass dieser Friseur bei der Aktion stirbt? Immerhin war er doch wohl einer Ihrer Informanten?«

»Nun, einen wirklich wichtigen Mann hätten wir selbstverständlich nicht geopfert«, sagte der Polizeirat überlegen. »Dieser Schöttl aber war für uns letztlich völlig unergiebig. Mehr noch, er hat uns an der Nase herumgeführt, hat uns mit belanglosen Informationen abspeisen wollen. Wir kamen zu der Erkenntnis, dass er nicht wirklich bereit war, seine Versprechen einzulösen. Was somit ein Bruch der Vereinbarung war, die wir mit ihm getroffen hatten.«

»Verstehe.« Der Obergruppenführer nickte anerkennend. »Ich gratuliere Ihnen jedenfalls, Herr Polizeirat. Sie haben Ihre Leute zweifellos im Griff. Sehen Sie, so etwas imponiert der Partei: Führungsstärke und unbedingte Zuverlässigkeit.«

Polizeirat Trattner wehrte geschmeichelt ab. Eine leichte Hitze flutete ihn. Dass es in Zellach beinahe zu einer peinlichen Panne gekommen wäre, weil das mit der Liquidierung beauftragte Kommando einen irrtümlich festgenommenen Touristen ins Visier genommen hatte – dies war eines dieser Details, mit dem er Schneidberger nicht behelligen sollte.

»Und, äh, der dritte Mann? Ist auch da alles noch in Ordnung?«

»Hören Sie, Herr Obergruppenführer. Haben Sie Anlass zu zweifeln?«

»Ich frage lediglich nach, wenn Sie gestatten.«

»Wir basteln gerade an seiner Legende à la ›unerkannt entkommen‹, damit er bald wieder zum Einsatz kommen kann. Dieser Hölzl –«

»Keine Namen, wenn nicht unbedingt nötig.«

»... der Mann ist Gold wert. In der KP werden wir ihn zwar nicht mehr einsetzen können, aber irgendwelche Anarchisten nehmen ihn bestimmt mit Handkuss auf. Er ist derzeit jedenfalls in Wien in bester Obhut und lässt es sich obendrein gut gehen. Er wird so lange in Deckung bleiben, bis die Kriminalpolizei die Ermittlungen im Fall Schöttl einstellt. Ich rechne in Bälde damit.« Trattner lächelte zuversichtlich, setzte aber sogleich eine besorgte Miene auf. »Nicht immer erhalten wir von den anderen Abteilungen, besonders von der Kriminalpolizei, die erwünschte Unterstützung. Aber wir haben mittlerweile nun doch einige Übung darin, hier korrigierend einzugreifen.«

Schneidberger nickte wohlwollend. »Davon bin ich überzeugt, Herr Doktor.«

»Ich erwähne nur den Fall von Marain«, sagte Trattner.

»Unnötig, mich daran zu erinnen, Herr Polizeirat. Seien Sie versichert, dass ich ein sehr gutes Gedächtnis habe. Und ich kann nur wiederholen: Sie haben der nationalen Sache dabei allerbeste Dienste geleistet.«

Trattner senkte den Kopf.

»Nur das war mein Anliegen«, sagte er.

Wieder wurde ihm heiß, als er an diese Affäre dachte. Auch sie wäre ihm fast aus dem Ruder gelaufen, als sich unerwartet dieser abgehalfterte Detektiv – ein gewisser

Paul Kajetan – ins Spiel brachte. In letzter Sekunde hatte er Schlimmeres verhindern können. Aber auch hier hatte er Wert darauf gelegt, dass die Partei nicht davon Wind bekommen hatte. Es hätte Irritationen auslösen, seinem Ruf als präzisem Planer und erfolgreichen Strategen schaden können. Und wieder einmal zahlte sich aus, dass er immer Wert darauf gelegt hatte, unnötige Mitwisserschaft an seinen Operationen zu vermeiden.

»Schön.« Der Obergruppenführer legte beide Hände auf die Stuhllehne. »Sehr schön. Nochmals: Gratuliere, Herr Polizeirat.« Er machte Anstalten aufzustehen. »Einen Augenblick noch bitte, Herr Obergruppenführer«, sagte Trattner schnell. »Es gäbe da noch eine Angelegenheit, die ich gerne kurz mit Ihnen reflektieren würde.«

Schneidberger sah ihn mit einem Anflug von Ungeduld an. Er lehnte sich wieder zurück.

»Ach ja? – Bitte. Sprechen Sie.«

»Nun, Herr Obergruppenführer… ich… äh… habe mit großer Freude zur Kenntnis nehmen können, dass die nationale Bewegung bei der Besetzung maßgeblicher Stellen mittlerweile einen enormen, wenn nicht sogar entscheidenden Einfluss ausübt.«

Schneidberger nickte selbstgefällig. »Ich streite es nicht unbedingt ab.«

»Und… äh… in diesem Zusammenhang würde ich noch einige Worte mit Ihnen über die in Kürze stattfindende Neubestallung des Polizeidirektors wechseln. Ich… äh…«

Der Obergruppenführer verstand. »Reden wir nicht drum herum, mein lieber Trattner. Sie möchten, dass Sie dabei berücksichtigt werden. Richtig?«

Der Polizeirat nickte hastig. »In Anbetracht meiner Verdienste würde ich meinen, dass mir ein gewisses Anrecht darauf nicht abgesprochen werden kann.«

»Aber das ist überhaupt keine Frage!«, beteuerte Schneidberger.

Trattners Puls ging schneller. »Das heißt, ich renne bei Ihnen bereits offene Türen ein? Bitte missverstehen Sie mich nicht, ich wollte keinesfalls die Entscheidung der Partei –«

»Natürlich, natürlich. Lieber Herr Doktor, Sie wissen doch, dass Sie selbstverständlich jederzeit auf meine Unterstützung zählen können.« Das generöse Lächeln wich einer bedauernden Miene. »Ich fürchte nur, dass eine Intervention meinerseits –«

»Aber – Herr Obergruppenführer! Sie sind der mächtigste Mann der Münchner SA!«

»Bitte lassen Sie mich ausreden, Doktor Trattner. Glauben Sie mir, wenn es in meiner Hand läge, gäbe es darüber überhaupt keine Debatte. Soweit ich jedoch informiert bin, ist darüber bereits eine Entscheidung gefallen. Und zwar durch den Führer persönlich. Ich würde mich, ehrlich gesagt, doch sehr wundern, wenn Sie als Leiter der Politischen Abteilung nicht bereits wüssten, von wem die Rede ist.«

Der Polizeirat fühlte ein Stechen in der Brust. Erwin von Schnitzler! Dieser eitle Emporkömmling! Dieser Speichellecker! Die Inkompetenz in Person!

»Selbstverständlich«, sagte der Polizeirat gepresst.

»Tja!« Schneidberger öffnete die Hände zu einer bedauernden Geste. »Ich kann nur wiederholen: Wenn es in meiner Hand läge, dann –«

»Von Schnitzler ist völlig ungeeignet!«, platzte der Polizeirat heraus.

Der Obergruppenführer hob die Brauen.

»Das bedarf einer Erklärung«, sagte er reserviert. »Immerhin ist Erwin von Schnitzler ein verdienter Dreiundzwanziger und stand vor der Feldherrnhalle unweit des Führers! Wie allgemein bekannt ist, vergisst der Führer jene nicht, die ihm in schwerer Zeit treu zur Seite gestanden haben.« Seine Lider verengten sich. »Weshalb halten Sie von Schnitzler für nicht geeignet?«

Trattner holte Luft. Jetzt ging es um alles. »Ich habe, wie es meine Aufgabe ist, Erkundigungen eingezogen«, haspelte er los, »und zu meiner Bestürzung feststellen müssen, dass es in Herrn von Schnitzlers Privatleben Details gibt, die – um es einmal schonend zu formulieren – nichts anderes als unappetitlich bezeichnet werden können!«

Der Obergruppenführer hatte unbewegt zugehört.

»Sind Sie sicher?«, fragte er schließlich. »Ist Ihnen bewusst, welchen Verdacht Sie damit aussprechen?«

»Es ist kein Verdacht! Nicht mehr! Von Schnitzlers bevorzugte Gaststätte in München ist der ›Arndthof‹! Eine Gaststätte, die der Polizeidirektion aus ungezählten Protokollen bekannt ist! Übelster sodomitischer und homosexueller Abschaum verkehrt dort!«

Erleichtert stellte Trattner fest, dass Schneidberger nun doch ins Grübeln zu kommen schien. Das gedämpfte Murmeln im Salon nebenan schwoll an, explodierte in markigem Gelächter und flaute wieder ab.

»Erwin von Schnitzler …!«, sagte der SA-Führer fassungslos. »Das wäre doch … das ist doch unglaublich! Und es gibt wirklich keinerlei Zweifel?«

»Absolut keinen!«, beteuerte der Polizeirat erregt. Und dann sprudelte es aus ihm heraus: »Herr von Schnitzler ist dort in Begleitung seines Lustknaben mehrmals gesichtet worden. Und wenn Sie sich jetzt vielleicht noch fragen sollten, wieso es bisher nicht vorgekommen ist, dass er bei einer der zahlreichen Razzien in dieser Spelunke verhaftet worden ist, dann kann ich Ihnen ebenfalls die Erklärung dafür geben, und sie ist nicht minder skandalös: Als Leiter der Abteilung III der Polizeidirektion konnte er sich direkt Kenntnis über alle geplanten polizeilichen Maßnahmen verschaffen!« Die Stimme des Polizeirats zitterte. »Es ist ein Skandal!«

Der Obergruppenführer betrachtete sein Gegenüber mit unbewegter Miene.

»Nun …«, setzte er nachdenklich an, »das könnte womöglich doch … einiges ändern …«

»Herr Obergruppenführer! Der Führer *muss* davon in Kenntnis gesetzt werden!«

»Ja!«, sagte Schneidberger entschlossen. »Sie haben völlig recht.« Er erhob sich. »Beenden wir das Gespräch an dieser Stelle, Herr Polizeirat. Das, was jetzt zu tun ist, duldet wahrhaftig keinen Aufschub mehr.«

Der Polizeirat nickte mehrmals. »Nein! Der Führer muss –«

Schneidberger unterbrach ihn: »Ihnen und mir ist natürlich klar, dass von Schnitzler über beste Verbindungen verfügt. Ich muss Sie also bitten, vorerst mit niemandem über diese Angelegenheit zu sprechen! Haben wir uns verstanden?«

Der Polizeirat stand ebenfalls auf. Er reckte Brust und Kinn. »Verstanden!«, bellte er.

Der Obergruppenführer streckte ihm die Hand entgegen. »Herr Doktor Trattner, ich darf Ihnen im Namen der Partei noch einmal meinen Dank für Ihre Umsicht aussprechen.«

Der Polizeirat ergriff Schneidbergers Hand und drückte sie innig.

»Es geht mir nur um das Wohl der Partei, Herr Obergruppenführer!«

Schneidberger zog seine Hand zurück. »Das haben Sie bewiesen, Herr Doktor.« Er tippte an seine Schläfe. »Sie werden von mir hören.«

Der SA-Führer verließ den Raum mit energischen Schritten. Der Polizeirat sah ihm triumphierend hinterher. Ein berauschendes Glücksgefühl überkam ihn, als er sich ausmalte, was jetzt geschehen würde: Der Obergruppenführer würde auf direktem Weg in die SA-Zentrale fahren, sich von dort aus mit dem Führer verbinden lassen und ihn darüber unterrichten, was er soeben von dem überaus fähigen Leiter der Politischen Polizei – jawohl, von ihm! – erfahren hatte.

Es leutete jedoch weder das Telefon in Hitlers Wohnung in der Thierschstraße, noch das der Pension »Moritz« auf dem Obersalzberg. Sondern der Apparat in der von Schnitzlerschen Villa in Nymphenburg.

Erst nach geraumer Weile wurde abgehoben. Erwin von Schnitzler, leicht angesäuselt, meldete sich launig. Es war nicht zu überhören, dass er sich gestört fühlte. Eine laute, vor Verletztheit brüchige Stimme klirrte durch den Hörer, beschimpfte ihn als Dreckschwein und befahl ihm, auf der Stelle – »Ich sagte: Auf der Stelle, du Idiot! Bist du taub oder schon besoffen? Das ist ein Befehl!« – im Büro des Obergruppenführers zu erscheinen.

*

Kajetan hatte sich entschieden. Er würde nicht mehr länger auf eine Nachricht des Peterbauern warten. Es wurde gefährlich. Der Kommissar wusste Bescheid. Natürlich, er hatte eine Anfrage nach München geschickt! Da sich Meldestelle und Kripo im selben Gebäude der Münchner Polizeidirektion befanden, nur ein Stockwerk voneinander entfernt, würde dort längst durchgesickert sein, dass er noch am Leben war. Die Jagd wäre eröffnet.

Er musste fort. Noch heute Abend. Der Plan, den er hatte, verdiente diesen Namen zwar kaum, war aber seine einzige Chance. Im Schutz der Dunkelheit würde er versuchen, bis zur nächsten Bahnstation zu gelangen und sich danach ins Westallgäu durchzuschlagen.

Kajetan stopfte hastig den Rucksack und war dabei, ihn zuzuschnüren, als ihn ein energisches Klopfen zusammenzucken ließ. Er hielt den Atem an und lauschte.

»Mach auf!«, hörte er eine gepresste Stimme.

Glaser! Panik erfasste Kajetan. Er hatte zu lange gewartet! Aber – wenn Glaser vorhatte, ihn festzunehmen, würde er dann erst klopfen?

»Ich bin schon im Hemd«, log er und versuchte, schläfrig zu klingen.

»Mach auf! Sonst hau ich die Tür ein!«

Kajetan zog den Riegel zurück. Der Kommissar schoss an ihm vorbei, schleuderte seinen Hut auf den Tisch und funkelte ihn wutentbrannt an.

»Verlogener Hund«, wetterte er. »Von wegen schon im Hemd.« Er sah sich im Zimmer um. »Oha!« Er deutete auf den gepackten Rucksack. »Was hab ich dir gesagt? Keine

Abreise ohne meine ausdrückliche Erlaubnis! Komm ich ja grad recht!«

Kajetan kippte die Augen zur Zimmerdecke. »Was wollens denn noch«, sagte er kraftlos. »Wenns mich wieder verhaften möchten, dann –«

Glaser baute sich schnaubend vor ihm auf.

»Halt deinen dummen Schnabel, Kajetan! Deswegen bin ich nicht da!« Kajetan schaute ihn verständnislos an. Der Kommissar trat einen Schritt näher. Sein Atem roch säuerlich.

»Hör mir zu, Kajetan. Ich hab keine Lust mehr, noch lang drum rumzureden. Ich weiß, wer du bist. Und ich weiß vor allem, dass du früher bei uns gewesen bist. Als Inspektor bei der Mordkommission in München!«

»Respekt«, sagte Kajetan. »Sie haben eine Phantasie.«

Der spöttische Ton brachte Glaser noch mehr in Rage. Er trat einen Schritt vor. »Hör endlich mit deiner Lügerei auf! Sonst vergess ich mich!«

»Dann sagens endlich, was Sie möchten! Herrgottnocheinmal!«

»Mit dir reden, du Arschloch!«, schrie der Kommissar.

Kajetan sah ihn mit offenem Mund an.

»Ja!«, knurrte Glaser. »Und mit deiner blöden Siezerei kannst auch aufhören.« Er schnäuzte sich und steckte das Tuch wieder ein. »Mich pratzelst du nicht, kapiert? Ich weiß nämlich auch noch ein paar andere Sachen von dir. Beispielsweis, dass du vor meiner Zeit in Dornstein gewesen bist. Wo du nach einer ziemlich heiklen Gschicht – in Walching drunten, wie du dich vielleicht erinnern kannst – dann endgültig und hochkant rausgeschmissen worden bist. Vorher allerdings, wird sich erzählt, sollst du einer der besten Kriminaler von ganz München gewesen sein.«

»Ein Schmarren«, sagte Kajetan.

»Kapierst dus denn allweil noch nicht?«, schnauzte Glaser. »Es hat keinen Zweck mehr zu lügen.«

»Schmarren ist, dass ich der Beste gewesen bin«, stellte Kajetan klar. »Es hat einen Haufen Gute gegeben. Bis dann Leut ans Ruder gekommen sind, die daran kein Interesse mehr gehabt haben. Und die bloß noch den eingestellt haben, der nach ihrer Pfeife tanzt.«

Der Kommissar winkte mürrisch ab. »Meinst, du erzählst mir was Neues?«

»Jetzt hock dich schon hin«, sagte Kajetan. »Erfahr ich dann langsam, um was es geht?«

Glaser griff sich einen Stuhl, ließ sich stöhnend darauf nieder und knöpfte seinen Mantel auf.

»Ich habs dick«, flüsterte er. »So dermaßen dick ...«

Kajetan hockte sich auf die Bettkante. »Ist kaum zu überhören.«

Glaser beugte sich ruckartig vor. »In diesem Dorf stinkt was, Kajetan! Ärger wie zehn Misthaufen! Aber ich komm und komm nicht dahinter, was. Der Panholzer ist eine gute Haut, aber viel zu eingewachsen im Dorf, um da einmal dreinzufahren. Und die Leut im Dorf selber, jeder sonst wahrscheinlich eine Goschen wie sonstwas, bringen auch ihr Maul nicht auf. Gegen einen Polizisten von außerhalb halten die zusammen wie Pech und Schwefel. Jeder scheißt sich in die Hosen, dass er wie ein Denunziant dasteht.« Er ballte die Fäuste. »Ich komm einfach nicht weiter!«

»Glaubs dir. Aber wieso sagst das ausgerechnet mir?«

»Warum wohl«, fuhr Glaser auf. »Weil ich möcht, dass du mir hilfst.«

Kajetan lachte verwundert auf. »Is nicht dein Ernst!«

»Und ob er das ist. Hab dirs ja gesagt: Der Panholzer ist vielleicht zu brauchen, wenn im Wirtshaus wieder einer abgestochen wird, aber zu sonst nichts.«

»Und was ist mit deinem Assistenten?«

»Der Nossak?« Glaser gab einen verächtlichen Ton von sich. »Komplette Fehlbesetzung. Mir wird allerweil klarer, warum uns der von München geschickt worden ist. Stinkfaul. Unqualifiziert. Nichts wie Weiber und Vögeln im Kopf, und saudumm daherreden. Aber ehrgeizig! Die haben den loswerden wollen, wenn du mich fragst.«

»Tja, Glaser… ich seh trotzdem nicht, wo ich dir helfen kann. Mögen tu ichs schon gleich dreimal nicht. Weil ich nämlich selber grad die eine oder andere Sorg hab.«

Der Kommissar sah ihn herausfordernd an. »Du wirst gar nicht lang gefragt. Du tust es, verstanden?«

»Hä?!« Kajetan wurde wütend. »Und wenn nicht?«

Glaser verzog verächtlich den Mund. »Stell dir einfach vor: Du bist Kriminalkommissar und hörst, dass einer, mit dem du grad gemütlich dein Bier trinkst, von Amts wegen schon seit ein paar Wochen tot ist. Was tätst dann?« Er hob den Finger. »Richtig! Du tätst dir denken, dass da irgendwas nicht ganz sauber ist.«

»Hab dir schon gesagt, dass das auch ein Irrtum vom Meldeamt sein kann«, wandte Kajetan schwächlich ein.

»Freilich, kann sein«, sagte Glaser. »Ich glaubs halt erst mal nicht. Ich glaub eher, dass da einer was gedeichselt hat, damit er in aller Ruhe abdampfen kann. Warum er das muss, weiß ich noch nicht so genau, werds aber schon noch rauskriegen. Nach allem, was ich bisher so über denjenigen hab läuten hören, hat er sich möglicherweis mit ein paar Leuten angelegt, die nicht ganz seinen Humor und deswegen nicht so gspassig gefunden haben, was er so alles anstellt. Was ja auch der Grund sein soll, warum ihn die Polizei gefeuert hat.«

»Hast dus eigentlich schon mal als Spengler probiert, Glaser?«

Der Kommissar runzelte die Stirn. »Spinnst du?«

»Ich mein, weil du so schöne Dichtungen fabrizieren kannst.«

»Ist keine Dichtung, Freunderl«, widersprach Glaser. »Und hör endlich auf, den Kasperl zu spielen. Ich hab keine Lust mehr, lang mit dir zu verhandeln.« Er reckte das Kinn. »Entweder du tust, was ich dir sag, oder ich zieh andere Saiten auf. Kapiert?« Drohend fuhr er fort: »Und bild dir bloß nicht ein, dass du aus dem Dorf abhauen kannst. Fünf Minuten, nachdem ichs gemerkt hab, weiß es schon jeder Posten in ganz Bayern.«

»Aber … was soll ich denn überhaupt tun?«

»Ganz einfach. Mit ein paar Leut im Dorf reden. Mir sagt nämlich keiner was, weil ichs nicht so hinterfotzig kann wie du.«

»Und nach was soll ich die Leut fragen?«

Glaser rollte die Augen nach oben. »Nach was wohl? Stell dich nicht so blöd. Wir haben einen toten Wirt und einen toten Verdächtigen – dass der Kerschbaumer sich aufgehängt hat, hast schon gehört?«

Kajetan nickte ernst. »Wie hat euch das bloß passieren können?«

Der Kommissar überhörte die Frage. »Dass ers getan hat, kann ein Schuldeingeständnis sein –«

»Oder auch nicht«, beendete Kajetan Glasers Satz.

»Richtig.« Glaser nickte verdrossen. »Und weil ich halt einmal so gestrickt bin, möcht ich da gern noch ein bisserl nachgründeln, kapiert? Was das Motiv für den Mord am ›Taffern‹-Wirt beispielsweis angeht, bin ich mir überhaupt noch nicht klar. – Gut, es könnt schon so gewesen sein, dass ihn der Kerschbaumer aus Angst vor Entdeckung umgebracht hat.«

»Und was spricht dagegen, Glaser? Er soll immerhin in München droben schon einen auf dem Gewissen gehabt haben.«

»Erstens, Kajetan – und ich wunder mich jetzt schon, dass ich das einem angeblichen Meisterpolizisten überhaupt erzählen muss –: Wenn einer als Mörder gesucht wird, heißts erst mal noch lang nicht, dass er auch tatsächlich einer ist. Und zweitens: Wieso bringt er den Thannheiser ausgerechnet um, indem er ihm die Augen aussticht und ihn in die Schlucht fallen lässt? Warum nicht so, wie sichs gehört? Mit einem Messer beispielsweis? Und warum versteckt er die Leich nicht wenigstens, um einen anständigen Vorsprung zu kriegen? Und drittens hab ich mir sowohl den Tatort wie auch die Alm, in der sich der Kerschbaumer verkrochen hat, noch mal angeschaut. Für den Weg vom Tatort zum Lackenkaser hab ich –« Glaser hob den Zeigefinger »– der ich noch gut zu Fuß bin und keinen wundbrandigen Hax hab wie der Kerschbaumer, fast zwei Stunden gebraucht. Die Frag ist also, warum einer, der bei jedem Schritt vor Schmerz aufschreien muss, sich so was antut. Wenn er ins Dorf hätt wollen, vielleicht weil er eingesehen hat, dass er früher oder später an einer Blutvergiftung eingehen wird, dann hätt er den direkten, um vieles kürzeren Weg ins Tal nehmen können. Was aber tut er? Steigt stattdessen sogar noch ein paar Meter höher und trifft da auf den Thannheiser.«

»Vielleicht hat er sich verirrt?«, überlegte Kajetan.

»Blödsinn. Der Kerschbaumer ist in der Näh aufgewachsen. Und wos ins Tal geht und wo zum Gipfel, merkt sogar der Dümmste.« Glaser verzog geringschätzig den Mund. »Mit Ausnahme eines gewissen gewesenen Meisterpolizisten aus München, der wie eine blinde Henn durch die Landschaft stolpert.«

»Demnach hätt sein Ziel der Etterkaser sein müssen?«

Glaser nickte anerkennend. »Und jetzt frag ich dich, wer ganz zufällig Sennin auf diesem Kaser ist? Die Frau vom Thannheiser! Von der ich nichts anderes zu hören krieg, als dass sie mit dem Wirt eine vorbildliche Ehe geführt hat. Bei der wir uns aber andererseits wundern, dass sie für mehrere Wochen allein auf die Alm geht.«

Kajetan verschränkte die Arme vor der Brust. »Was wär draus zu schließen?«

»Das sollst du eben rausfinden. Gut möglich, dass wir schon mal eine Erklärung dafür kriegen, woher die ganzen Lebensmittel stammen, die wir im Versteck vom Kerschbaumer gefunden haben.«

»Möglich«, stimmte Kajetan zu.

Glaser stand auf und begann, sich den Mantel wieder zuzuknöpfen.

»Also dann? Ich kümmer mich derweilen um eine andere Spur. Zum Beispiel die, ob da nicht doch irgendwas Politisches dahinter gewesen sein könnt.«

Kajetan sah ihn zweifelnd an.

»Politisch! Ja! Für das, was heut in der Früh auf der Fahrt nach München passiert ist, gibts nämlich genau drei Erklärungsmöglichkeiten: Erstens, dass ich mir die Sach tatsächlich bloß eingebildet hab und es sich doch um eine harmlose Panne gehandelt hat. Zweitens, dass ich es mir nicht eingebildet hab und dich jemand befreien hat wollen, weil er gemeint hat, dass du der Kerschbaumer bist. Und drittens, und davon bin ich mittlerweile überzeugt, dass jemand genau das Gegenteil vorgehabt hat. Nämlich, dich – also den angeblichen Kerschbaumer, der in eine ziemlich undurchsichtige politische Mordsach verwickelt ist – aus dem Weg zu räumen.«

»Aber –«

Der Kommissar hob abwehrend die Hand. »Und fürs Letztere gibts auch wieder mehrere Möglichkeiten: Erstens, jemand – ein fanatischer Königstreuer beispielsweis – wollt sich für den Mord am Thannheiser rächen. Der Elias Thannheiser war bei den Königstreuen, und die wiederum streiten sich sowohl mit den Nazen als auch mit den Sozen. Die Sozen und Kommunisten wiederum, die eine Zeit lang gar nicht mal so schlecht dagestanden sind auf dem Land, sind sowohl mit den Nazen wie auch mit den Königstreuen über Kreuz. Kurz: Jeder hackt auf jedem herum. Also, wenn du mich fragst –«

»Ich frag dich aber nicht, Glaser!«, unterbrach Kajetan heftig. »Es ist dein Fall, und den löst gefälligst selber!«

»Stiehl mir nicht die Zeit«, sagte Glaser kühl. »Du hast praktisch keine andere Wahl. Ein Wort von mir, und du sitzt morgen früh schon im Schubwagen nach München.«

»Du … du erpresst mich also.«

Glaser nickte grimmig. »Er hats erfasst. Lang genug hats gedauert.«

Kajetan schnappte empört nach Luft. »Das ist …!«

»Blas dich nicht auf!«, schnitt ihm der Kommissar das Wort ab. »Du kriegst schließlich auch was von mir. Jeder andere hätt dich sofort wieder in den Kasten gesteckt. Ich aber drück nicht bloß ein Aug zu, sondern auch das zweite und mein

Hühneraug dazu. Wenn mir wer dahinterkommt, gehör ich der Katz.«

»Aber wie stellst dir das vor?«

»Nachdem du eh wie ein Grattler daherkommst, gehst am besten zum Frisör, oder zum Schneidermeister, der dir deine Hosen flicken soll. Oder was weiß ich. Irgendwas wird dir als gewesener Meisterermittler grad noch einfallen, auch wenn ich dich, wenn ich ehrlich bin, für einen Angeber wie die meisten Münchner halt. Ich selber werd mir vor allem den aufgeblasenen Hotelmenschen und das Zimmermädel vom ›Taffern‹ vorknöpfen.«

Kajetan ließ die Schultern fallen und stöhnte auf. Schließlich sagte er: »Dann sag mir bloß noch eins, Glaser: Woher weißt du das alles von mir? Dass ich Polizist gewesen bin? Und auch das von Walching?«

Der Kommissar warf ihm einen überheblichen Blick zu. »War ziemlich einfach. Ich hab mit der Bezirksinspektion in Dornstein telefoniert. Und da gibts zufällig eine ehemalige Schreibkraft, die sich einbildet, dich von früher her ein bissl zu kennen.«

»Die mich kennt?«, sagte Kajetan. Eine Ahnung beschlich ihn. Sein Puls beschleunigte sich.

Glaser nickte giftig. »Es wird ihm doch nicht so schnell dämmern?«

»Die Agnes!«, rief Kajetan. »Die gibts noch?« Agnes und er waren ein Paar gewesen, sie hatte ihm das Exil in diesem vergessenen Winkel des Landes erträglich gemacht. Gleichzeitig regte sich sein schlechtes Gewissen. Nachdem er wieder nach München zurückgekehrt war, endgültig aus der Polizei gefeuert und ohne Arbeit, hatte er sich nie mehr bei ihr gemeldet.

»Blöde Frag.« Glasers Stimme klang eigenartig belegt. »Ja. Die gibts noch.«

»Dann … dann grüß sie von mir, ja?«

»Das werd ich nicht tun«, explodierte der Kommissar. »Garantiert nicht! Ich versprech dir dafür aber eins: Wenn du der Agnes jemals wieder auch bloß von der Weiten zublinzelst, dann hau ich dir dermaßen eine aufs Aug, dass dir die Blinzlerei ein für alle Mal vergeht.« Er hob die geballte Linke dicht vor Kajetans Gesicht und zeigte mit dem Finger der anderen Hand auf seinen Ehering. »Kapiert, Kajetan? Ich mach keinen Witz.«

Er setzte seinen Hut auf und rückte ihn zurecht.

»Also? Morgen um sechs in der Kriegerkapelle neben der Kirch.«

Er schlug die Tür hinter sich zu.

*

Dass das Thermometer während der Nacht schon wieder unter die Frostgrenze gefallen war, schien die Wirtin der Pension »Schönblick« nicht zu beeindrucken. Für einen einzigen Gast schon jetzt zu heizen, sah sie nicht ein.

Immerhin schenkte sie Kajetan ein warmes Lächeln, als dieser, sich fröstelnd die Oberarme reibend, die Gaststube betrat.

»Ah? Der Herr ist schon auf?«, rief sie aufgeweckt. »Hockens Ihnen hin. Ich stell Ihnen gleich einen Kaffee hin.«

Kajetan kauerte sich an einen Tisch neben dem kalten Kachelofen.

Wenig später dampfte eine Schale Kaffee vor ihm. Zwei

Scheiben Graubrot, ein Stück Butter und einen kleinen Topf Marmelade hatte die Wirtin schon vor seiner Ankunft für ihn vorbereitet.

Während er den ersten Schluck kostete, fuhr die Wirtin fort, die Bohlen des Fußbodens mit einem feuchten Lappen zu wischen.

»Haben der Herr gut geschlafen?«, fragte sie, ohne aufzusehen.

Kajetan bejahte. »Wie ein Ross.«

»Ich auch. Wissens, ich habs nimmer so mit dem Hören. Mich bringt nichts draus, wenn ich einmal schlaf.«

»Aha.«

»Und? Wie gefällts Ihnen bei uns in Zellach?«

Sie richtete sich auf, als ihr einfiel, was jeder im Dorf mitbekommen hatte. Sie schlug sich mit einer verlegenen Geste vor den Mund und lächelte entschuldigend. »Wollt sagen …«

»Schon vergessen«, versicherte Kajetan. »Von so was darf eins sich die paar Tag Urlaub, die eins hat, nicht versauen lassen.« Er griff nach einer Brotscheibe und begann, sie mit Butter zu beschmieren.

»Habens recht.« Sie sah aus dem Fenster. »Freilich, das Wetter könnt ein bisserl besser sein …«

»Aber die Ruhe da bei Ihnen, die tut einem gut.«

»Sie haben auch genau die richtige Zeit erwischt. Im Sommer ist allweil ein Trubel, dass eins gar nimmer zu Schnaufen kommt. So viel Sommerfrischler, und jedes Jahr werdens mehr. Jetzt wär eigentlich die Zeit, wos langsam ein bisserl ruhiger zugeht.«

Kajetans Lebensgeister waren bereits wieder erwacht.

»Warum sagens ›wär‹?«

Sie richtete sich auf und sah ihn ungläubig an. »Na, Sie

fragen was! Sie sind doch fast selber unters Radl gekommen bei der ganzen Gaudi, die wir grad haben.«

Kajetan biss in das Brot. »Ach, das meinens«, mampfte er, den Gleichgültigen spielend.

Sie schrubbte emsig weiter. »So was passiert bei uns nur alle hundert Jahr, das dürfens mir glauben. Aber es sind überhaupt recht unruhige Zeiten, findens nicht auch, Herr? Und obs zu was Besserem führt? Ich glaubs nicht.«

Kajetan stimmte ihr zu.

»Naja«, fuhr sie fort, »die Gschicht wird auch bald wieder vergessen sein. Aber dass ausgerechnet bei uns ein Mörder erwischt wird … und sich dann auch aufhängt … es ist ja fast wie in der Stadt drin.«

Kajetan schwenkte wie abwesend seine Kaffeetasse. »Ist denn schon sicher, dass der, der sich aufgehängt hat, der Mörder gewesen ist?«, fragte er beiläufig.

»Na hörens? Wenn ich unschuldig bin, häng ich mich doch nicht auf?« Sie hielt nachdenklich inne. »Wobei mir die Sach schon auch komisch vorgekommen ist. Ausgeraubt hat er den Wirt vom ›Taffern‹ ja angeblich nicht. Wieso also bringt er ihn dann um? Ich kann mir bloß vorstellen, dass der Thannheiser den Lump zufällig getroffen hat und mit ihm zu streiten angefangen hat. Der Thannheiser hat nämlich schon auch ein herrischer Mensch sein können.«

»Herrisch?«

Sie widmete sich wieder ihrer Arbeit. »Man hats ihm nicht gleich angesehen. Aber grad vor ein paar Wochen hat er seinen Hausknecht von einem Tag auf den anderen davongejagt.«

»Aber ansonsten soll der Wirt im Dorf doch recht angesehen gewesen sein?«

Sie warf den Lumpen in den Putzeimer, wrang ihn aus und breitete ihn wieder über die Bohlen.

»Naja…«

»Nicht?«

Die Wirtin setzte zögernd an: »Wissens, ich bin da ein bisserl parteiisch. Und man soll über die Toten ja nichts Schlechtes sagen. Aber wenn der Elias einen Vorteil für sich gesehen hat, ist er nimmer zum bremsen gewesen.«

»Sind Sie denn einmal selber mit ihm zusammengerückt?«, erkundigte sich Kajetan. »Hats einmal Streit gegeben?«

Sie putzte weiter. »Ach wo. Gestritten haben wir nie. Aber nicht deswegen, weils keinen Grund gegeben hätt, sondern deswegen, weil eins aufpassen muss, mit wem sich eins anlegt. Das Sagen haben halt allweil die Großen. Wies halt überall ist, netwahr?« Sie schien zu fühlen, dass Kajetan mit dieser Antwort noch nicht zufrieden war. »Um ein Wegerecht ist es gegangen. Es hätt mir erlaubt, ein kleines Salett anzubauen. Ich hätt im Sommer halt ein bissl mehr Geschäft gehabt. Aber der Thannheiser hat gemeint, sich spreizen zu müssen. Ich hätt ihm ja Konkurrenz machen können. Ich! Zum Lachen ist das gewesen.«

Sie sah zu ihm herüber. »Wollens noch eine Schale Kaffee? – Schon, gell?« Sie lief in die Küche, kam mit der Kanne zurück und schenkte ihm nach. »Tja… und so hats enden müssen mit ihm… Morgen wird er eingegraben. Aber ob so viel Zellacher kommen werden? Wo die Leich' sein wird, ist auch noch nicht gesagt worden.«

»Wahrscheinlich beim ›Taffernwirt‹ oben, oder?«

Sie schüttelte entschieden den Kopf. »Der ist zu. Die Mena – also die Witwe – mag keinen Menschen mehr sehen.

Sie hat bloß noch ein paar Leut, die ihr den Stall machen. Denen vom Wirtshaus hats schon allen gekündigt. Seit ihr Mann tot ist, soll sie…«, die Wirtin machte eine beredte Miene und wedelte mit der Hand vor ihrer Stirn, »… nimmer ganz richtig sein.«

»Schlimm«, sagte Kajetan.

Die Wirtin nickte bekümmert. »Die Mena derbarmt mir am meisten bei der ganzen Geschicht.«

»Ich hab mir sagen lassen, dass die zwei eine recht gute Ehe geführt haben.

Sie warf ihm einen ausdruckslosen Blick zu. »So sagen die Leut, ja…« Sie brach ab und stand auf. »Aber was erzähl ich. Sie kommen da her und wollen einen schönen Urlaub machen, und…«, sie lachte, »… am End tätens mir noch ganz schwermütig werden!«

*

Die Kioskbesitzerin blinzelte freundlich hinter ihren dicken Brillengläsern. »Eine Wanderkarten sucht der Herr?« Sie deutete auf einen Ständer neben den Postkarten. »Schauens einmal, obs das Rechte finden. Viel aber werd nimmer dabei sein. Die Saison ist ja schon vorbei.« Mit entschuldigendem Lächeln fügte sie hinzu: »Wissens, ich seh ja nimmer gescheit. Für eine neue Brillen noch Geld rauszuschmeißen, rentiert sich für eine alte Kachel wie mich nimmer.« Sie kicherte. »Manchmal ists gar nicht so schlecht, wenn eins nimmer so gut sieht. Dafür hört eins umso besser.«

»Habens recht.« Kajetan zog ein Mäppchen heraus und entfaltete es unschlüssig.

»Wo solls denn hingehen?«, erkundigte sich die Alte.

»Bin noch am Überlegen.«

»Naja, weit rauf kommens ja eh nimmer, Herr. Die ganzen Almen haben schon abgetrieben, da ist keiner mehr droben.« Sie deutete nach oben. »Und Sie sehens ja selber, wie weit runter es schon geschneit hat. Ich schmeck ihn schon seit ein paar Tag, den Schnee. Sie geben schon Obacht, gell?«

»Vielleicht marschier ich ein bisserl in Richtung Grenz. Da gibts doch noch ein Gasthaus, oder?«

»Wenns den ›Taffern‹ meinen, da brauchens zur Zeit nicht raufgehen.« Sie beugte sich vor und senkte ihre Stimme. »Ein Todesfall. Ganz tragisch, Herr. Ganz tragisch.«

»Was Sie nicht sagen?«

»Ganz, ganz tragisch, Herr ...«, sie winkte bewegt ab. »Ich mag gar nimmer dran denken. Nein, den Weg könnens Ihnen sparen.«

»Jetzt habens mich aber neugierig gemacht. Was ist denn passiert?«

»Der Wirt vom ›Taffern‹ ... er ist umgebracht worden ...«

»Hab davon gehört. Ist es wirklich wahr?«

Die Alte nickte. Den Mörder habe der Herr Wachtmeister zwar erwischt, aber dieser habe sich gleich darauf selbst gerichtet, als er einsehen musste, welche Todsünde er begangen habe.

»Und seitdem ist der ›Taffernwirt‹ zu. Die Leut fragen sich, wies da oben jetzt weitergeht. Die Junge jedenfalls, also seine Witwe, muss auch ganz gebrochen sein, was eins so hört. Lasst keinen mehr zu sich, bloß noch den Herrn Hochwürden.« Die alte Ladnerin seufzte. »Und kaum solls wieder daheim gewesen sein, hat sie die Tischler Erna, wo ihre Wirtschafterin gewesen ist und eine recht tüchtige Person, rausgeschmissen. Was glaubens, wie die jetzt zwider ist? Erst hats Jahr um Jahr den ›Taffernwirt‹ nach vorn bracht, weil der Thannheiser allweil politisch rumgschafteln hat müssen, und dann wird sie einfach rausgebissen. Im Dorf sagt ein jeds, dass das eine Dummheit von der Mena gewesen ist. – Haben der Herr was gefunden?«

Kajetan entschied sich für eine billige Broschüre mit Beschreibungen des Wanderwegs um Zellach und zählte der Ladnerin das Geld auf die Ladentheke. Sie nahm die Münzen hoch und hielt sie sich an die Nasenspitze, als würde sie daran schnüffeln wollen.

»Stimmt haargenau, Herr«, sagte die Ladnerin. »Und einen recht schönen Tag wünsch ich dem Herrn noch.«

*

Die Ellbogen auf die Tischplatte gestützt und durch den Rauch seiner Pfeife blinzelnd, betrachtete Kommissar Glaser das Mädchen, das ihm gegenüberstand.

»Du bist also das Moar-Mariedl?«

Das Mädchen presste die Lippen zu einem Strich und nickte ruckend.

»Das ist sie«, bestätigte der Wachtmeister, der im Hintergrund des Verhörraumes Platz genommen hatte. »Ist beim Thannheiser seit Lichtmess in Dienst gestanden.«

Glaser nickte onkelhaft, nahm die Pfeife aus dem Mund und deutete einladend auf den Stuhl. Sie trat näher, nahm eckig Platz und legte die Hände auf ihrem Schoß übereinander.

»Die Frau Thannheiser hat dich rausgeschmissen, hab ich mir sagen lassen«, begann der Kommissar die Vernehmung.

»Ausgestellt«, berichtigte das Mädchen. »Weil sie den ›Taffern‹ zumacht. Eine Zeit lang wenigstens.«

»Wirst deswegen bös auf sie sein, stimmts?«

»Nein«, sagte sie. »Bin ich nicht.«

»So?« Glaser lehnte sich zurück. »Na, ich wills dir einmal glauben.«

Mariedls Lider flatterten. Auf ihrer Wange bildeten sich rosa Flecken. »Ich lüg nicht«, sagte sie leise. Der Kommissar unterdrückte eine ärgerliche Bemerkung und lenkte ein: »Hat keins gesagt. Mich wunderts bloß, verstehst? Bist ihr vielleicht deswegen nicht bös, weil sie dich erbarmt?«

Sie bestätigte mit einem Nicken. »Ich … ich versteh halt, dass es ihr jetzt nicht gut geht, und mir tuts im Herzen weh, wenn ich seh, dass sie sich jetzt so … so einsperrt. Bloß noch der Herrn Hochwürden darf zu ihr kommen. Sie hat mir außerdem einen guten Eintrag gemacht ins Dienstbotenbuch.«

»Soso …« Wieder ließ Glaser seinen Blick über das Mädchen schweifen. Mariedl war keine Schönheit, ihr Gesicht war von Sommersprossen übersät, sie war stämmig gebaut, mit kräftigem Busen und Armen, die zupacken konnten. Sie saß aufrecht, wirkte gefasst, doch aus ihren dunklen und aufgeregt geweiteten Augen sprach gespannte Wachsamkeit. Der Kommissar kannte ihn nur zu gut, diesen Ausdruck, in dem sich Furcht vor der Obrigkeit mit Trotz und Misstrauen mischten. Leider war dieser Ausdruck bei den Unschuldigen wie bei denen, die was zu verbergen hatten, derselbe, was die Sache für den Kommissar nicht leichter machte.

Er entschied sich dafür, einen väterlichen Ton anzuschlagen. »Mariedl, dann erzählst mir jetzt, wies so zugegangen ist beim ›Taffern‹. Bist denn gut ausgekommen mit den Wirtsleuten?«

Mariedl überlegte kurz. Zögernd begann sie: »Mit dem Elias – also dem Wirt – hats nie was geben. Er hat den Dienstboten zwar nichts durchgehen lassen, aber das ist anderswo nicht anders. Nein, ich könnt wirklich nichts Schlechtes über den Elias sagen …«

Glaser hatte ihr aufmerksam zugehört. »Aber über andere schon?«

Ihr Gesicht verschloss sich. »Wieso sollt ich –?«

»Weil ichs frag, Mariedl, deswegen. Sei so gut, ja, und lass dir nicht alles aus der Nasen ziehen. Wie bist beispielsweis mit der Thannheiser Mena ausgekommen?«

Ihre Antwort kam schnell. »Gut. Sie hat sich nie in meine Arbeit eingemischt und sich auch nie raushängen lassen, dass eigentlich sie die Wirtin ist.«

»Wie ists mit der Wirtschafterin gewesen, der Frau Tischler?«, bohrte Glaser weiter.

Mariedl zuckte die Schultern. Sie wich seinem Blick aus. »Mei …«

»Jetzt red schon«, sagte der Kommissar. »Hab nicht den ganzen Tag für dich Zeit.«

»Was soll ich sagen … die Erna ist halt eher eine Herrische gewesen. Das hat ein jedes gewusst und sich danach gerichtet.«

»Du hast sie nicht mögen«, schloss der Kommissar.

»Ich bin zum Arbeiten dort gewesen, und nicht zum Mögen. Ich könnt auch nicht sagen, dass sie mir je was Schlechtes angetan hätt. Es ist bloß der Ton gewesen, mit dem sie mit einem geredet hat. Und der Blick, mit dem sie über einen drübergeschaut hat. Und wenn sie einem was angeschafft hat, hast jedenfalls meinen können, dass *ihr* der ›Taffern‹ gehört.«

»Aber der Thannheiser Elias hat gut mit ihr geschafft?«

»Von einem Streit wüsst ich jedenfalls nichts.«

»Und wie ist der Thannheiser mit dem Gesind allgemein ausgekommen? Hats da einmal einen Streit gegeben?«

»Nichts, was es nicht auch anderswo hie und da gäb«, sagte Mariedl. »Und um den Pius, der vor ein paar Wochen rausgeschmissen worden ist, wars eh nicht schad. Stinkfaul ist er gewesen, und saufrech zu mir.«

Glaser horchte auf. »Rausgeschmissen? Wer?«

»Der Hochegger Pius. Der Elias und die Erna sind schon länger mit ihm unzufrieden gewesen, aber vor ein paar Wochen hats dann endgültig geblitzt. Aber grimmig, das kann ich Ihnen sagen.«

»Wegen was?«

»Weiß nicht. Der Pius wird halt wieder blöd dahergeredet haben, das hat er ja gut können. Jedenfalls hat ihm der Elias auf einmal eine Mords-Watschen eingeschenkt und ihn hochkant rausgeschmissen.«

»Wo ist er jetzt?«

»Der Herr Mannhardt vom Hotel hat ihn, glaub ich, als Hausl eingestellt.«

»Kannst du dir vorstellen, Mariedl, dass er so einen Hass auf den Thannheiser gehabt hat, dass er ihm was antut?«

»Der?«, platzte Mariedl ungläubig heraus. »Der Pius und sich mit dem Wirt anlegen? Der redet höchstens schlecht über andere Leut, aber mehr traut der Feigling sich nicht.«

»Soso…« Glaser sog wieder nachdenklich an seiner Pfeife. »Dann bloß noch eins, Mariedl: Du kennst doch den Peterbauern-Karl, oder?«

Eine leichte Röte flammte ihre Wangen. »Nicht werd ich meine Nachbarn kennen.«

»Was istn das eigentlich für einer?«

»Ich ... ich könnt nichts sagen über ihn.«

»Mariedl! Wenn ich jetzt noch einmal hör, dass du *nichts sagen* könntst, dann könnts passieren, dass *ich* was sag! Hast verstanden? Also! Maul auf! Was ist der Peterbauer für einer?«

Sie zupfte nervös an ihrem Kopftuch. Ihr Gesicht glühte. »Der unserige Hof und der Seinige sind nebeneinander, und wir sind allerweil gut miteinander ausgekommen.«

Zwischen den struppigen Brauen des Kommissars bildete sich eine Falte. »Bist taub?«, blaffte er. »Was hab ich gefragt?«

Mariedl verknotete die Finger auf ihrem Schoß. »Der Karl selber ... na ja, er ist halt ein bisserl, wie sag ich ... er hat sein eigenen Kopf, liest sogar Bücher ... leicht hat ers ja auch nicht als einschichtiger Bauer ...« Sie richtete sich entschlossen auf. »Ein grundguter Mensch ist er, der Karl. Ein bisserl extrig höchstens. Hie und da kommt mir vor, als tät er sich vor was fürchten ...«

»Fürchten? Vor was?«

»Oder ... als tät er sich einbilden, dass keins ihn mag ... aber wenn ihn wer mag, dann merkt ers gar nicht, und –«

Glaser unterbrach sie ärgerlich. »Vielleicht gehört er zu denen, die so was brauchen«, knurrte er.

Mariedl sah ihn erstaunt an. »Zu was braucht eins denn so was?«

»Frag nicht so dummes Zeug! Sag mir lieber, ob er den Philipp Kerschbaumer gekannt hat.«

»Ist das der, der wo –?«

»Sich aufgehängt hat, ja«, polterte der Kommissar. »Stell dich nicht so blöd! Das ganze Dorf redet davon, also wirst dus auch schon gehört haben! Also? Hat er ihn gekannt? Weißt du da was?«

Mariedl schüttelte ihren Kopf. »Gar nichts.«

Glaser ließ sich in die Lehne zurückfallen.

»Gut«, brummte er resigniert. »Kannst wieder heimgehen.«

Das Mädchen stand auf, flüsterte einen kaum hörbaren Gruß und ging. Der Kommissar sah ihr missmutig nach. Natürlich, die Bagage hielt wieder einmal zusammen, möchte es sich mit den Nachbarn nicht verderben. Er klopfte seine Pfeife aus und drehte sich zu Panholzer.

»Was meinst? Hat sie uns was vorgemacht?«

»Ich glaubs nicht, Gust. Das Mariedl ist eine ehrliche Haut. Auf die lass ich ungern was kommen.«

Glaser stand schwer auf, dehnte seinen Rücken und stützte sich auf das Fensterbrett.

»Es ist bloß so, dass der alte Moar, ihr Vater, bei uns als eingeschriebener Bauernbündler geführt ist.«

»Das hat sie doch wahrscheinlich gar nicht gewusst, Gust. So gut müsstest du die Leut bei uns doch noch kennen, dass ein gestandener Bauer – egal, bei was für einer Partei er ist – der Meinung ist, dass die Politik die Weiber halt einmal nichts angeht. Auf der anderen Seite gehts aber auch darum, dass man den Leuten in der Familie keine Mitwisserschaft, bei was auch immer, anhängen kann. Leuchtet mir durchaus ein. Dir nicht?«

Der Kommissar nickte stumm. Er konnte es sich also sparen, die Schwester des Peterbauern vorzuladen und sie zu fragen, ob ihr Bruder es war, der Kerschbaumer in dessen Versteck versorgt hatte. War das überhaupt noch wichtig?

Er vernahm Panholzers gequälte Stimme in seinem Rücken.

»Lass es doch endlich bleiben, Gust. Es geht dich doch nichts mehr an.«

»Der Mord am Thannheiser geht mich schon noch was an.«

»Aber das gehört doch zusammen.«

»Haben wir Beweis oder Geständnis, Kaschpe?«

»Die Münchner wollten den Kerschbaumer haben. So scharf sind sie darauf, dass sie ihn heut früh gleich für ihre Gerichtsmediziner abgeholt haben. Sollen die sich doch jetzt damit herumschlagen. Du nimmst denen bloß die Arbeit ab.«

»Der Mord ist in meinem Bezirk passiert, und nicht in München droben. Und jetzt lass mich gefälligst zufrieden.«

Panholzer stand auf und ging um seinen Schreibtisch herum.

»Gust«, sagte er flehentlich, »du handelst gegen die Anweisungen!«

Der Kommisssar starrte aus dem Fenster und sagte nichts.

»Gust…« Die Stimme des Wachtmeisters wurde eindringlicher. »Wir kennen uns jetzt zwar schon eine Zeit lang, aber manchmal bist du mir noch allweil ein Rätsel. Gehts dir ums Prinzip, oder was?«

»Schmarren«, widersprach der Kommissar barsch.

»Gust! Irgendwas… irgendwas frisst bei dieser ganzen Geschicht doch an dir!«

Glaser wirkte für einen Moment überrascht.

»Mach mir doch nichts vor«, setzte Panholzer nach. »Ich kenn dich doch.«

Der Kommissar kratzte an seiner stoppeligen Wange. Er warf dem Wachtmeister einen zweifelnden Blick zu, bevor er sich zu einer Antwort entschloss. »Ich erklärs dir einmal so, Kaschpe. Wie ich angefangen hab bei der Kriminalpolizei, kurz nach dem Krieg ist das gewesen, da hab ich gleich im ersten Jahr einen Mordserfolg landen können. Ich hab einen von den Roten erwischt, der nach der Räte-Gaudi zuerst hat nach Ungarn abhauen können, den es dann aber wieder heimgezogen hat. Er ist ja verheiratet gewesen, hat ein kleines Kind gehabt, na, und das Geld ist ihm wohl auch ausgegangen. Ein Lehrer ist es gewesen, so ein magerer Hänfling. Viel war nicht dabei, ihn zu finden. Trotzdem hats mich damals vor Stolz fast zerrissen.«

»Versteht eins doch. Als Anfänger?«

Glaser sah an ihm vorbei. »Den Prozess, hab ich mir gesagt, den schaust du dir an. Bin als Zeuge ja eh geladen gewesen. Aber: Sie haben ihm so gut wie nichts nachweisen können! Es hat keinerlei Schriftsachen oder Indizien gegeben, die bewiesen hätten, dass er mit den Sauereien der Räte-Leute etwas zu tun gehabt hat. Mit der Ausnahme, dass er einmal seine Unterschrift auf eine Flugschrift eines ›Revolutionären Künstlerrates‹ gesetzt hat, in der gefordert worden ist – ich habs mir gemerkt, weil es gar so verrückt gewesen ist, Kaschpe –, dass Wandertheater gegründet werden sollen, die den Leuten auf dem Land Mozart und so Zeugs vorspielen. Aber nichts hat es ihm genutzt. Nur Belastungszeugen haben aussagen dürfen, die anderen sind mit allen Tricks, die so eine Prozessordnung hergibt, abgelehnt worden. Obwohl sich der Hirschberg, der damals schon einer der schärfsten Verteidiger von ganz München gewesen ist, wie so ein alter Römer ins Zeug gelegt hat, haben sie ihn wegen Hochverrats für acht Jahr ins Zuchthaus nach Landsberg gesteckt. Wo er ein Jahr drauf an einer Herzkrankheit gestorben ist, weil die Gefängnisleitung, angeblich aus Sicherheitsgründen, keinen Doktor zu ihm gelassen hat. Dass der Direktor nicht zur Verantwortung gezogen worden ist, brauch ich wohl nicht extra zu sagen.«

»Versteh«, meinte Panholzer. »So eine Geschicht nagt an einem. Du möchst es also nicht noch einmal –«

»Blödsinn«, fuhr der Kommissar dazwischen. »Schau ich aus, als ob ich einen an mir nagen lassen tät?«

»Eigentlich eher nicht«, gab Panholzer zu. »Aber wenns dir weder darum noch ums Prinzip geht, dann kapier ich dich gleich dreimal nicht.«

»Es ist ganz einfach, Kaschpe. Ich hab dir die Geschicht von damals erzählt, weil dabei alles nach Recht und Ordnung zugegangen ist. Die Bewertung der Beweise wie auch die Strafhöhe waren Ermessenssach des Richters, wie auch das, welche Zeugen er zulässt. Die Justiz ist ja unabhängig. Die einen haben über das Urteil gelästert, die anderen dazu geklatscht, und ich bin belobigt worden. Kommst noch mit?«

Der Wachtmeister versuchte, seine Verwirrung zu überspielen. »Halbhalb.«

»Dann erklärs ich dir mal so: Ich möcht ganz einfach wissen, wo der Has hinläuft, verstehst? Das möchte ich immer. Bei allem. Ich lass mich nicht gern zum Deppen machen. Und was meinen und deinen Beruf betrifft, Kaschpe, so kann es sein, dass wir was übersehen. Dass sich um uns herum was … wie sag ich? … zusammenbraut.« Glaser kam einem verblüfften Einwand Panholzers zuvor und fuhr fort: »Dir kanns freilich wurscht sein, Kaschpe. Du hockst deine paar Jahr noch ab, und wenn du dich auf deine alten Tag nicht noch beim Wildern erwischen lässt oder die Pfarrersköchin anpackst, kannst es dir als Pensionär gut gehen lassen. Aber so weit bin ich eben noch nicht. Und ich bin verheiratet, hab bald fünf Kinder daheim. Wenn ich was überseh, dann …«

»Gleich fünf?«, rief Panholzer. »Es sind doch noch keine vier Jahr her, dass du geheiratet hast?«

Der Kommissar zuckte die Schultern. »Eins hat die Frau mitgebracht, zwei sind Zwillinge, und eins ist ein Dreivierteljahr alt«, erklärte er in einem Ton, der Panholzer deutlich machte, dass es an der Zeit war, das Thema zu wechseln.

»Ich glaub, ich kapier dich langsam«, sagte er. »Einer wie du muss sich anpassen. Wenn er aber nicht weiß an was, schauts schlecht aus.«

»Tu nicht auf Pfaff, Panholzer«, sagte Glaser verärgert.

Der Wachtmeister betrachtete ihn lange. Dann ließ er hilflos die Schultern fallen und sagte leise: »Aber muss es denn unbedingt sein, dass du mir so eine Unruh ins Dorf bringst, Gust? Sind wir doch froh, dass wir die Geschicht vom Hals haben.«

*

»Gebens Obacht, bittschön«, sagte Kajetan. Der Dorfbarbier, ein rotgesichtiger Mann in den Vierzigern, lächelte beflissen. »Aber freilich, Herr«, versicherte er. »Da habens Ihnen aber sauber das Hirn blessiert. Sinds hingefallen?«

Kajetan warf ihm einen Blick über den Spiegel zu und grinste schief: »Ein Flachländer wenn halt in die Berg geht …«

»Tja, da heißts aufpassen, da habens recht.« Mit einer behutsamen Geste kämmte der Barbier Kajetans Haar zurück. »Mit so einem Pletzer habens sogar noch ein Massl gehabt. Was glaubens, was unsere Bergwachtler jedes Jahr an unvernünftige Leut aus dem Gebirg holen müssen? Und fast jedes Jahr passierts, dass ein Toter darunter ist.« Er zückte die Schere. »Tja. Bei uns, das ist halt schon was anderes als in einem Park in der Stadt drin.«

»Stimmt, an Aufregungen fehlts wirklich nicht bei Ihnen.«

Der Frisör lächelte mitfühlend. »Habs schon gehört, dass unser Wachtmeister bei Ihnen wieder mal übers Ziel rausgeschossen ist. Aber einen richtigen Mord haben wir nur alle heiligen Zeiten, und solang wie ich in Zellach bin, ist noch nie einer passiert. Hat man sich wenigstens anständig entschuldigt bei Ihnen, wie sichs gehört?«

»Ein ›nichts für ungut‹ haben die Herrschaften immerhin rausgebracht.«

Der Barbier schmunzelte. »Ich weiß jedenfalls, dass es dem Panholzer peinlich wie noch so was gewesen ist. Wird Ihnen übrigens hoch angerechnet, Herr, dass Sie nicht gleich wieder abgereist sind. Jeder andere hätts getan.«

»Mich bringt man nicht so leicht draus. Und Gottseidank ist der Richtige ja doch noch erwischt worden.«

Der Barbier warf einen prüfenden Blick in den Spiegel, bevor er die Schere wieder ansetzte. Einige Minuten schnibbelte er stumm weiter. Dann, als fühle er sich bemüßigt, für Unterhaltung zu sorgen, bemerkte er: »Ja… Gottseidank ist die Gaudi jetzt vorbei…« Er seufzte. »Wissens, Herr, ich hab ja Verwandtschaft in Schwarzberg drüben, von wo der Bazi hergekommen ist. Obwohl er früher mal mit ein paar

Leuten bös zusammengeruckt sein soll, sinds trotzdem alle ganz erschlagen. Keiner hat sich vorstellen können, dass der Kerschbaumer Lipp – so hat der geheißen – zu so was fähig gewesen sein soll. Vor allem fragen sich die Leut, warum ers überhaupt getan hat. Ums Geld ists ihm ja nicht gegangen, soweit ich informiert bin. Also warum?« Er schüttelte den Kopf. »Nein, keiner von den Schwarzbergern verstehts.«

Kajetan bemühte sich um einen unbeteiligten Ton. »Oft steckt bei so was eine ganz private Sach dahinter.«

»Ach woher«, hörte er die Stimme des Barbiers an seinem Ohr. »Was hätten denn die zwei miteinander zu tun gehabt? Der Thannheiser ist doch erst vor ein paar Jahr nach Zellach gekommen, da ist der Kerschbaumer doch schon lang in München droben gewesen.«

»Ach? Ist dieser Herr Thannheiser gar kein Hiesiger gewesen?«

»Der muss von irgendwo in der Passauer Gegend her sein. Woher er und seine Mena – die ist Tochter vom früheren ›Taffern‹-Wirt, verstehens? – sich kennengelernt haben, weiß ich gar nicht. Soweit ich gehört hab, solls auf dem Dornsteiner Markt gewesen sein, wo er damals wohl beim Höllbräu als Fuhrknecht oder Schankkellner gearbeitet hat. Da muss es wohl gefunkt haben zwischen den Zweien.«

»Sie sollen sich sehr gern gehabt haben.«

»Es hat ihm jedenfalls nichts ausgemacht, dass sie … ein bisserl … wie soll ich sagen … verstehens?«

Das klinge jetzt doch ein wenig rätselhaft, meinte Kajetan.

»Naja … die Mena hat doch als Kind die Kinderlähmung gehabt. Und da ist ihr halt was geblieben, wie den meisten.« Der Barbier drückte Kajetans Kopf behutsam nach vorne und kämmte die Haare am Hinterkopf durch. »Aber sie ist trotzdem allweil eine Stolze gewesen …« Er schien etwas hinzufügen zu wollen, ließ es aber und arbeitete schweigend weiter.

Kajetan suchte seinen Blick im Spiegel. »Stolz?«

Der Barbier sah ihn nicht an. »Ja … so, als wär ihr gar nicht richtig klar gewesen, dass sie … also, wie soll ich sagen … dass sie halt nur eine Halbe gewesen ist … verstehens, wie ich mein? Im Dorf hats jedenfalls früher allweil geheißen: Wenn der alte Wirt im Grab ist, wird die Mena den ›Taffern‹ nimmer lang halten können.«

»Warum eigentlich?«

»Gute Frage, Herr. Was halt manchmal so geredet wird, nicht wahr? Dabei soll sie grad mit dem Vieh recht geschickt gewesen sein und sich besser angestellt haben als mancher Bauer.« Der Frisör seufzte. »Aber es wird jetzt drauf rauslaufen, dass der ›Taffern‹ auf die Gant kommt. Und dann steigert ihn halt der, der wieder mal das meiste Heu hat.«

»Grad billig geht so ein großer Gasthof ja bestimmt nicht her.«

»Oh, ein paar gibts schon, die ihn sich leisten könnten. Der Herr Mannhardt beispielsweis, dem der ›Neuwirt‹ gehört, soll sogar noch zu Lebzeiten vom alten Wirt beim ›Taffern‹ deswegen angeklopft haben. Wollt das alte Haus abreißen und ein mordsgroßes und modernes Alpenhotel hinstellen.«

»Wär fast schad drum gewesen.«

Der Frisör stimmte ihm zu. »Der ›Taffern‹ ist ja die älteste Wirtschaft weit und breit, die gibts mindestens schon seit dem Mittelalter, wenn nicht länger. Andererseits hätten viele im Dorf nichts gegen ein neues Hotel gehabt. Es fehlen halt überall Fremdenbetten. Uns, den Kleinen, den Ladnern und dem Handwerk, hätts jedenfalls nicht geschadet.« Er seufzte. »Tja. So hat halt alles seine zwei Seiten, gell? Man mischt sich besser nicht ein.«

»Habens recht«, sagte Kajetan.

»Und wir zwei habens auch gleich…« Der Frisör drückte sein Kreuz durch, steckte die Schere in den Aufnäher seines Kittels und warf einen zufriedenen Blick auf sein Werk. »Ists recht so?«

»Ganz recht«, lobte Kajetan.

*

Der Frisör hatte ihm den Schneidermeister Mitius empfohlen. Dessen Werkstatt befand sich in einem einstöckigen Haus im Unterdorf. Der Schneider, ein hohlbrüstiger, phlegmatischer Mittdreißiger mit schütterem Haar, ruckelte umständlich an seiner Brille, ging in die Hocke und kniff die Augen zusammen.

Er verzog grämlich den Mund. »Naja, einen Schönheitspreis kriegen wir dafür nimmer. Andererseits… ein solider Stoff ist es, der auch nicht grad billig gewesen sein wird. Und zum Wandern ist so eine Hosen allweil noch gut genug.« Wieder korrigierte er sein Brillengestell, als er Kajetan ansah. »Wissens was? Ich näh Ihnen einfach einen Einsatz in die Stelle, die Sie sich da aufgerissen haben. Wenns wollen, machen wirs gleich auf der Stell. Mein anderes Sach kann noch warten.« Mitius schmunzelte karg. »Brauchens Ihnen nicht zu genieren. Ich leb einschichtig, da schaut Ihnen keiner was weg.«

Kajetan schlüpfte aus der Hose und reichte sie dem Schneider, der damit zu einem Regal schlurfte und sie an einen Stoffballen hielt.

»Sinds wo hängen geblieben, gell?«, wollte der Schneider wissen. Er wies auf einen Hocker neben einem Kanonenofen. »Hockens Ihnen doch derweil hin.« Er trennte einen Stoffstreifen ab und kehrte auf seinen Schemel zurück.

Bei einer Wanderung sei es passiert, erzählte Kajetan. Einige Meter sei er abgestürzt. Der Schneider warf ihm einen mitfühlenden Blick zu.

»Habens aber Glück gehabt. So was kann schlimm ausgehen. Wo ist es denn passiert?«

»Oberhalb der … wie heißt die Alm gleich wieder? … vom Etterkaser.«

Der Schneider befeuchtete das Ende eines Fadens mit den Lippen, kniff die Augen zusammen und fädelte ihn durch das Nadelöhr.

»Oberhalb vom Etterkaser? Ist da überhaupt ein Steig?«

»Kennen Sie die Alm?«

»Die gehört zum ›Taffern‹«, sagte Mitius, während er damit begann, den Flecken über den Riss zu nähen. Er seufzte leise. »Aber jetzt muss man wohl bald sagen: *Hat* ihm gehört. Von der schlimmen Geschicht mit dem Wirt werdens ja bestimmt gehört haben.«

Kajetan nickte bestätigend. »Man kann sichs gar nicht vorstellen. Das Dorf wirkt so … so friedlich. Und dann so was.«

Der Schneider sah nicht auf. »Friedlich … na ja. Wann man halt nicht dahinter schaut, gell?« Er nickte gedankenvoll und fuhr fort: »Wos Menschen gibt, da gibts auch Streitereien. So ists halt einmal. Man mischt sich besser nicht zu viel ein.«

»Dieser ...« Kajetan tat, als suche er nach dem Namen des getöteten Wirts.

»Thannheiser«, kam ihm Mitius zu Hilfe.

»... der doch recht angesehen gewesen sein soll im Dorf, oder?«

»Freilich. Wer was hat, der kriegts Ansehen gleich mitgeschmissen. So ist es doch überall, oder?«

Kajetan lächelte einfältig. »Entschuldigens, wenn ich neugierig bin. Aber so Kriminalsachen erlebt man auch nicht alle Tag.«

Geübt zog der Schneider die Nadel durch den Stoff. »Versteh Ihnen schon. Aber wenns mehr wissen möchten, fragens leider den Falschen. Ich hör gar nicht hin bei so was. Ich muss gut auskommen mit den Leuten, sonst kann ich gleich zusperren. Der Thannheiser und ich sind uns jedenfalls nie in die Quer gekommen. Ich bin hie und da bei ihm hinten gewesen und hab seinen Leuten das Gewand gerichtet. Aber, wie gesagt, damit ists jetzt wohl vorbei.« Der Schneider schnaubte leise. »Alles ist irgendwann vorbei ...«

»Meinens, dass der ›Taffern‹ zugemacht wird?«

»So wirds wohl kommen, ja. Seine Frau, heißts, versteht vom Wirtschaftlichen nichts. Früher oder später wird der ›Taffern‹ auf die Gant kommen. Schad ists um das schöne Haus.« Der Schneider seufzte. »Aber was willst machen? Es kann eins einem anderen das Leben nicht abnehmen. Wann sich eins unbedingt ruinieren möcht, kannst auch nichts dagegen tun. Oder?«

»Tja ...«, machte Kajetan nachdenklich. »Damit habens wohl nicht unrecht.«

Eine Weile arbeitete der Schneider stumm weiter.

»Wie beim Lipp, dem armen Teufel, der sich aufgehängt

hat«, setzte er plötzlich an, als hätte ihn in diesem Moment eine wehe Erinnerung befallen.

Kajetan bemühte sich, sich seine Überraschung nicht anmerken zu lassen. Der Schneider kannte Kerschbaumer?

»Freilich. Der Lipp und ich sind in Schwarzberg drüben aufgewachsen. Als Buben sind wir allweil gut an gewesen, wir zwei.« Er ließ die Arme sinken. »Wir sind rechte Lausbuben gewesen damals … ich, ein Schneiderbub, mager wie ein Zwirnsfaden, und er aus einem Bauernhof, wos notiger kaum hätt zugehen können, das hat gut gepasst …«, er lächelte versonnen, »aber das ist schon lang her …«

»Aber … hat es nicht geheißen, dass der Mörder von München ist?«

Der Schneider nahm seine Arbeit wieder auf. »Ja. Aber da ist er erst nach dem Krieg hin. In Schwarzberg war kein Bleiben mehr für ihn.«

»Wegen der Arbeit wahrscheinlich.«

»Nicht deswegen.« Mitius schüttelte den Kopf. »Er ist fort, weil er gemeint hat, dass er sich mit den Leuten anlegen muss, hat dabei aber den Kürzeren gezogen. Ein sturer Hund ist er allerweil schon gewesen. Drum wunderts mich fast nicht, dass alles jetzt so gekommen ist mit ihm.« Der Schneider sah auf. »Tuns mir aber den Gefallen, und erzählen Sies nicht im Dorf herum, dass ich ihn gekannt hab, gell? Es gibt leicht ein dummes Gered.«

Kajetan versprach es. Wieder verstrich eine Pause, in der nichts als das mühsame Schnaufen des Schneiders zu hören war. Kajetan gähnte demonstrativ, bevor er sich wieder an den Schneider wandte: »Es … es hört sich fast so an, als ob Sie ihm gar nicht zutrauen würden, dass er ein Mörder ist?«

Der Schneider seufzte. »Was einer wie ich meint, zählt

eh nicht. Ich misch mich in nichts mehr ein. Is ja eh schon wurscht. Jetzt ist er tot.«

»Aber wenn er in seinem Heimatdorf schon was angestellt hat, dann kanns doch sein, dass er …«

»… zum Verbrecher geworden ist? Nein. Was er damals getan hat, hat er aus Blödheit getan. Damals hats nämlich eine Geschicht gegeben, aus der er sich besser hätt raushalten sollen.«

»Sinds mir nicht bös, aber jetzt habens mich neugierig gemacht.«

Der Schneider lächelte lahm. »Ich merks schon. Aber die Geschicht ist schnell erzählt. Der Bräu von Schwarzberg hat unterm Krieg eine Handvoll Kriegsgefangene zum Arbeiten gehabt. Franzosen sinds gewesen. Die hat er so dermaßen schikaniert, dass sogar fast einmal der Pfarrer dazwischen gegangen wär. Ein paar Wochen bevor der Krieg aus war, hats einer von denen nimmer ausgehalten und ist auf den Bräu losgegangen. Der hat natürlich gleich nach den Gendarmen geschrien. Wie die aber gekommen sind, ist der Franzos – ein sauberer Bursch ists gewesen, Jean-Marie, mein ich, hat er geheißen – verschwunden gewesen. Und obwohl sofort im ganzen Bezirk nach ihm gesucht worden ist, haben sie ihn nicht gefunden.« Der Schneider hob die Hose gegen das Licht und besah prüfend die Naht, während er weitersprach: »Kaum ist der Krieg aber aus gewesen, ist er auf einmal wieder da gewesen. Und rausgekommen ist, dass es ein Dienstbot, ein dummes Ding von kaum siebzehn Jahr, gewesen ist, die ihn die ganze Zeit in einem Verschlag über ihrer Kammer versteckt hat. Da ist natürlich der Teufel losgewesen. Der Bräu hat sie vor alle Leut halb totgeschlagen und ›Franzosenhur‹ geschimpft. Keiner hat einen Finger gerührt für sie. Außer einem.«

»Der Kerschbaumer.«

Der Schneider nickte. »Er ist wie ein Närrischer dazwischen, hat dem Bräu ein paar geschmiert und das Madl dann zum Postauto gebracht, mitten durchs Dorf am helllichten Tag, durchs Geplärr und die Beleidigungen. Tags drauf hat er selber sein Zeug gepackt und ist nie mehr heimgekommen. Drum denk ich mir: In was auch immer der Lipp da reingerauscht sein mag – ein Verbrecher oder gar ein Mörder ist der nicht. Und ich denks mir heut noch. Aber wer will das jetzt noch wissen?«

»Seine Leut vielleicht. Oder das Madl von damals? Was ist aus der eigentlich geworden?«

»Sie werdens nicht glauben, aber die lebt sogar bei uns in der Gemeinde.«

»Da? In Zellach?«

Mitius wandte sich um und sah Kajetan über die Brille an. »Aber wers ist, möcht ich nicht sagen. Sinds mir nicht bös. Ich habs Ihnen überhaupt bloß deswegen gesagt, weil Sie nicht von da sind. Ich möcht nicht, dass die am End auch noch ins Gered kommt. Es langt schon, was sonst dumm im Dorf dahergeredet wird. Wissens, in so einem Dorf ist es fast wie in einer Viehherden. Wenn du mittendrin bist, kannst dus ganz warm haben, und du kommst über den Winter. Wenn du dich aber nicht einpassen magst oder kannst, erfrierst.«

Der Schneider stand auf, drückte sein Kreuz durch und hielt Kajetan die Hose hin. »Dann hätten wirs schon wieder. Schaut fast wieder aus wie neu, hm?«

*

Der Hotelier schob die Türe des Büros hinter sich zu, ging hinter seinen Schreibtisch und platzierte sich schwungvoll in seinen Stuhl.

»Nehmen Sie doch bitte Platz, Herr Kommissär. Ich bin unseren Behörden natürlich jederzeit gerne behilflich. Zuvor aber die Frage: Es ist alles zu Ihrer Zufriedenheit bei uns? Sie fühlen sich wohl in unserem Haus?«

Glaser nickte knapp, setzte sich und kramte Pfeife und Tabaksbeutel aus seiner Manteltasche.

»Es geniert Sie doch nicht«, sagte er. Mannhardt öffnete den Mund zu einer Antwort, klappte ihn aber wieder zu, als er sah, dass der Kommissar schon dabei war, seine Pfeife zu stopfen. Er räusperte sich.

»Äh ... nein.«

Glaser brummte befriedigt. Er hielt ein Streichholz in den Pfeifentopf, sog schmatzend und blies eine Rauchwolke zur Decke.

»Was kann ich –?«, begann der Hotelier, stockte aber. Dem fragenden Blick des Kommissars folgend, sah er auf seine Armschlinge.

»Ach, das ...« Er lächelte gezwungen. »Ärgerlich, aber nicht weiter tragisch. Ein ... ein kleines Missgeschick. Kommt bald weg. Noch mal: Womit kann ich Ihnen behilflich sein, Herr Kommissär?«

Glaser nahm die Pfeife aus dem Mund. Als Erstes würde er sich gerne ein genaueres Bild davon verschaffen, welcher Mensch der ermordete Wirt gewesen sei. Wie sei Mannhardt zu ihm gestanden? Habe er häufig Kontakt zu ihm gehabt?

»Um mit dem Zweiten anzufangen, Herr Kommissär: Häufig wäre nun wirklich übertrieben. Unsere Zusammenkünfte waren in der Regel sachlicher und amtlicher Natur. Worin eigentlich schon die Antwort auf Ihre erste Frage enthalten sein dürfte. Ich gebe gerne zu, Herr Thannheiser und ich pflegten nicht das, was man eine enge Freundschaft nennt. Mir hat unter anderem nicht zugesagt, dass auf dem ›Taffern‹ mit dem Gesinde ziemlich diktatorisch umgesprungen worden ist.« Er hüstelte. »Mit seiner Gattin dagegen, der Frau Philomena, war ein weitaus besseres Auskommen.«

»Sie haben sie gut gekannt?«

»Das wäre ebenfalls übertrieben. Aber es ist schließlich kein Geheimnis, dass meine Jagd sich nur unweit des Etterkaser befindet, präziser gesagt, ich stoße auf diese Alm, wenn ich mich auf dem Nachhauseweg befinde. Der Etterkaser gehört zum ›Taffern‹, wie Sie sicherlich wissen. Wenn die junge Frau dort anwesend war, war sie stets freundlich. Allerdings schien sie doch ein wenig unter dem Einfluss ihres Gatten zu stehen, mit dem ich, wie ich bereits angedeutet habe, nicht immer einer Meinung gewesen bin.«

»Welcher Art waren diese Meinungsverschiedenheiten, wenn man fragen darf?«

Mannhardt nickte großzügig. »Dürfen Sie. Im weitesten Sinne ging es darum, in welcher Weise die wirtschaftliche Situation von Zellach zu verbessern wäre. Da es meine Aufgabe als Vorsitzender des ›Verkehrs- und Verschönerungsvereins‹ ist und ich von mir behaupten darf, diesbezüglich über einige Erfahrung zu verfügen, hatte ich – aber das geschah, wohlgemerkt, noch bevor Herr Thannheiser die Haustochter heiratete und den ›Taffern‹ übernahm – die Idee entwickelt, an diesem herrlichen Platz –«

»Sie reden vom ›Taffern‹-Anwesen?«

»Sicher. Dort wollte ich – selbstverständlich im ländlichen Stil, keine Frage! – ein modernes Hotel errichten. Die

Krux in unserem Dorfe ist nämlich, dass das Übernachtungsangebot leider immer noch zu dürftig ist, sowohl zahlenmäßig als auch, was einen gewissen Komfort angeht. Sehen Sie, viele Leute in Zellach sind immer noch der Meinung, es genüge heutzutage, während des Sommers einfach mit der Familie unters Dach zu ziehen und die frei werdenden Räume anzubieten. Ich muss Ihnen jedoch nicht sagen, Herr Kommissär, wie diese oft ausgestattet sind. Kein fließendes Wasser, miserable Betten, fragwürdige Hygiene. Dass der moderne Gast es zwar liebt, der Natur nahe zu sein, den Geruch eines Misthaufens unter dem Fenster jedoch nicht unbedingt goutiert, werden Sie sich vorstellen können.«

»Und das hat der Herr Thannheiser anders gesehen?«

»Aber keineswegs!«, beteuerte der Hotelier. »Es gab damals lediglich einige … äh … atmosphärische Verstimmungen, als ich meine Pläne begraben musste. Ich hatte nämlich den alten Wirt schon fast von meinen Vorstellungen überzeugt. Ich muss fairerweise zugestehn, dass ich damals in meiner verständlichen Enttäuschung ein wenig zu weit gegangen bin und ihm … nun … äh …«

Glaser hakte nach: »Was haben Sie dem Herrn Thannheiser vorgeworfen?«

»Nun … äh …« Die Erinnerung an diese Auseinandersetzung schien Mannhardt peinlich zu sein. »Ich habe ihm vorgeworfen, eine Art … äh … Erbschleicher oder Ähnliches zu sein und die junge Frau, welche ja, wie Sie sicherlich bereits wissen, behindert war, nur geheiratet zu haben, um an das Haus zu kommen. Er war natürlich tödlich beleidigt.«

Kommissar Glaser verzog den Mund. »Nicht ganz unverständlich, würd ich erst einmal sagen.«

»Sicher«, gab der Hotelier zu. »Ich habe mich damals jedoch entschuldigt und mich zudem vergewissern können, dass mein Verdacht nicht berechtigt war. Er hat seine Frau wirklich geliebt, trotz ihrer… nun… Beeinträchtigung.« Er legte eine kurze Pause ein und fuhr nachdenklicher fort. »Auch wenn mir nach Bekanntwerden des Todes von Herrn Thannheiser im ersten Moment der Gedanke gekommen ist…« Er machte eine wegwerfende Handbewegung. »Nein, lassen wir das.«

Der Kommissar runzelte die Stirn.

»Was für ein Gedanke?«

Der Hotelier wand sich. »Bitte… ich… es ist wirklich… also, mir kam im ersten Moment der Gedanke… der Mord an Herrn Thannheiser geschah doch in der Nähe der Alm, in der sich seine Frau aufhielt, also könnte doch auch sie… aber, bitte, Herr Kommissär! Nein! Es ist wirklich zu abwegig!«

»Weil die Zwei sich wirklich gern gehabt haben?«

»Aber natürlich! Wenn Sie mir nicht glauben wollen, so erkundigen Sie sich doch im Ort. Und jetzt, bitte, vergessen wir das. Schließlich ist der wahre Täter ja gefasst worden, nicht wahr? Und was die Differenzen betrifft, die ich seinerzeit mit Herrn Thannheiser hatte, so möchte ich nur noch anfügen, dass der damalige Streit nun wirklich schon sehr lange zurückliegt. Mehr als zwei Jahre, ich bitte Sie!«

»Hm…« Glaser paffte eine Weile vor sich hin. »Und seither hats keinen Streit mehr gegeben?«

Mannhardt schüttelte nachdrücklich den Kopf. »Wie gesagt, wir pflegten eine gewisse Distanz, verkehrten aber höchst zivil miteinander.«

»Und politisch? Wie hats da ausgeschaut?«

Der Hotelier lächelte anerkennend. »Respekt, Herr Kommissär. Sie haben sich kundig gemacht. Aber die Antwort ist auch hier Nein. Gewiss, ich fand – und sagte das auch ganz offen – Herrn Thannheisers Parteinahme für die Monarchie einigermaßen albern und unzeitgemäß, aber der politische Wettstreit ist nun mal das Merkmal unserer heutigen Kultur. Finden Sie nicht?«

Glaser schürzte nachdenklich die Lippen.

»Sie sagen, Ihre Jagd ist in der Nähe vom Etterkaser…«, setzte er an. »…und dass Sie gelegentlich auch dort eingekehrt sind.«

»Richtig, Herr Kommissär. Jedoch, wie Sie richtig bemerkt haben, nicht allzu häufig. Genauer gesagt, kann ich mich nur an ein Mal in letzter Zeit erinnern. Und bevor Sie weiterfragen, möchte ich noch einmal betonen: Wenn ich Frau Thannheiser dort antraf, kamen wir immer bestens miteinander aus. Ich gestehe Ihnen sogar, dass mir die tapfere junge Frau imponierte. Ich wollte ihr deshalb auch kürzlich mein ehrliches Beileid zum Tode ihres Gatten aussprechen, aber dieser – verzeihen Sie, Herr Kommissär, ich bin tiefgläubig, aber dennoch! – dieser *Pfaffe* ließ mich nicht zu ihr vor.«

»Sie meinen den hiesigen Herrn Pfarrer?«

»Ja. Pardon. Aber –«

»Hat er gesagt, warum er Sie nicht ins Haus lassen wollt?«

»Das hielt er nicht einmal für nötig!«, rief Mannhardt, noch immer empört. »Er wiegelte sogar das Gesinde gegen mich auf!«

Glaser war nur mäßig interessiert. »Ah, gehns zu?«

»Ich habe vor, mich beim Erzbischöflichen Ordinariat zu beschweren! Jawohl!« Der Hotelier krallte seine Rechte in die Lehne und beugte sich vor. »Der Mann ist außerdem ein Kommunist! Eine Schande! Anstatt sich, wie es sich für einen ordentlichen Pfarrer gehört, auf die Seelsorge zu konzentrieren, engagiert er sich für die Schulausbildung! Wirft den Bauersleuten vor, die Kinder zu oft in der Erntearbeit einzusetzen, statt sie in die Schule zu schicken! Bildet sich ein, sich zu Gesundheitsfragen äußern zu müssen, wagt allen Ernstes – in der Predigt, Herr Kommissär! Stellen Sie sich das vor! In der Predigt! –, die Kinder zu ermahnen, sich nach dem Abortgehen die Hände zu waschen, weil damit Krankheiten wie die Kinderlähmung übertragen werden könnten! Mag er ja recht haben! – Aber, lieber Gott im Himmel, doch nicht im Gottesdienst! Er kennt die Leute in den Bergen nicht! Das ist ein zäher Schlag, nicht so verweichlicht wie das Stadtvolk! Da wird kein Getöse gemacht, wenn Schwächeres abstirbt. Das Starke ist es, das hier zählt, Herr Kommissär! Was Substanz hat, setzt sich durch! Wenn uns der Herrgott diese wunderbare Natur hier in den Bergen geschenkt hat, müssen wir doch auch ihre Gesetze respektieren!«

Glaser setzte zu einer Bemerkung an. Der Dorfverschönerer war jedoch nicht mehr zu bremsen. »Dieser Pfaffe hat doch keine Ahnung! Kommt von irgendwoher aus dem Ruhrgebiet! Und hat jetzt auch noch durchgesetzt, dass das Klausenmoor entwässert wird! Angeblich sei dies dringend erforderlich, weil die Zellacher Bauern zu wenig Anbaufläche hätten! Dabei bräuchten wir seit Jahren dringend eine Freibadeanstalt für die Touristen! Alles war schon bereit, Pläne, Finanzierung, Pächter! Da funkt uns dieser Sozialromantiker dazwischen! Von Tourismus allein, tönt er, könne man nicht leben! Nur diejenigen könnten es, die über größere Besitzungen verfügten! Purer Sozialneid, zu dem er die braven Leute aufstachelt! Was brauchen wir hier, frage ich Sie, so viele Bauern? Wir brauchen Arbeiter für die Holzverarbeitung, vor allem aber Bedienstete für das Gastgewerbe! Das ist die Zukunft! Der Mann ist gefährlich, sage ich Ihnen! Und er wird verschwinden, Herr Kommissär, das garantiere ich!«

Mannhardt hatte sich in Rage geredet. Seine welken Wangen hatten sich verfärbt, seine Stirn schimmerte feucht. Glaser hatte regungslos zugehört.

»Sie sagen dazu nichts?«, fragte der Hotelier irritiert. Er zog ein Tuch aus seinem Gilet und betupfte sich die Stirn.

Der Kommissar nahm wieder die Pfeife aus dem Mund.

»Sie sollen einen jungen Burschen eingestellt haben, der zuvor beim ›Taffern‹ im Dienst gewesen ist.«

Der Hotelier korrigierte den Sitz seiner Brille. »Sie sprechen vermutlich von Pius – Pius Hochegger. Das ist richtig, Herr Kommissär. Der junge Mann tat mir leid. Ich wusste, dass er ein bedauernswertes Schicksal hinter sich hatte. Die Mutter Kriegerwitwe, er selbst wächst unter ärmlichsten Bedingungen, ohne Halt und Vorbild heran. Ich gebe zu, ich fand es nicht schön von Herrn Thannheiser, ihn –« Mannhardt unterbrach sich. »Aber sagen Sie, Sie werden doch den Burschen nicht in den Kreis möglicher Verdächtiger einbeziehen? Herr Kommissär! Das ist lächerlich!«

»Ich möcht trotzdem mit ihm reden. Wenns geht, gleich.«

»Das tut es leider nicht. Er ist seit Kurzem nicht mehr in meinem Dienst. Ich musste ihn wieder entlassen.«

Der Kommissar hob fragend die Brauen.

»Er … äh … hat gestohlen. Nichts Weltbewegendes, eine Flasche Wein aus dem Keller, aber immerhin … wehret den Anfängen, sage ich.«

»Haben Sie ihn angezeigt?«

Mannhardt schüttelte den Kopf. »Das wollte ich seiner armen Mutter nicht antun. Ich riet ihm, das Dorf zu verlassen, was er daraufhin auch getan hat. Womit sich auch vermutlich die Frage nach seinem Alibi erledigt, da ich ihn zufällig am Morgen des Todestages von Herrn Thannheiser in Dornstein gesehen habe. Vor einer Suppenküche der SA. Es wäre ihm sehr zu wünschen, dass ihm dort endlich ein wenig Manneszucht beigebracht wird, nicht wahr?«

Glaser zuckte die Schultern. »So was schadet nie.« Die Rauchwolke über seinem Kopf trieb auf den Hotelier zu. Mannhardt hüstelte in seine Faust.

»Wie wirds denn jetzt mit dem ›Taffern‹ oben weitergehen?«, nahm der Kommissar das Gespräch wieder auf.

Wie aufs Stichwort schlüpfte Mannhardt in die Rolle des verantwortungsbewussten Lokalpolitikers. »Ein trauriges Kapitel, das Sie da ansprechen, Herr Kommissär. Ich bin in der Tat wenig hoffnungsvoll, dass es Frau Thannheiser lange machen wird. Sie scheint völlig schwermütig geworden zu sein. Unendlich lange wird man der Sache natürlich amtlicherseits nicht zusehen können. Ich bin mir da mit dem Herrn Bezirksamtmann, mit dem ich zufällig erst heute Morgen darüber gesprochen habe, einig. Ich fürchte, es wird darauf hinauslaufen, dass man über eine Entmündigung von Amts wegen nachdenken muss, sowie, in ihrem Interesse, an eine Unterbringung in einer, äh, Heilanstalt.«

»Und dann?«

Mannhardt hob bedauernd die Schultern. »Dann wird es vermutlich zu einer Versteigerung kommen.« Der unentwegte Blick des Kommissars begann ihn unruhig zu machen. »Hätte ich Ihre Fragen damit zufriedenstellend beantwortet?«

Glaser erwiderte sein angestrengtes Lächeln nicht. »Waren Sie an dem Tag, an dem der Herr Thannheiser ermordet worden ist, ebenfalls auf dem Etterkaser? Oder in der Nähe davon?«

Die Miene des Hotelbesitzers vereiste.

»Machen Sie sich bitte nicht lächerlich, ja? Nur weil ich politisch mit jemandem nicht übereinstimme oder wirtschaftlich mit ihm konkurriere – nein, hören Sie, das ist doch allzu albern! Ich weigere mich, weiter darauf einzugehen.« Seine Stimme wurde lauter: »Und ich sage Ihnen jetzt ehrlich: Ich finde diese Unterstellung unerhört, ich könnte etwas mit dem Tod des Herrn Thannheiser zu tun haben! Jawohl, unerhört!«

»Ich unterstelle Ihnen überhaupt –!«

Mannhardts Stimme verfiel in einen schrillen Diskant: »Polizeirat Doktor Obermeier, den ich des Öfteren schon als Jagdgast zu begrüßen die Ehre hatte, dürfte nicht sehr erbaut sein!«

Die Furche zwischen den dichten Brauen des Kommissars hatte sich vertieft. »Erstens habens meine Frage noch nicht beantwortet«, sagte er kalt. »Und zweitens tät ich aufpassen, Herr Mannhardt. Bei Nötigung kann ich einigermaßen ungemütlich werden.« Seine Stimme wurde schneidend. »Waren Sie oben oder nicht?«

»Nein!«, rief der Hotelier. »War ich nicht! Ich war ungefähr drei Wochen vor seinem Tod das letzte Mal dort. Sogar beim Etterkaser, jawohl! Die Frau Thannheiser und ich haben ein bisschen geplaudert! Fragen Sie sie doch selbst! Das ist die Wahrheit!«

*

Die Bedienung des Dorfcafés war auf dem Laufenden: Die frühere Wirtschafterin des »Taffern« hatte sich seit ihrem Rauswurf in der Pension »Gamsbichler« außerhalb des Ortes eingemietet und würde schon bald von hier wegziehen.

Resolut hatte Erna Tischler die Zimmertür geöffnet. Kajetan lüpfte seinen Hut und nannte seinen Namen. »Sie können sich noch an mich erinnern, Frau Tischler?«

Er bemerkte einen sauertöpfischen Zug um ihre Mundwinkel, der ihm vor einigen Tagen nicht aufgefallen war.

»Freilich.« Sie musterte ihn reserviert. »Um was gehts?«

»Ich wollt Sie um einen Rat fragen.« Kajetan lächelte gewinnend. »Wenns bittschön eine Minute für mich Zeit hätten?«

Sie hob die Brauen. »Wüsst nicht, was ich Ihnen raten könnt. Hab außerdem nicht viel Zeit.« Sie wies hinter sich. Auf dem Bett lag ein geöffneter Koffer, daneben ein Stapel Kleider. »Sehn ja, dass ich beim Packen bin. Muss mich eh schleunen, wenn ich das Postauto noch kriegen möcht.«

»Es würd nicht lang dauern. Bitte entschuldigens vielmals.«

Sie trat zurück, ließ ihn eintreten und schloss die Tür hinter ihm.

»Aber machen Sies kurz. Um was gehts?«

Kajetan drehte den Hut in seinen Händen. »Nun … ich muss Ihnen erst einmal ein Geständnis machen, Frau Tischler. Ich bin kein normaler Tourist, sondern freier Akquisiteur für ein größeres Maklerbüro in München.«

»Freier was?«

»Eine Art Vermittler auf Provisionsbasis. Ich suche nach interessanten gastronomischen Objekten im ländlichen Bereich und bringe sie mit interessierten Investoren zusammen.«

Sie verstand. »Deswegen sinds nicht gleich wieder heimgefahren, nachdems in Zellach gar so freundlich behandelt worden sind. Die Leut haben sich schon gewundert.«

Kajetan lächelte. »Dann wissen Sies hiermit.«

Sie verschränkte die Arme vor ihrer Brust. »Schön. Weiter?«

»Ich hab da vor allem einen Kunden, der mit dem Gedanken spielt, sich in dieser schönen Gegend zu engagieren. Er ist Mitinhaber eines durchaus namhaften Hotels in München und möchte sich ein eigenes Standbein verschaffen.«

»Das Ganze heißt auf Deutsch?«

»Dass ich vor allem deshalb nach Zellach gekommen bin, um hier nach einem interessanten Objekt zu suchen. Ich hab mich deshalb ein bißchen bedeckt gehalten, weil die Preise sofort in die Höhe gehen, sobald man offen als Makler auftritt. Wenn man sich aber erst einmal gewissermaßen als Mensch und nicht als Geschäftsmann präsentiert, dann sind die Chancen höher, das eine oder andere günstige Angebot an Land zu ziehen. Verstehens?«

»Und wieso sagens das mir?«, fragte sie, noch immer distanziert. »Zum Verkaufen hab ich nichts, und außerdem werd ich weggehen von Zellach. Halten tut mich da nichts mehr.«

»Das verstehe ich«, sagte Kajetan teilnahmsvoll.

»Nichts verstehens.«

»Ich meine, nach dem, was Sie wahrscheinlich in den letzten Tagen haben durchmachen müssen.«

»Ist meine Sach.« Sie hatte die Türklinke nicht aus der Hand gelassen und machte Anstalten, die Tür wieder zu schließen. »Ich glaub, wir habens dann, oder?«

»Einen kleinen Moment noch, Frau Tischler. Wie Sie sich

denken können, hab ich von dieser schlimmen Sache mit Ihrem früheren Arbeitsherrn gehört. Und auch davon, dass der ›Taffernwirt‹ über kurz oder lang verkauft werden muss, weil die Witwe mit der Geschäftsführung wahrscheinlich – entschuldigen Sie, so habe ich das gerüchteweise gehört – überfordert ist.«

»Überfordert?«, stieß sie hervor. »Sie sind wirklich ein höflicher Mensch.«

Kajetan deutete eine Verbeugung an. »Das gehört zu meinem Beruf.«

»Hörens, Herr: Wir brauchen nicht lang drum rumreden. Der ›Taffern‹ ist jetzt schon ruiniert. Es hat bloß die zwei Tag gebraucht, seit denen dieses Weib das Regiment hat.«

Kajetan pflichtete ihr bekümmert bei. »Wieso hat sie eigentlich nicht Ihre Hilfe in Anspruch genommen? Ich mein, Sie sind eine erfahrene Wirtschafterin, haben das Haus doch vorbildlich geführt! Was Besseres kann ihr doch gar nicht passieren. Sind Sie denn nicht gut mit ihr ausgekommen?«

Die Tischler schüttelte entschieden den Kopf. »Hab nie was gegen sie gehabt. Habs allerweil behandelt, wie sichs gehört.«

»Aber, dann versteh ich nicht …?«

»Weil sie nicht richtig ist da oben!« Sie deutete auf ihre Stirn. »Weil sie überhaupt nicht richtig ist! Weil sie nicht einsehen will, dass sie einen lahmen Hax und einen Buckel hat und deswegen zu nichts nutz ist!«

»Ahso?«

»Sie hat doch nicht einmal für die Almarbeit getaugt und hat den Elias holen müssen! Hätt sie das nicht getan, tät er noch leben und wär nicht diesem Saukerl untergekommen!«

Ihre Stimme wurde schrill. »Ich weiß nicht, was dieses Weib sich überhaupt vorstellt! Vielleicht träumts davon, dass sich die Mannsbilder jetzt wieder um sie reißen? Da täuscht sie sich aber gewaltig! Als ob auf so was einer scharf wär!« Sie lachte verächtlich auf. »Gut, irgendein Grattler vielleicht, der ein Dach über den Kopf braucht! Aber doch kein normales Mannsbild! Wie kommt so eine überhaupt dazu, sich so was einzubilden? Wenn ich weiß, dass ich ein Krüppel bin und für die Arbeit kaum taug, dann weiß ich doch auch, was für Ansprüch ich zu stellen hab, verstehens mich?«

»Gewiss, Frau Tischler.«

Die Wirtschafterin hatte sich wieder in der Gewalt. »Sie hätt zur rechten Zeit entmündigt gehört, dann wär alles nicht so weit gekommen.«

»Aber der Herr Thannheiser scheint sie doch schon sehr ... äh ... geliebt zu haben. Ich mein, irgendwas ... äh ... Liebenswertes muss sie also gehabt haben.«

Ihr Kinn zuckte. Sie drehte sich abrupt um und starrte aus dem Fenster.

»Hörens, Herr ...« Ihre Stimme klang brüchig. »Ich hab allweil noch nicht verstanden, was Sie von mir wollen. Und ich glaub, ich möchts auch gar nicht wissen. Also lassens mich in Frieden. Hab Ihnen gesagt, dass ich nicht viel Zeit hab.«

Kajetan nickte bekümmert. »Es ist ... ich fürchte, ich bin umsonst gekommen. Ich wollte Sie nämlich fragen, ob Sie mir behilflich sein könnten, ein Gespräch mit der Witwe zu führen. Sie soll sich von der Welt zurückgezogen haben, und da dachte ich, dass Sie vielleicht ein gutes Wort für mich einlegen ...«

Sie drehte sich wieder um. Aus ihren Augen blitzten Wut und Schmerz. »Das sinds ja bei mir grad recht, Sie Komiker!« Sie stieß ein hartes Lachen aus. »Leider hab ich grad gar keinen Humor übrig, Herr! Überhaupt keinen!«

»Aber die Vernunft muss so einer Frau doch sagen –«

»Einer Wahnsinnigen könnens doch nicht mit Vernunft kommen, Sie Narr!« Sie streckte die Hand in die Richtung, in der der »Taffern« liegen musste. »Gehens nur rauf zu ihr!«, höhnte sie. »Die wird Ihnen was husten!«

Sie schien entschlossen, das Gespräch zu beenden, und bewegte die Tür unmissverständlich. Kajetan setzte seinen Hut auf.

»Dann … ah … entschuldigens bittschön die Störung.« Er drehte sich zum Flur. »Mein Beileid noch mal, gell? Wie … wie wirds denn jetzt mit Ihnen weitergehn?«

Sie maß ihn kühl.

»Um mich braucht sich keins Sorgen zu machen. Ich bin allweil zurechtgekommen. Wiederschaun, Herr.«

*

Kommissar Glaser, der zuletzt der Baustelle am Klausenmoos einen Besuch abgestattet hatte, aber auch dort von den Arbeitern misstrauisch beäugt und mit belanglosen Informationen abgespeist worden war, ging über den Kirchplatz auf das Gebäude der Zellacher Gendarmerie zu. Als er die Stufen zum Eingang betrat, stürzte Kriminalassistent Nossak auf ihn zu.

»Da sinds ja! Ich such Ihnen schon die ganze Zeit!« Der junge Mann fuchtelte aufgeregt mit den Händen. »Anruf vom Chef selber! Wir sollen sofort wieder in die Bezirksinspektion zurück! Der Chef ist mir am Telefon fast ins Gesicht gesprungen! So hab ich ihn noch nie erlebt! Er sagt: Sie…« Der Assistent stockte betreten.

Glaser schob ihn zur Seite und betrat die Station.

»Was?«

Der Assistent taperte ihm atemlos hinterher. »…Sie sollten endlich einmal lernen, was der Unterschied zwischen…«

»Was?!«

»…einem Polizisten und einer Wildsau ist und…«

»Was noch!?«

Nossak trat unglücklich von einem Fuß auf den anderen.

»Raus damit!«

»…dass Sie ins Narrenhaus gehören täten mit Ihren Verdächtigungen gegen anständige Bürger. Der Fall Thannheiser sei außerdem als abgeschlossen zu betrachten.«

»Der kann mich kreuzweis!!«, schrie der Kommissar. »Wir bleiben!«

Nossak streckte die Brust heraus. »Und er hat noch gesagt: Wenn wir nicht auf der Stelle zurückkommen täten, seis eine Befehlsverweigerung, und Sie hätt er eh schon lang auf seiner Listen. Seine Geduld wär jetzt zu End.« In flehendem Ton fügte er hinzu: »Er meints ernst, Herr Kommissär. Lassens mich da nicht auch noch drunter kommen, ich bitt Sie.«

Glaser dachte nach.

»Ist der Wagner überhaupt schon fertig mit unserem Auto?«

»Freilich. Ist ja bloß der Kotflügel gewesen, den er hat wieder hinbiegen müssen, und der Reifen.«

»Hat er die Bremsen nachgeschaut?«

»Was?«

»Hörst du schlecht?«

»Wegen der Bremsen … da hab ich gar nicht nachgefragt. Da hat doch gar nichts dran gefehlt?«

»Aber wenn was fehlen tät? So wie du über die Banketten gerumpelt bist, kanns leicht auch die Bremsen erwischt haben. Was wär dann? Das nennst du sorgfältig mit Staatseigentum umgehen?« Er straffte sich. »Nichts da. Erst werden die Bremsen nachgeschaut, gleich morgen in der Früh. Kanns nicht verantworten, dass da was passiert. Um uns wärs nicht schad. Aber um das teure Auto.«

»Aber …«

Glaser schlug ihm krachend auf die Schulter. »Ich nimms auf mich, Nossak. Tu, was ich dir sag, und halt einfach deinen Schnabel.«

*

Ein in ungelenkem Sütterlin geschriebener Zettel an der Pforte des »Taffern« verkündete, dass das Gasthaus geschlossen sei. Kajetan drückte die Klinke herab. Die Tür war versperrt, sein Klopfen vergeblich.

»Frau Thannheiser?!«

»Es ist zu, Meister«, rief ihm ein Fuhrknecht zu, der hinter ihm auf seinem Gefährt auf die Straße zur Grenzwache eingebogen war. »Da plärrst umsonst.«

Kajetan trat einige Schritte zurück und suchte mit den Augen die Fenster des ersten Stockes ab. In den Scheiben spiegelte sich der bewölkte Himmel. Das Haus wirkte wie ausgestorben. In großer Höhe krächzte ein Rabe.

Unschlüssig ging Kajetan auf und ab. Er war gerade im Begriff, den Rückweg anzutreten, als er das gedämpfte Muhen einer Kuh hörte. Er horchte auf, versuchte das Geräusch zu orten. Es war aus der Stallung hinter dem Wirtshaus gekommen.

Das Tor zwischen Wohnhaus und Stall stand offen. Zögernd betrat Kajetan die düstere Remise. Wieder rief er. Ein leises Scharren, gefolgt vom gelassenen Muhen eines Stallviehs antwortete ihm.

Kajetan verharrte einen Moment unschlüssig. Dann schob er die Türe zum Tenn des Gasthof-Traktes auf. Seine Schritte hallten auf dem Steinboden.

»Ist niemand daheim?«

Mit einem dumpfen Klacken fiel die schwere Türe hinter ihm ins Schloss. Wieder blieb er stehen, rief laut den Namen der Witwe und horchte. Nichts regte sich.

Wenn Mena Thannheiser oder eine andere Person im Haus waren, so musste sie ihn gehört haben. Erhielt er keine Antwort, so konnte dies nur bedeuten, dass er nicht willkommen war. War aber niemand im Haus, so wäre erst recht nicht angebracht, Zimmer für Zimmer abzusuchen.

Kajetan zuckte die Schultern. Glaser würde ihm keinen Vorwurf machen können. Er hatte getan, was ihm möglich war.

Er hatte die Türe hinter sich noch nicht zugezogen, als ihn ein Schwirren herumfahren ließ. Instinktiv duckte er sich, doch schon brüllte ein Schmerz durch seine Schulter. Kajetan schrie auf und schnellte herum.

Vor ihm, geduckt, die Beine angriffsbereit ausgestellt, bewaffnet mit einem schweren Knüppel, stand ein dürrer, zwergenhafter Alter mit zottigem Bart, die Züge tief gefurcht. Unter dem Gestrüpp seiner eisgrauen Brauen loderte ein hasserfüllter Blick. Kajetan hatte sich von seiner Verblüffung noch nicht erholt, als der Angreifer erneut ausholte. Kajetan machte einen Satz zur Seite, der Knüppel sirrte eine Handbreit neben seiner Schläfe vorbei.

»Bist du närrisch geworden?«, brüllte Kajetan. Wieder sauste der Knüppel um Haaresbreite an ihm vorbei.

»Ich ... erschlag euch ...«, presste der Alte zwischen seinen Zahnstummeln hervor und setzte wieder zu einem Schlag an. Kajetan unterlief seinen Hieb und stürzte sich auf ihn, um ihm den Knüppel zu entwinden. Der Alte schlug wie ein Rasender um sich. Kajetan bekam den Stock zu fassen, riss ihn seinem Angreifer mit einem Ruck aus den Händen und schleuderte ihn hinter sich. Es schien den Zorn des Verrückten nur noch mehr anzufachen. Er senkte die Schultern, hechtete mit einem unterdrückten Laut auf Kajetan, stieß ihn aus dem Stand, setzte nach und drosch mit beiden Fäusten auf ihn ein. Kajetan wehrte die Schläge ab, bis er sich endlich mit einem kräftigen Haken befreien konnte. Der Alte riss seinen Mund auf, stöhnte fast unhörbar auf und torkelte an die gegenüberliegende Wand. Die Tiere, in ihren Pferchen unruhig geworden, gaben Laut. Ihre Ketten klirrten.

Kajetan ließ die Fäuste sinken und wischte sich mit dem Handrücken über die blutende Unterlippe. Er holte keuchend Luft.

»Ist endlich Schluss?!«, schrie er. »Was hab ich dir ... –?«

Seine Stimme erstarb. Der Alte hatte einen Sapie mit beiden Händen gepackt, hielt ihn wie einen Speer, die rostschartige Spitze auf Kajetan gerichtet. Sein ausgemergeltes Gesicht war wutverzerrt. Er kam näher.

»Nein ...«, flüsterte Kajetan. Ein eisiger Schauer durchrieselte ihn. Dann, mit einem Schlag, stampfte das Blut durch seine Adern, weitete sich ein brennender Schmerz hinter seiner Stirn, wuchs an. Der Boden begann zu wanken. Vor seinen Augen flimmerte es, und plötzlich sah er sich hoch im Gebirge, am Rande eines steilen Schneebretts … sieht sich einige Schritte gehen … seine Füße sinken ein … sinken tiefer … er verliert das Gleichgewicht … das Schneebrett setzt sich unter ihm in Bewegung … er kommt ins Rutschen … fällt auf den Rücken … gleitet immer schneller in die Tiefe … immer schneller … er rast auf den Abgrund zu …

Die Tür zum Tenn krachte schmetternd an die Wand. Der Kopf des Alten flog herum.

»Dori!«, gellte eine Stimme. »Den Sapie weg!«

Kajetan atmete hechelnd und kämpfte gegen eine Welle der Übelkeit. Langsam löste sich der Schleier vor seinen Augen. Zwischen ihm und dem Verrückten stand, die Rechte befehlend ausgestreckt, die hochgewachsene Gestalt des Pfarrers.

Der Alte starrte einige Sekunden stumpf an ihr vorbei. Dann gab er ein Knurren von sich, feuerte seine Lanze zur Seite und stapfte ins Freie.

»Der … der wollt mich abstechen«, stammelte Kajetan. »Der … der hätt das glatt getan!«

Die Nasenflügel des Pfarrers bebten. Sein Gesicht war blass, seine Stirn glänzte. Dann ließ er die Schultern herabsacken und wischte sich mit dem Handrücken über die Stirn.

»Sind Sie verletzt? Hat er Ihnen was getan?«

Kajetan setzte zu einer Antwort an, doch seine Knie gaben nach. Er torkelte an die Wand und rutschte an ihr herab. Etwas krampfte sich in seinem Magen, stieg höher, ließ seine Kehle eng werden. Mit weitem Bogen kotzte er sich Angst und Panik aus dem Leib. Erst nach einer Weile bemerkte er, dass sich der Pfarrer zu ihm herabgebeugt hatte und ihm auf Rücken klopfte.

»Es ist zum Verzweifeln…«, murmelte er. Er betrachtete Kajetan besorgt und wiederholte. »Hat er Ihnen was getan?« Er hielt ihm ein Taschentuch entgegen.

Kajetan wischte sich mit zitternder Hand den Mund ab. Sein Magen hatte sich wieder beruhigt. Er schmatzte, rollte den bitteren Speichel in seinem Mund und spuckte aus. »…ich werds überstehn«, krächzte er. Er stand auf, immer noch ein wenig zitterig in den Knien.

»Gottseidank«, sagte der Pfarrer.

»Gott sei Dank?« Ein jäher Zorn überkam Kajetan: »Schmierens Ihnen Ihre Salben ins Haar! Der Mann gehört doch ins Narrenhaus! Möcht wissen, was ich ihm getan hab!« Er nickte entschlossen. »Ich zeig ihn an!«

»Ich kann Ihnen zwar versprechen, dass Derartiges nie wieder vorkommen wird. Aber ich kanns Ihnen nicht verdenken…«

Kajetan spürte, wie seine Anspannung nachzulassen begann.

»Er ist krank, oder?«

Der Pfarrer sah wie abwesend an ihm vorbei und schüttelte fast unmerklich den Kopf. »Der Dori ist verzweifelt«, sagte er. Sein Blick kehrte zu Kajetan zurück. »Was wollten Sie hier«

»Mit der Frau Thannheiser reden.«

»Sind Sie ein Bekannter von ihr?«

»Nein und ja.«

»Das darf ich wie verstehen?«

Mena Thannheiser habe ihm vor einigen Tagen das Leben gerettet, als er in der Nähe ihrer Alm abgestürzt sei, erklärte

Kajetan. Er habe sich noch einmal bedanken wollen. »Und nachdem ich das vom Tod ihres Mannes gehört hab, wollt ich ihr noch Beileid wünschen.«

Der Pfarrer hatte Kajetans Worte mit verstehendem Nicken begleitet. »Das ist gut gemeint von Ihnen. Aber Frau Thannheiser ist im Augenblick nicht in der Lage, mit Ihnen zu sprechen. Unser Herrgott hat ihr eine ungeheure, eine schicksalhafte Prüfung auferlegt. Bitte haben Sie Verständnis.«

»Dann sagen Sie mir wenigstens, warum dieser Geisteskranke mich umbringen hat wollen. Oder fällt das unter das Beichtgeheimnis?«

Der Pfarrer verneinte ernst. »Der Dori ist der letzte Vertraute von Frau Thannheiser. Er war sein Leben lang Hausknecht auf dem ›Taffern‹. An Frau Thannheiser hängt er mit abgöttischer Liebe, schon seit ihrer Kindheit.« Er nahm Kajetans fragenden Gesichtsausdruck wahr. »Nein, nicht, was Sie bei diesem Wort vermuten. Es ist die Liebe einer Art älteren Bruders, ja, fast wie die eines Vaters. Hinzu kam, dass sie der eigene Vater, der alte ›Taffern‹-Wirt, ohne es zu wollen und aus unbeholfener Sorge um ihre Zukunft, immer spüren ließ, dass sie für ihn wegen ihrer Krankheit nie ein vollwertiger Mensch sein würde. Dori hat das nie getan, und deshalb hat auch sie ihn immer geliebt.«

Kajetan hatte aufmerksam zugehört. Seine Wut und seine Anspannung lösten sich. »Aber wieso geht er auf mich los?«

»Wenn der Dori gewusst hätte, weshalb Sie gekommen sind, hätte er Sie niemals angegriffen. Seit dem Tod Herrn Thannheisers aber scheint auch er wie unter einem Schock zu stehen. Und dieser hat sich zu einer maßlosen Wut ausgewachsen, als sich schon am Tag nach diesem furchtbaren Geschehen die ersten Kaufinteressenten einfanden, sich breit und bräsig an den Tisch setzten und Frau Thannheiser in aller Gemütlichkeit das Kompliment machten, sie sei doch eine vernünftige Person und sähe deshalb gewiss ein, dass sie wegen ihrer Behinderung doch nie zur Führung des ›Taffern‹ in der Lage sein würde.«

Er machte eine Pause, in der diese Szene vor seinen Augen vorüberzuziehen schien. Kajetan sagte nichts.

»Es waren Leute, die ich jeden Sonntag auf der Kirchenbank sitzen und Frömmigkeit heucheln sehe.« In die Stimme des Priesters mischte sich ein bitterer Ton. »Ich kann Ihnen nur versichern, dass mir jede unverheiratete Magd mit drei ledigen Kindern im Herzen lieber ist als diese Pharisäer.« Aus seinen Augen blitzte Genugtuung, als er hinzufügte: »Dem Penetrantesten unter ihnen hat Dori übrigens dermaßen heimgeleuchtet, dass er noch heute seinen Arm in der Schlinge trägt.«

Kajetan erwiderte sein schmales Schmunzeln. Er rappelte sich auf, sah sich suchend nach seinem Hut um, entdeckte ihn und stülpte ihn sich über den Kopf.

»Übrigens …«, er räusperte sich. »Danke.«

»Sie können sich revanchieren«, erwiderte der Pfarrer. »Indem Sie auf die Anzeige verzichten.«

*

Die Luft in der Zellacher Kriegerkapelle war modrig und roch nach kaltem Weihrauch. Durch das trübe Glas eines schmalen Bogenfensters sickerte das graue Licht des vergehenden Tages und hauchte einen fahlen Schimmer auf die steinernen Bodenplatten.

Kajetan war gerade in die Tafel der Gefallenen vertieft, als er hinter sich die Türe der Kapelle mit einem blechernen Knall zuklappen hörte. Glaser trat an seine Seite.

»Achtundvierzig sinds«, sagte er. »Und das bei einem Dorf mit guten tausend Einwohnern.« Er gab einen verächtlichen Laut von sich. »Verreckt dafür, dass unser König sich unbedingt eingebildet hat, Belgien müsst auch noch zu Bayern gehören.«

Fröstelnd zog Kajetan seine Schultern zusammen.

»Komm.« Der Kommissar wies mit einer Kopfbewegung zum Ende des kleinen Raumes und ging voraus, steckte eine Kerze vor dem Bild einer *Mater dolorosa* auf und entzündete sie. Er trat in die vorderste Bank und bedeutete Kajetan, ihm zu folgen.

»Und?«, fragte Kajetan, nachdem er sich neben Glaser auf der Kniebank niedergelassen hatte. »Betet ein bayerischer Polizist neuerdings erst einen Rosenkranz, wenn er was aufzuklären hat?«

»Red nicht so blöd daher«, knurrte Glaser. »Fang an.«

Kajetan holte Luft. »Ich sag dir gleich als Erstes: Mir reichts. Lös deine Fälle gefälligst selber. Ich hab nimmer die Nerven dazu.«

Der Kommissar sah ihn nicht an. »Hab mir doch gleich gedacht, dass du ein Schlappschwanz bist.«

»Mir wurscht, was du denkst. Ich tu nimmer mit.«

»Werden wir dann schon sehn.«

»Werden wir nicht!«, fauchte Kajetan. »Glaser! Ich bin bei der Polizei hochkant rausgeschmissen worden, obwohl mir keiner hat nachweisen können, dass ich was verkehrt gemacht hab. Machts euern Dreck selber! Ich sehs nicht ein, dass –«

Glaser unterbrach ihn grob: »Hör endlich auf mit deinem Geplärr und fang an! Was –«

»Aber danach ist endgültig Schluss, kapiert?«

»Bin nicht taub«, zischte der Kommissar. »Red endlich: Hat der Thannheiser Feinde im Dorf gehabt?«

Kajetan stöhnte auf. Dann berichtete er: Soweit er es beurteilen könne, sei Elias Thannheiser in keine nennenswerten Streitereien verwickelt gewesen. Die eine oder andere Meinungsverschiedenheit in wirtschaftlichen Dingen mag es gegeben haben, aber keine davon hätte eine Todfeindschaft begründet. Dass er hin und wieder recht herrisch aufgetreten sein muss, habe einigen Leuten zwar nicht gefallen. Anerkannt worden sei aber, dass er den ›Taffern‹ wieder in die Höhe gebracht hätte. Besonders hoch angerechnet habe man ihm, dass er seine Frau sehr anständig behandelt habe.

»Wieso eigentlich?«, Glaser warf ihm einen verwunderten Blick zu. »Gehört sich doch erst einmal so, oder?«

»Die Frau hat sich als Kind die Kinderlähmung eingefangen, von der ihr eine Behinderung geblieben ist.«

Der Kommissar nickte gallig. »Aha. Und da ist es bei den Leuten eher normal, wenn man mit so einer nicht anständig umspringt.«

»Der Experte in ländlichem Brauchtum bist du«, lästerte Kajetan. »Vom Landleben haben wir Stadterer ja keinen Dunst.«

»Spar dir dein Geschwafel. Bei was ist der Wirt mit anderen über Kreuz gekommen?«

»Wenn ichs mir richtig zusammenreim, dann könnt sein, dass ein hiesiger Hotelbesitzer, ein Herr Mannhardt, dem früheren Besitzer vom ›Taffern‹ einmal ziemlich zugesetzt hat, weil –«

»Ist bekannt«, fiel ihm Glaser ins Wort. »Sonst noch was? Gibts irgendein politisches Gewirks im Dorf?«

Kajetan verneinte. Die Bedienung des Caféhauses hatte ihm erzählt, Elias Thannheisers Engagement beim Heimat- und Königsbund habe, von ein paar Versammlungen vor der letzten Wahl abgesehen, bestenfalls Stammtisch-Umfang gehabt. Vieles deute darauf hin, dass er damit nur Mannhardt eins auswischen wollte, weil dieser mit der Bayerischen Volkspartei und neuerdings mit den Deutschnationalen mauschele. Thannheiser solle verärgert darüber gewesen sein, dass die Nationalen in der Region immer mehr an Einfluss gewinnen würden.

»Und mit ihnen sein Konkurrent, der Mannhardt«, folgerte der Kommissar. »Also, dann scheints doch wieder auf den Kerschbaumer zuzulaufen. Hast da was rausgebracht?«

»Nicht viel. Einer beschreibt den Kerschbaumer als einen im Grunde hochanständigen Kerl, dem nie und nimmer ein Mord zuzutrauen wär. Er soll weiters einmal ein Gspusi gehabt haben, das heute in Zellach lebt.«

»Der Name?«

Er habe nachgefragt, erwiderte Kajetan, aber keine Auskunft bekommen. Sicher sei nur, dass die Frau eine Zeit lang als Dienstmagd in Schwarzberg gearbeitet hat.

»Dann ist sie uninteressant«, brummte Glaser.

»Wieso?«

»Weil die Mena Thannheiser die Erbin des ›Taffern‹-Wirts gewesen ist. So eine verdingt sich nicht woanders.«

Kajetan sah ihn erstaunt an. »Sag bloß, du hast sie in Verdacht gehabt, dass –?«

»Wieso nicht? Witwen profitieren vom Tod ihres Mannes, materiell gesehen. Was ist, wenn sie uns ein Theater vorspielt? Kennt einer von uns sie so gut, dass das ausgeschlossen werden kann?«

Kajetan nickte zögernd. Dann erzählte er von der Nacht, die er auf dem Etterkaser zubrachte. Mena Thannheiser habe ihm das Leben gerettet.

»Aber trotzdem«, meinte Glaser. »Wenn sie diejenige gewesen wär, die den Kerschbaumer mit Essen versorgt hat, dann hätt die Geschicht doch gleich ganz anders ausgeschaut, oder?« Er rieb sich den Nacken. »Aber vergessen wirs. Hast noch was zum Kerschbaumer rausgekriegt, was uns weiterbringen könnt?«

Kajetan zögerte einen Augenblick, entschied sich aber schließlich, Glaser reinen Wein einzuschenken. Er habe den Mann auf der Alm, wo er sich versteckt gehalten hatte, getroffen. Am Tag, an dem der Thannheiser umgebracht worden ist.

»Und das sagst erst jetzt?!«, brauste Glaser auf. »Der Kerschbaumer hätt ein Alibi gehabt? Bloß um dich selber nicht verdächtig zu machen, hast es ihm nicht gegeben? Weißt du, was du bist? Du bist –«

»Halt deine dumme Goschen!«, zischte Kajetan ärgerlich zurück. »Ich bin abgestürzt und hab tatsächlich einige Zeit keine Erinnerung mehr gehabt! Wie du mich damals vernommen hast, war er außerdem noch überhaupt nicht in Verdacht, den Thannheiser umgebracht zu haben. Und ein Alibi hätt er damit auch nicht gehabt. Der Wirt ist vormittags gestorben, ich bin erst am Nachmittag zum Lackenkaser gekommen.«

Glaser sah es ein. »Deswegen brauchst nicht gleich wieder den Beleidigten spielen«, lenkte er ein. »Sag mir lieber, was der Kerschbaumer dir da erzählt hat.«

»Dass er kein Mörder und unschuldig ist. Und, dass er über die Grenz möchte, aber –«

»– wegen seinem gebrochenen Fuß nicht weiterkommt. Jaja. Ist das alles?«

Kajetan berichtete, er habe bei einigen Leuten noch ein wenig zu bohren versucht, ob die Thannheiserische Ehe tatsächlich so harmonisch gewesen sei, wie es allenthalben geschildert wurde. Doch bis auf gelegentliche und eher harmlose Meinungsverschiedenheiten, wie sie überall vorkämen, habe er nichts Gegenteiliges gehört. Lediglich im Gespräch mit der ehemaligen Wirtschafterin habe er sich des Eindrucks nicht erwehren können, dass es vielleicht doch Probleme gegeben haben könnte.

»Vielleicht war eine auf die andere eifersüchtig?«, überlegte der Kommissar.

Könnte sein, räumte Kajetan ein. Aber er glaube es eher nicht. Die Wirtschafterin habe auf ihn den Eindruck einer nüchternen und selbstbewussten Frau gemacht. Wäre sie in den Wirt verliebt gewesen, hätte sie es ihm zu verstehen gegeben und bei einer Abfuhr sofort ihre Koffer gepackt.

»Der Tod vom Thannheiser hat ihr auch keinen Vorteil gebracht, im Gegenteil«, ergänzte Glaser. »Außerdem hat sie ein Alibi, genauso wie übrigens auch der Hausknecht. Bleibt eigentlich bloß noch der Pfarrer, der mir übrigens ziemlich aufgedreht vorkommt. Dass die Mena Thannheiser nur noch mit ihm redet, leuchtet mir zwar ein, aber sie scheint sich ja direkt unter seinem Kittel verkrochen zu haben.«

»Muss zugeben, dass ich an dem Punkt parteiisch bin, Glaser. Wenn der Pfarrer nicht dazwischengegangen wär, hättst jetzt die dritte Leich im Dorf. Mein Gespür sagt mir außerdem, dass er kein Falscher ist.«

»Bleib mir daheim mit deinem Gespür«, knurrte der Kommissar. »Gibts noch was?«

Kajetan verneinte. Glaser fluchte leise.

»In dir hab ich mich ja sauber getäuscht, du Großmaul.«

»Ah? Und was hat ein gewisser Meisterpolizist – möcht jetzt keinen Namen nennen, aber fängt mit ›G‹ an und hört mit ›laser‹ auf – so viel mehr rausgekriegt? Andere blöd anreden kann er, aber selber bringt er nichts zustand! Was hast überhaupt den ganzen Tag getan? Ich darf mich fast abstechen lassen, und du –!«

»Wenn du dich auch so blöd anstellst? Aber wenns dich interessiert: Ich hab mir unter anderem den Mannhardt vorgeknöpft!« Er gab einen angewiderten Laut von sich. »Ein paar mehr von der Sorte, dann krepier ich auch bald! Nämlich an der Gallen!«

»Und?«

»Nichts. Ist zwar ein schmieriger Kunt, unsympathisch bis dortnaus, bringt aber keinen um. Vögel wie der haben andere Tricks, wie sie die Leut ausschmieren. Da ein Gerüchterl streuen, dort einem wichtigen Menschen ein paar Scheine in den Arsch schieben…« Nachdenklich fügte er hinzu: »Was mich bloß gewundert hat, ist, dass er so auf dem Zellacher Pfarrer rumgehackt hat. Hat gleich gar nimmer aufhören wollen damit.« Eine Bemerkung erwartend, warf er Kajetan einen fragenden Blick zu.

Dieser zuckte stumm die Schultern. Er richtete sich auf und stemmte sich aus der Bank. »Wir habens dann, oder? Ich muss fort.«

»Nein!«, raunzte der Kommissar. »Du gehst, wenn ich es dir sag, kapiert?«

»Ich hab getan, was ich hab tun können, Glaser! Jetzt ist

Schluss! Ich hab andere Sorgen wie die, einem begriffsstutzigen Kommissar unter die Arm zu greifen! Du weißt ganz genau, warum ich da bin!«

Glaser deutete mit einer befehlenden Kopfbewegung auf die Kniebank. »Ich muss unbedingt noch was von dir wissen, Kajetan. Dann kannst dahin gehen, wo der Pfeffer wächst.«

»Dann red endlich.«

Der Kommissar legte seine Linke auf die Betbank und sah zu Kajetan auf. »Du hast mir doch gesagt, dass du bei der jungen Thannheiserin auf der Alm übernachtet hast, nachdem du abgestürzt bist. Ist dir da was aufgefallen?«

Kajetan überlegte. »Sie … sie hat eigentlich ganz ruhig gewirkt. Ist ernst und zurückhaltend gewesen, fast ein bisserl … ja, traumhappig. Würd sagen, dass sie ein Mensch ist, der viel in sich gründelt, keinen an sich ranlassen möchte, und erst recht keinen in sich reinschauen.«

»Wie hats im Etterkaser ausgeschaut?«, bohrte Glaser weiter.

Kajetan versuchte sich zu erinnern. »Sauber … ja, ziemlich sauber. Und ordentlich, nichts ist herumgestanden, alles ist aufgeräumt gewesen, war da, wos hingehört …«

»Nichts hat herumgestanden? Auch nicht irgendwelche abgeschnittenen Astgabeln, gefärbte Holzspreißel oder Spän, Girlandenzeugs, Bändl oder so was?«

»So was schon gleich gar nicht.« Kajetan fügt ein nachdrückliches Nicken hinzu.

»Bist sicher? Auch keine Fichtenäst?«

»Wenn ichs dir sag.«

Glaser kniff seine Lider zusammen. Nachdenklich wanderte sein Blick über Kajetans Gesicht.

»Naja«, sagte er schließlich verächtlich. »Ist also doch

nicht so weit her mit dem besten Polizisten von ganz München. Hab mirs ja gleich dacht.« Er erhob sich ächzend. »Ihr da droben kochts auch bloß mit Wasser.«

»Musst es ja wissen«, sagte Kajetan ärgerlich. »Wenn ich jedenfalls einmal einen Gefangenen bewachen hab müssen, ist der am nächsten Tag noch lebendig gewesen.«

Er legte die Hand an die Schläfe zu einem stummen Gruß und wandte sich zum Ausgang.

Glaser war müde. »Hau ab. Und wenn du auch bloß einem einzigen Menschen was davon erzählst, dass ich dich hab laufen lassen, dann weißt, was dir blüht, verstanden?«

Er stand auf, trat aus der Gebetsbank, drehte sich zum Altarbild und deutete einen Kniefall an. Kajetan war bereits vorausgegangen und drückte die schwere Tür auf.

Die Nacht war bereits hereingebrochen. Ein scharfer Wind trieb Nebelschwaden über den menschenleeren Kirchplatz. Kajetan schlug den Kragen hoch und wollte losmarschieren, als er in seinem Rücken Glaser leise seinen Namen rufen hörte, dann dessen Hand spürte, die ihn in den Schatten der Türlaibung zurückzog. Ärgerlich wollte sich Kajetan aus dem Griff des Kommissars befreien.

»Da!« Glaser wies mit einer Kopfbewegung zum Pfarrhof.

Soeben war der geschlossene Gäste-Landauer des »Taffern« auf den Kirchplatz eingebogen. Er hielt vor der unbeleuchteten Fassade des Pfarrhauses.

»Der auf dem Kutschbock ist der alte Knecht«, flüsterte Kajetan.

»Maul halten«, raunte Glaser.

Der Pfarrer sprang heraus, umrundete den Wagen und öffnete den Verschlag der Kutsche. Er half einer schmalen, verschleierten Gestalt beim Aussteigen. Die beiden sprachen leise und drängend miteinander, ihre Worte waren nicht zu verstehen. Der Pfarrer holte einen Koffer aus der Kutsche, stürzte die Stufen zum Eingang empor und schloss die Pforte auf. Nervös mit der Hand wedelnd, trieb er die Verschleierte zur Eile an. Sekunden später waren beide im Haus verschwunden. Der Schlüssel drehte sich knirschend. Der Zweispänner setzte sich wieder in Bewegung und verschwand in der Dunkelheit.

Die beiden Männer glotzten sich an. Glaser fand als Erster seine Sprache wieder. Er sah zum Pfarrhaus empor. Im ersten Stock bleckte jetzt Licht aus einem Fenster. Die Vorhänge waren zugezogen. »Die Thannheiserin und der Pfaff…«, sagte er leise. »Jetzt wirds Tag…«

Kajetan sah ihn an. »Kapierst du das?«, flüsterte er.

Glaser sah noch immer unverwandt auf den Pfarrhof. »Nein…«, sagte er. »Aber manchmal kapiert eins was bloß deswegen nicht, weil es eins nicht kapiern möcht.«

»Ja«, sagte Kajetan. »Aber ich muss jetzt weiter.«

»Dann verzieh dich endlich, du Maulheld.«

*

Jachenau

Polizeirat Trattner wusste, dass er sich jetzt am Riemen reißen musste. Er durfte nicht alle Welt sehen lassen, wie es in ihm jauchzte. Wann überhaupt hatte es das zuletzt in seinem Leben gegeben, dieses Gefühl tiefster Zufriedenheit? Es war lange her.

Er ergriff die ihm unter dünnem Geschmeideklimpern dargebotene Hand der Gastgeberin, verbeugte sich schwungvoll, hauchte einen angedeuteten Kuss ins Nichts. »Es war ein unvergeßlicher Tag, Gnädigste! Meinen allerherzlichsten Dank.«

Frau Direktor sandte einen entzückten Blick zu ihrem Gatten. Trattner schnellte wieder in die Gerade. »Und auch Ihnen, lieber Herr Direktor, meinen herzlichsten Dank.«

Den Mund des Gastgebers umspielte ein sattes Lächeln. Er wippte seinen fülligen Körper auf den Sohlen. »Es war uns ein Vergnügen, Herr Doktor!«

»Beehren Sie uns bald wieder!«, sekundierte seine Gattin säuselnd.

»Wie gerne«, rief der Polizeirat. »Sie wohnen ja hier wirklich wie …« Er unterbrach sich, als suche er nach Worten, drehte sich um und schwang seine Rechte schwärmerisch über das vor ihnen liegende Gebirgspanorama, dessen Zinnen noch im letzten Licht der untergegangenen Sonne glühten. »… wie im Paradies! Ach! Würde es meine Tätigkeit nur öfter zulassen, dass ich Ihren Einladungen folgen könnte.«

Die Kommerzienrätin seufzte teilnahmsvoll. Sie wollte zu einer tröstenden Bemerkung ansetzen, als sie einen weiteren Gast erspähte und nach hinten eilte. Sie winkte. »Auf Wiedersehn, Herr Doktor!«

Trattner erwiderte ihren Abschiedsgruß und legte die Hand an die Schläfe.

»Herr Generaldirektor! Auf Bälde!«

»Mit dem allergrößten Vergnügen, Herr Doktor!« Der Gastgeber hob schlaff die Hand auf halbe Höhe. »Kommen Sie gut nach Hause. Und achten Sie auf das Wild, ja?«

Der Polizeirat versprach es. Er trabte behände die Treppen

der Jagdvilla hinab, spürte seine schmerzenden Knie nicht mehr, die ihm fast den ganzen Tag zu schaffen gemacht hatten, und stiefelte beschwingt über den von rauchenden Fackeln beleuchteten Kies des Vorplatzes.

Kommissar Amrainer warf seinen Zigarettenstummel zu Boden, öffnete die Tür zum Fond der Amtslimousine und nahm Haltung an. Trattner warf noch einen letzten Blick auf die Jagdvilla, deren hell erleuchtete Fenster in den Abend strahlten. Obergruppenführer Schneidberger machte gerade der wieder sichtlich bewegten Dame des Hauses zackige Honneurs.

»Herr Obergruppenführer!«, rief er über den Platz. Schneidberger reckte sich und spähte ins Dunkel.

»Sie brechen ebenfalls bereits auf, Herr Obergruppenführer? Müssen Sie noch in die Parteizentrale? Ich käme direkt daran vorbei! Wir könnten noch ein wenig plaudern!«

Trattner konnte das erfreute Gesicht des Obergruppenführers im Gegenlicht ausmachen. Schneidberger hob die Hand zu einer bedauernden Geste.

»Zu gerne, Herr Doktor! Aber ich habe noch eine wichtige dienstliche Angelegenheit in Garmisch zu erledigen! Besten Dank! Kommen Sie gut nach Hause! – Wir sehen uns!«

Trattner winkte komplizenhaft zum Abschied und ließ sich auf die weiche Sitzbank fallen.

»Los, Amrainer!«, befahl er aufgeräumt. »Und machen Sie ein wenig Tempo, ja? Ich habe noch Wichtiges in der Direktion zu erledigen!«

Der Motor schnurrte los, die blanken Scheinwerfer leuchteten einen Halbkreis aus, dann bog der Wagen in die Landstraße ein. Der Polizeirat sah ein letztes Mal zurück. Die Villa versank hinter ihm im Dunkel der Nacht.

Der Polizeirat rekelte sich gelöst im Sitz. Ja, es waren nicht nur höfliche Floskeln gewesen, mit denen er seine Gastgeber zum Abschied bedacht hatte. Der Tag in der Jachenau war einfach herrlich gewesen. Und was seine Pläne betraf, ein voller Erfolg. Sicher, während der Jagd war er ein wenig außer Atem geraten, je nun, mit vierzig war man eben kein unbeschwerter Springinsfeld mehr. Aber das war eben der Preis.

»Na, Amrainer?«, rief er leutselig nach vorne. »Langer Tag heut für Sie gewesen, was? Werden sich gelangweilt haben.«

Der Kommissar wandte ihm kurz sein Profil zu. Keinesfalls, beteuerte er. Man sei sehr großzügig gewesen, habe ihn sogar zum Nachmittagskaffee in der Küche eingeladen.

»Ach! Schön!«

»Sehr schön, ja.« Amrainer dachte an das schwarzhaarige Küchenmädchen mit den versprechenden Augen. Herrgott, waren diese Landweiber gut gestellt, anders als die schwindsüchtigen Gerüste im »Regina« oder im »Odeon« … dieser Busen, diese Hüften, da hatte einer doch noch was in der Hand … er musste sie wiedersehen!

Das Fahrgeräusch lullte den Polizeirat wohlig ein. Er ließ den Tag Revue passieren.

Die Empfehlung des Obergruppenführers, der Einladung zur Jagd zu folgen, war ein glänzender Schachzug gewesen. Die Teilnehmer waren bedeutende, dem Führer nahe stehende Persönlichkeiten.

Und es hatte sich auch wieder eine, wenn auch nur kurze Gelegenheit zu einem vertraulichen Gespräch mit dem Obergruppenführer ergeben. Er habe den Führer informiert, hatte Schneidberger berichtet. Wie nicht anders zu erwarten gewesen sei, habe dieser sich angewidert gezeigt. Zu Deutsch:

Von Schnitzler sei so gut wie aus dem Rennen, sein unsoldatisches Verhalten werde darüber hinaus Konsequenzen haben. Der Führer habe zwar noch nicht zu erkennen gegeben, wie er sich zu entscheiden gedenke, sich aber über die Arbeit der Politischen Polizei lobend geäußert:

»Solche Männer brauchen wir!«

»Was habens gsagt?«, hörte Trattner die Stimme des Fahrers.

Er fühlte sich ertappt. »Nichts, Amrainer« sagte er schnell. »Ich spreche manchmal mit mir.«

Der Kommissar lachte pflichtschuldig und sah wieder nach vorne. Der Motor brummte gleichmäßig. Die Scheinwerfer bohrten sich durch die klare Nacht.

Trattner betrachtete sein Bild in der Spiegelung des Fensters. Er gefiel sich. Wieder überschwemmte ihn ein Hochgefühl. Er stand kurz davor, die Früchte seiner Mühen zu ernten. Jawohl, *Mühen*! Schließlich ging er noch immer ein enormes Risiko ein, wenn er den Apparat der Politischen Polizei den Nationalsozialisten bereitstellte. Man konnte es drehen und wenden wie man wollte: Er hatte sich nun einmal auf die Republik vereidigen lassen. Die Republik und nicht die Partei war es, die ihm sein Salär und – nicht zu vergessen! – seine Pension als hohem Staatsbeamten garantierte. Sicher, die nationale Bewegung war nicht mehr aufzuhalten. Aber noch waren deren Wahlergebnisse bescheiden, noch gaben in Berlin die Sozialdemokraten den Ton an, noch war es nicht opportun, sich aus der Deckung zu wagen.

Als ihn jedoch Obergruppenführer Schneidberger vor einigen Wochen beiseite genommen und ihm dargelegt hatte, dass die Partei zu einer – wie er sich ausdrückte – formal gesehen sicherlich ein wenig *außerrechtlichen*, im Interesse der nationalen Sache jedoch zwingend gerechtfertigten Notwehrmaßnahme hatte greifen müssen, hatte er Verständnis aufgebracht. Es durfte schließlich nicht sein, dass der Ruf des Führers mutwillig beschädigt würde. Der Mann, der dies partout nicht einsehen wollte und drauf und dran war, Lügen über die soldatischen Verdienste des Führers zu verbreiten, hatte unschädlich gemacht werden müssen. Was Agenten der Partei auch entschlossen erledigten. Die Liquidierung des Unruhestifters hatte man als Selbstmord kaschiert.

Weil die Sache aber, wie Trattner fand, ärgerlich unprofessionell durchgeführt worden war, drohte sie heikel zu werden. Er hatte zunächst die bewährten Methoden praktiziert, um die Ermittlungen der Kripo mit dem üblichen Repertoire (verlegte Akten, lückenhafte Beweise, gezielte Auswahl willfähriger Gutachter, wenn nötig, *Behandlung* uneinsichtiger Augenzeugen) aufs tote Gleis zu schieben.

Bald aber hatte Trattner sich eingestehen müssen, dass er das Maul beinahe zu voll genommen hatte. Ein junger Beamter der Kriminalabteilung drohte auszuscheren, gab sich mit den Ermittlungsergebnissen nicht zufrieden, zweifelte den vermeintlichen Selbstmord an. Es hatte nichts gefruchtet, ihm den Fall zu entziehen – er hatte, welch empörende Disziplinlosigkeit, weiter ermittelt! Erst in letzter Sekunde konnte er nachdrücklich zur Räson gebracht werden. Die Erleichterung des Polizeirats währte jedoch nur kurz. Denn plötzlich tauchte wie aus dem Nichts ein abgehalfterter Detektiv namens Paul Kajetan auf, der offensichtlich drauf und dran war, die Beteiligung von Partei und Politischer Polizei an der Ermordung des Barons von Marain herauszufinden! Dieser Kajetan als Kronzeuge – ein Albtraum! Er musste ausgeschaltet werden!

Trattner war gehörig ins Schwitzen gekommen, hatte schlaflose Nächte durchlitten. Bis ihm endlich die erlösende Nachricht überbracht wurde, dass auch diese Gefahr beseitigt war: Die Leiche des Detektivs war in einer Kiesgrube im Münchner Westen aufgefunden worden. Zwar war der Körper bis zur Unkenntlichkeit verstümmelt, doch noch leserliche Dokumente hatten ihn als den lästigen Schnüffler ausgewiesen.

Trattner konnte aufatmen. Damals gönnte er sich sogar ein Gläschen Sekt, was er sonst nie tat. Er hasste Alkohol, verachtete alles, was den gesunden Organismus schwächen könnte, hielt auf Disziplin.

Doch dann geschah vor einigen Tagen das Ungeheuerliche: Aus einer kleinen Gendarmeriestation in den Bergen traf eine Überprüfungsanfrage ein. Die Meldestelle war irritiert gewesen und hatte sich bei der Kripo erkundigt, wo glücklicherweise ein misstrauischer Beamter sofort geschaltet hatte. Es war Trattner heiß und kalt über den Rücken gelaufen, als er erkennen musste, dass er sich wieder zu früh gefreut hatte: Dieser Paul Kajetan schien doch noch am Leben zu sein! Irgendwo im Oberland, in der Nähe der Grenze. Natürlich, der Bursche hatte ins Ausland fliehen wollen! Wie viel Leben hatte dieser Kretin eigentlich?

Würde ihn dieser Albtraum bis ans Ende seines Lebens verfolgen? Und musste dieser Schweinehund ausgerechnet jetzt auftauchen, wo Trattner vor der Krönung seiner Karriere stand? Die Presse der Vaterlandsverräter würde sich schäumend auf ihn stürzen, das Reichsjustizministerium sich einmischen, die Ermittlungen im Fall von Marains, vielleicht sogar die in der Sache Schöttl würden wieder aufgenommen werden! Trattner wäre erledigt gewesen. Als Beamter, aber auch für die Partei. Versager liebte man dort nicht. Wo liebte man sie überhaupt?

Der Polizeirat wusste, dass er nun sofort etwas unternehmen musste. Noch waren nicht alle Abteilungen der Landespolizei auf Parteilinie gebracht, und gerade bei der Kriminalpolizei gab es noch immer unzuverlässige Elemente, denen zuzutrauen war, dass sie auf die Interessen der Partei keine Rücksicht nehmen würden. In fieberhafter Eile hatte er einen Plan geschmiedet, seine Kontakte aus Freikorps-Zeiten ins Oberland aktiviert, Instruktionen herausgegeben.

Keine Frage war, dass er die Einladung zu diesem Jagdausflug nicht ausschlagen durfte; der Obergruppenführer hatte ihm die Wichtigkeit dieses Treffens eindringlich vermittelt. Trattner verdonnerte Kommissar Amrainer, ihn ins Gebirge zu chauffieren und tagsüber Kontakt zu seinen Verbindungsmännern zu halten. Als die Jagdgesellschaft zurückkehrte, reichte ihm Amrainer endlich die erlösende Nachricht. Trattners Stift zitterte, als er sie dechiffrierte: *Zielperson ermittelt. Exekution bevorstehend.*

Trattner schloss erlöst die Augen.

Alles würde gut werden.

Die Straße hatte das Ende des Hochtals erreicht und senkte sich in die Schlucht. Dunkles Gehölz flog vor den Wagenfenstern vorbei.

Das verblüffte ›Oh?‹ des Fahrers war die letzte menschliche Äußerung, die Trattner in seinem Leben vernahm. Der Wagen schoss an der nächsten Kurve ungebremst geradeaus weiter, durchbrach mit ohrenbetäubendem Krachen die hölzerne Seitenbegrenzung, prallte frontal auf einen Felsblock, überschlug sich zweimal, geborstene Äste und prasselndes Gestein mit sich reißend, und stürzte, schon jetzt ein grotesk flatterndes Gebilde aus zerbeultem Blech, zersplittertem Glas und blutend aufgerissenen und verrenkten Körpern, in freiem Fall in die Tiefe. Ein stumpfes ›Tock‹ ertönte, brach sich an den Felswänden. Dann herrschte Stille. Nach einer Weile glosten Flammen durch die Finstnis. Sie breiteten sich rasch aus.

*

Zellach

Kajetan hatte sich früh schlafen gelegt. Für das, was er vorhatte, musste er ausgeruht sein. Während des Tages hatte er immer wieder über verschiedene Pläne nachgegrübelt, bis er endlich zu einer Entscheidung gekommen war. Darauf, dass der Peterbauer irgendwann eine Lösung gefunden haben würde, konnte er nicht mehr warten.

Er würde sich nach Mitternacht aus dem Haus stehlen und zur Hauptstraße Richtung Norden marschieren. Niemand würde ihn dabei sehen, nachts gab es auf dieser Route so gut wie keinen Verkehr, und vor jedem Fahrzeug könnte er sich rechtzeitig in die Büsche schlagen, wenn er dessen Scheinwerfer von Weitem wahrnehmen würde. Bereits in der Kreisstadt würde er schon nicht mehr auffallen. Von da an musste er sich durch das Alpenvorland zum Bregenzer Wald und zur Schweizer Grenze durchschlagen.

Er würde es schaffen. Etwas anderes blieb ihm nicht übrig.

Er schloss die Augen und versuchte, seinen Atem zu kontrollieren. Der Schlaf wollte nicht kommen. Er richtete sich auf, wanderte in der Kammer umher, sah durch das Fenster in die mondhelle Nacht, legte sich wieder auf das Bett. Mit einem Schlag schüttelte ihn wieder die Angst vor der ungewissen Zukunft, fühlte er sich gelähmt und beunruhigt zugleich. Kaum hatte er die Augen geschlossen, drängte auch wieder dieses Bild heran: Wie er oben im Gebirge stand… einsamer als der letzte Mensch nach einer Weltenkatastrophe… inmitten eines Schneefeldes, das nun unter ihm wegbrach und ihn in die Tiefe rutschen ließ… schneller, immer schneller auf den Abgrund zu. Er musste die Augen wieder öffnen und durchatmen, bis das Tosen in seinen Ohren endlich abklang und nach einer Weile das beruhigende Glucksen des Baches hinter dem Haus zu hören war.

Es war zuerst nur ein feines, silbernes Klimpern, das ihn aufhorchen ließ.

Es war vom Fenster gekommen. Kajetan richtete sich auf und lauschte mit angehaltenem Atem in die Stille. Er wollte sich schon wieder auf das Kissen zurückfallen lassen, als das Geräusch wieder ertönte, und darauf gleich noch einmal. Jetzt war er hellwach. Kein Zweifel – jemand hatte Kiesel gegen die Scheibe geworfen. Wer konnte es sein? Der Peterbauer?

Kajetan wand sich aus dem Bett, öffnete das Fenster und spähte in die Dunkelheit hinaus.

»Ssst!«, hörte er.

Am Bachufer wenige Meter unter ihm, mit dem Schattendunkel der Uferweiden verschmolzen, stand eine Gestalt. Sie winkte mit weit ausholender Bewegung. »Komm runter!«, rief eine gepresste Stimme. »Der Peterbauer schickt mich!«

Mit fliegenden Bewegungen schlüpfte Kajetan in seine Jacke, packte seinen Rucksack, legte einen Geldschein auf den Nachttisch und schlich aus dem Haus.

Kriminalassistent Nossak löste sich aus dem Schatten und sah sich forschend um. Bevor Kajetan etwas sagen konnte, flüsterte er: »Du musst sofort abhauen. Der Glaser hat vor, dich gleich morgen in der Früh zu verhaften. Hab mitgehört, wie er auf München telefoniert hat.«

»Nein!«, flüsterte Kajetan.

»Wenn ichs dir sag!«, raunte Nossak. »Du kennst ihn nicht. Der ist eine ganz linke Sau! Spekuliert auf seine Beförderung.« Er winkte ungeduldig. »Komm endlich. Wir bringen dich über die Grenz.«

Er winkte und lief geduckt voraus. Kajetan trabte benommen hinterher.

»Du … und der Peterbauer?«, stotterte er. »Ihr … ihr seids …?«

»Was denn sonst?«, gab Nossak leise zurück. »Kameraden halten eben zusammen!« Er deutete zu einem Steg. »Wir müssen ums Dorf rumgehen. Auf der Hauptstraß könnt uns wer sehen.«

Kajetan nickte und folgte Nossak über den Bach. Der Assistent trieb zur Eile. Er streckte die Hand aus: »Da rauf! Der Weg macht hinter dem Wald eine Kehre und kommt dann direkt auf die Grenzstraß! Da wartet der Peterbauer auf dich.«

Nach wenigen Minuten hatten sie das Dorf hinter sich gelassen. Der Schotterweg wand sich ein Waldstück empor. Trockenes Laub knirschte unter ihren Tritten. Immer wieder sah sich Nossak sichernd um. Das Rauschen eines Wasserlaufs nahm zu. Der Assistent beschleunigte seine Schritte.

Im Licht des Mondes schimmerte eine Holzbrücke durch das Geäst. Das Tosen des Baches wurde stärker. Kajetan erinnerte sich, dass er diesen Weg vor zwei Tagen entlanggegangen war. Unter der Brücke zwängte sich der Bach durch eine Felsenkluft, stürzte über einen haushohen Wasserfall und bildete darunter einen schäumenden Gumpen.

»Schlaf nicht ein!«, drängte Nossak.

Kajetan konzentrierte sich auf den Weg zu seinen Füßen. Seine Gedanken purzelten noch immer wild durcheinander. Der Peterbauer und der junge Polizist waren Verbündete? Und wie hatte er sich nur derart in Glaser täuschen können?

Plötzlich bemerkte er, dass sich Nossak einige Schritte zurückfallen hatte lassen.

Eine plötzliche Ahnung jagte ihm einen Schauder über den Rücken. Im gleichen Augenblick hörte er ein metallisches Klicken hinter sich. Er schwenkte herum.

Der Assistent stand wie angewurzelt, die Pistole in der Hand. Er lauschte angespannt in die Dunkelheit.

»Ich bild mir ein, ich hätt da hinten was gehört!«, flüsterte er. »Ich trau dem Glaser nicht. Die Drecksau bringts glatt fertig und schleicht uns nach. Vielleicht hat er mich gehört, wie ich aus dem Haus bin!« Er machte eine befehlende Geste. »Geh du schon weiter! Dem Weg nach!«

»Aber ich hör nichts«, raunte Kajetan.

»Sollst weitergehn, hab ich gesagt! Wir dürfen keine Zeit verlieren.«

Kajetan ging zögernd rückwärts. Seine Muskeln spannten sich. Neben ihm orgelte der Bachlauf. »Gehen sollst du! Herrgottzack! Schneller! Der Peterbauer kann nicht ewig auf dich warten!«, zischte Nossak.

Kajetans Puls jagte. Er ging einen Schritt auf seinen Begleiter zu. »Bevor ichs nachher vergess, Nossak«, sagte er leise, »ihr müsst unbedingt die Parole ändern, hörst?«

»Was?« Nossaks Gesicht stand dunkel gegen das Licht des Mondes.

Kajetan näherte sich geduckt. »Der Glaser hat sie irgendwie rausgekriegt. Er weiß, dass es ›Spartakus‹ ist. Ihr müsst es unbedingt ändern, verstehst?«

»In Ordnung«, gab Nossak nach kurzem Überlegen zurück. »Ich gebs den Genossen weiter. Aber jetzt geh endlich –«

Kajetan schnellte auf ihn zu, krallte seine Rechte in die Pistolenhand seines Gegners, drückte sie mit einem Ruck nach unten und drehte sie, bis die Waffe zu Boden fiel. Nossak schrie auf und taumelte zurück. Bevor Kajetan nachsetzen konnte, fand er seinen Stand wieder, wehrte Kajetans Kinnhaken ab und parierte mit einem wuchtigen Schwinger. Kajetan torkelte einige Schritte zurück, stolperte über eine Wurzel und fiel auf den Rücken. Nossak stürzte sich auf seine Pistole, hechtete mit einem Satz hinter Kajetan und presste die Mündung der Waffe an dessen Schläfe.

»Na gut«, keuchte er. »Dann ist jetzt eben Schluss mit dem Theater.« Er packte Kajetans Schulter und versuchte, ihn emporzuziehen. »Los! Auf!«

Kajetan machte sich steif. »Dann schieß halt…«, ächzte er.

»Bin ich ein Narr?«, höhnte Nossak. »Damit fünf Minuten später das ganze Dorf wach ist? Und der Trottel von Glaser mittendrin?« Wieder zerrte er am Stoff von Kajetans Jacke. »Wer sagt außerdem, dass ich dich umlegen möcht? Vielleicht wollen auch bloß ein paar Leut mit dir reden?« Er schob seine Linke unter die Achsel des Liegenden und zog ihn mit einem Ruck hoch. »Wenn du allerdings noch einmal probierst, mich aufs Kreuz zu legen, dann schieß ich dir die Knie ab, kapiert?«

Er hievte Kajetan in die Gerade und begann, ihn in die Richtung der Schluchtbrücke zu schleifen.

Im gleichen Augenblick drang eine befehlende Stimme an sein Ohr.

»Nossak! Pistole weg und Händ in die Höh!«

Der Assistent wirbelte herum, presste seinen linken Oberarm um Kajetans Hals. Kajetan spürte die Mündung an seiner Schläfe.

»Wenn du herkommst, ist er tot!«, schrie Nossak.

»Einen besseren Gefallen könntst mir gar nicht tun, du Trottel! Dann hast keine Deckung mehr!«

Nossak atmete keuchend. »Zurück, Glaser!«, gellte er. Er bebte am ganzen Körper. »Ich schieß!«

»Gibs auf!«, rief der Kommissar. »Ich sags nicht noch mal! Pistole weg, Händ in die Höh!«

Nossak verstärkte den Druck um Kajetans Hals. »Ich schieß, Glaser! Ich mach kein Witz!« Er versuchte, Kajetan in die Richtung des Baches zu schleifen.

»Gibs auf, Nossak! Du kommst nimmer raus, so oder so! Beim Kerschbaumer kannst dem Richter vielleicht noch weismachen, dass du ein blöder Bub gewesen bist, der sich hat anstiften lassen. Aber wenn du jetzt noch einen Zweiten umbringst, dann gibts eine Kopfrasur in Stadelheim! Aber so weit wirds gar nicht kommen. Kennst es ja, unser ungeschriebenes Gesetz: Wer auf einen Polizisten anlegt, ist tot.«

»Glaser! Hör mir zu«, krächzte Nossak. »Der Sauhund gehört uns! Er ist zum Tod verurteilt worden! Er ist … ein Verräter an der nationalen Sach! Sei gescheit, Glaser! Wir sind doch Kollegen! Wenn du mich –«

»Kollegen?!«

»Ich hab den Auftrag von ganz oben! Wenn du mich behinderst, gehts dir auch an den Kragen!«

Kajetan Puls ruckte. Er rollte seine Augen zu Nossak. Der Druck auf seinen Hals verstärkte sich.

»Vielleicht, Nossak. Aber vorher bist du dran!« Der Kommissar trat einen Schritt vor, die Pistole im Anschlag. »Zum letzten Mal! Ich verhafte dich wegen Mordes an Philipp Kerschbaumer. Pistole fallen lassen und Händ rauf!«

»Bleib stehn!!«, heulte Nossak auf. »Ich drück ab!«

Der Kommissar lachte gehässig. »Mit was denn, du Narr? Für wie blöd hältst mich eigentlich?« Ohne seinen Gegner aus den Augen zu lassen, griff er in seine Manteltasche. »Was meinst, was das ist, Nossak?« In seiner ausgestreckten Hand blinkten Patronen. »Ich sags dir: Die sind in deinem Magazin gewesen. Ich habs rausgenommen, seit ich dich in Verdacht hab!«

Kajetan fühlte, wie sich der Druck der Pistolenmündung für den Bruchteil einer Sekunde lockerte. Er ließ sich blitzschnell hinabsacken und stieß gleichzeitig mit seiner Rechten nach oben. Drei rasch aufeinanderfolgende Schüsse donnerten, und ein grelles Sirren schwirrte durch die Luft. Kajetan spürte einen Schlag. Es wurde schwarz um ihn.

*

Kajetan träumte. Er schlummerte in einer sacht schaukelnden Wiege, umsummt von einer mütterlichen Melodie. Wärme durchströmte ihn, Gesichter schwammen an ihm vorbei, einige kamen ihm bekannt vor, sie lächelten ihm zu oder betrachteten ihn mit liebevoller Besorgnis.

Eines davon kehrte immer wieder. Ein Gefühl des Widerwillens begann in Kajetans Traum zu sickern. Das melodische Summen wich einem hellen Rauschen. Wieder tauchte dieses Gesicht auf. Oder war es nur diese Stimme, dumpf und kehlig, wie in Watte gehüllt, die ihn eines sehen ließ?

Nein, begehrte es matt in ihm auf, nicht schon wieder… Er spürte einen jähen Impuls, aufzuspringen. Es gelang nicht. Er öffnete mühsam seine verklebten Lider, blickte in eine blendende Helligkeit, stöhnte gepeinigt. Sofort schloss er wieder die Augen.

»Endlich…«, sagte die Stimme.

Kajetan wagte blinzelnd einen zweiten Versuch. Langsam wich der Schleier vor seinen Augen.

»Wie kann eins bloß so blöd sein!« Der Kommissar trug wie üblich seine mürrische Miene zur Schau, doch durch seine Stimme klang Erleichterung. »Tät sich glatt abschießen lassen wie ein Schießbuden-Manndl auf dem Oktoberfest. Hätt dich wirklich für gescheiter gehalten, Kajetan.« Er seufzte. »Ich sags ja: Großes Maul und nichts dahinter.«

Kajetans Gaumen füllte sich mit Speichel. Er schluckte.

»Glaser, du…?«, versuchte er.

Seine Augen rollten in den Höhlen. Was war geschehen?

»Was passiert ist?«, sagte der Kommissar. »Sag bloß, du hast schon wieder deinen Schwund? Jetzt wirds langsam wirklich arg mit dir.«

Erst jetzt bemerkte Kajetan, dass sich seine linke Schulter taub anfühlte. Glaser war seinem Blick gefolgt.

»An der Schulter hats dich erwischt«, erläuterte er nüchtern. »Ein Querschläger Wird wieder, aber anständig Blut verloren hast, und ausgeschaut hast wie nach einer Notschlachtung. Der Doktor hat dir mehr Spritzen reingehaut wie ein Zimmerer Nägel in einen Dachstuhl.«

Kajetan lächelte matt. Seine Augen wanderten im Raum umher.

»Wo bin ich überhaupt?«

Der Kommissar grinste boshaft. »Im Himmel jedenfalls noch nicht. Wärst auch der Erste, der mich mit einem Engel verwechselt.«

Kajetans Lachen ging in ein schmerzhaftes Husten über. Glaser wartete ab, bis es sich gelegt hatte, dann erklärte er: »Du bist in der Zellacher Bezirksfürsorg. Seit über zwölf Stunden. Ehrlich, so kommod möcht ichs auch einmal haben.«

Kajetans Gaumen fühlte sich trocken an. Seine Augen kippten flehend zu einer Karaffe auf dem Tisch. Glaser verstand, sprang auf, goss ein Glas Wasser ein und führte es ihm an den Mund. Kajetan trank gierig. Der Kommissar nahm ihm das leere Glas ab und pflanzte sich wieder auf seinen Stuhl.

»Sonst alles in Ordnung?«

Kajetan nickte.

»Wie ... wie bist dem Nossak auf die Schlich gekommen?«, fragte er.

»Der Kund hat mir von Anfang an nicht geschmeckt. Misstrauischer bin ich geworden, wie diese Halunken neulich in der Früh probiert haben, unser Auto aufzuhalten. Außer dem Panholzer hat nämlich keiner gewusst, wann wir abfahren und welche Strecke wir nehmen – der aber hat, wie er mir gesagt hat, mit keinem drüber geredet.«

»Aber ... was wollten die eigentlich damit bezwecken?«

»Was wohl? Der Nossak hat zu dem Zeitpunkt noch geglaubt, dass du der Kerschbaumer bist. Den wollten sie wegräumen, damit er vor Gericht nicht reden kann. Bei der Gelegenheit übrigens: So wies ausschaut, war der Kerschbaumer zwar nicht unbedingt ein Unschuldslamm, aber kein Mörder. Er und einer von seinen Genossen sind wahrscheinlich ziemlich gemein reingelegt worden.«

»Und dann –?»

»Dass der Nossak aber nicht bloß nicht sauber ist, sondern bei ihm was stinkt wie zehn Scheißgruben auf einmal, das ist mir klar geworden, wie ich den Obduktionsbericht vom Kerschbaumer gekriegt hab. Der Doktor Mühlauer, der ihn sich noch angeschaut hat, bevor ihn die Münchner abgeholt haben, hat rausgefunden, was ich schon vermutet hab: Die Ligatur auf dem Hals ist zwar halbwegs schräg verlaufen, aber nicht so, wie sie hätt sein müssen, wenn sich der Kerschbaumer selber ans Gitterkreuz gehängt hätt. Zweitens hat die Spurbreite nicht mit dem Stoffstreifen übereingestimmt, den der Kerschbaumer angeblich hergenommen hat.«

»Aber wie hat ers angestellt? Die Zelle ist doch dauernd bewacht gewesen?«

»Ganz einfach. Während der Panholzer für kurze Zeit weg gewesen ist, ist der Nossak in die Zelle rein und hat den Kerschbaumer, der viel zu schwach gewesen ist, als dass er sich noch hätt wehren können, mit seinem Gürtel erwürgt. Dann hat er ihn auf die Bank gelegt und ihm die Decke so übers Gesicht gezogen, dass der brave Panholzer ihn danach für schlafend hat halten müssen. Eine Dreiviertelstunde danach ist der Nossak noch mal rein, hat den Toten ans Fenster gehängt und den Wachtmeister alarmiert. Wer da kein misstrauischer Hund ist –«

»Wie du –«

Glaser nickte selbstgefällig. »– der muss erst mal von einem Selbstmord ausgehen.«

»Diese Sau«, murmelte Kajetan.

»Tja, und wie ich gestern Nacht mitkrieg, dass er sich aus dem Haus schleicht, bin ich ihm nach. Den Rest weißt ja.« Er schüttelte den Kopf. »Und du Armleuchter fällst auch noch drauf rein.«

»Was … was ist mit ihm?«

»Wirst wohl grad noch bis drei zählen können, oder? Er hat auf mich angelegt.«

»Aber du hast ihm doch gesagt, dass du seine Munition rausgenommen hast?«

»Krampf. Ist ein Trick. Fast zum Schämen, so alt.«

»Also doch.« Kajetan grinste schwach. »Hab ich mich doch nicht getäuscht in dir, du Halunk.«

»Und ich nicht in dir. Wenn der Kajetan bloß halbwegs was im Hirn hat, hab ich mir gedacht, dann nutzt er das jetzt aus.«

Glaser stand auf. »Aber jetzt muss ich weiter.« Er setzte seinen Hut auf, deutete einen Gruß an und drehte sich zum Ausgang.

»Wart noch«, sagte Kajetan heiser. Glaser sah ihn über die Schulter fragend an. Kajetan machte eine matte Kopfbewegung zum Stuhl. »Muss dich noch was fragen, Glaser.«

»Wasn noch?«, murrte der Kommissar. »Mir pressierts.«

»Du weißt, wer den Thannheiser auf dem Gewissen hat?«

Glaser gab einen leisen Seufzer von sich. Er drehte sich um, warf seinen Hut auf das Bett, zog den Stuhl heran und setzte sich.

»Ja, das tu ich«, sagte er. »Und du weißt es auch, stimmts?«

Kajetan nickte. »Wie bist du drauf gekommen?«

»Es ist zuerst die Art und Weis gewesen, wie der Thannheiser sterben hat müssen«, begann er. »Die Augen sind ihm ausgestochen worden. Wer tut so was, hab ich mich gefragt? Einer wie der Kerschbaumer hätt ein Messer oder einen Prügel genommen. Vor allem hätt er die Leich so gut versteckt, dass er genug Vorsprung hat. Die zweite Frage war dann, warum jemand so was tut…« Er brach ab.

»Die Mena hat ihn geblendet«, sagte Kajetan. »Dass der Thannheiser sterben könnt, hat sie in dem Moment wahrscheinlich gar nicht bedacht. Sie wollt bloß eins: Er sollt sein wie sie. Sollt spüren, wie mit einem umgegangen wird, wenn eins ein Krüppel sein muss.«

Der Kommissar nickte ernst. »Der Elias Thannheiser ist ihr Leben gewesen, ihre große Liebe, wies in den Hefterl allweil heißt. Wahrscheinlich auch ihre erste. Aber dann kommt sie dahinter, dass er mit der Wirtschafterin was hat. Einen Ausrutscher hätt sie ihm vielleicht noch verzeihen können, aber nicht, dass der Thannheiser und die Tischler schon lang vor der Hochzeit ein Paar gewesen sind.«

»Das war so?«

Glaser nickte. »Hab mich erkundigt. Die Zwei haben in Passau fest zusammengewohnt und sind sogar einmal deswegen von irgendeinem bigotten Nachbarn angezeigt worden, haben sich aber irgendwie rauswinden können.«

Kajetan fixierte eine blasse Verfärbung an der Wand. »Und wie nennen wir das?«, fragte er.

»Es ist eine… eine…« Glaser suchte nach einem geeigneten Wort »… bodenlose Niedertracht. Ja, das ist es.«

»Ich glaub, es ist was viel Schlimmeres«, sagte Kajetan leise. Der Kommissar sah ihn fragend an. »Wie meinst das?«

»Ich mein… einen Plan, die Mena irgendwann aus dem Weg zu räumen, haben die Zwei ja gar nicht gehabt.«

»Dafür gibts jedenfalls keinen Hinweis«, stimmte Glaser zu.

»Siehst…« Noch immer bereitete Kajetan das Sprechen Mühe. »… und genau das ist es, was die Mena wahrscheinlich fertig gemacht hat.«

Hätte Mena herausgefunden, dass Elias Thannheiser und Erna Tischler den Plan verfolgten, sie zu töten, um an den »Taffern« zu kommen – es wäre schmerzlich genug gewesen, aber wenigstens hätte sie gewusst, dass sie es mit gemeinen Verbrechern zu tun hat. Die Fronten wären klar gewesen.

»Der Thannheiser und die Tischler sind aber keine Verbrecher gewesen«, stimmte Glaser zu. »Und erst recht keine Mörder. Der Thannheiser ist nie einer Arbeit aus dem Weg gegangen. Überall, wo er als Fuhrknecht oder Schankkellner gearbeitet hat, haben sich die Leut mit Lob fast überschlagen. Tüchtig und pfennigehrlich sei er gewesen. Nicht anders die Wirtschafterin. Ein Wirt in Schärding hat mir gesagt, die Tischler Erna wär die tüchtigste Kellnerin gewesen, die er jemals gehabt hat. Freundlich, umsichtig, zuverlässig.«

»Eben«, fasste Kajetan zusammen. »Anständige und rechtschaffene Leut sind der Thannheiser und die Tischler gewesen. Dass Elias Thannheiser Mena geheiratet hatte, dass er alles mit ihr tat, was Eheleut miteinander tun, das wusste die Tischler, und das hat sie nicht gestört. Menas Liebe hat für sie nicht existiert. Der Thannheiser und sie – *das* war, wie es sich gehörte. Wie es die Natur vorgesehen hat. Die beiden haben kein schlechtes Gewissen gehabt, und von der zuweilen lästigen Versteckspielerei vielleicht abgesehen, haben sie nicht gelitten.«

Glaser nickte nachdenklich. »Für die Wirtschafterin muss die Mena einfach kein…«, er suchte nach den geeigneten Worten, »…kein ganzer Mensch gewesen sein. Einer, auf den man nicht einmal eifersüchtig zu sein braucht. Für den Thannheiser ists nicht anders gewesen. Die Mena, muss er sich gesagt haben, die ist nicht in der Lage, so eine Wirtschaft zu führen. Das müssen *Leut* machen, einem Krüppel stehts nicht zu. Der hat nichts verloren unter *richtige* Leut.« Er stützte seine Ellbogen auf die Knie. »Was für eine Demütigung…« Er wiederholte es. »Was für eine dermaßene Demütigung…«

Gedämpft drang der Lärm eines Pferdefuhrwerks durch das Fenster, das gutturale »Wüah« des Fuhrmannes und das Wiehern der Rosse. Irgendwo lärmten ausgelassene Kinder. Die Schule musste zu Ende sein. Dann war es wieder still.

»Ich habs mir einfach aus dem zusammengereimt, was ich gehört hab«, beendete Kajetan nach einer Weile das Schweigen. »Und du?«

Der Kommissar ließ sich in die Lehne zurückfallen. »Ich weiß es von dir, Kajetan.«

»Von mir?«

»Du hast mir erzählt, wie es auf dem Etterkaser, wo du damals übernachtet hast, ausgeschaut hat. Nichts wär rumgestanden oder -gelegen, hast du gesagt, keine Astgabeln, keine gefärbten Holzspän oder Bänder, nichts.«

Kajetan verstand nicht. »Und?«

Glaser seufzte nachsichtig. »Ihr Stadterer könnts das freilich nicht wissen. Es ist bei uns der Brauch, dass die Senner ihre Viecher schön herrichten, wenn sie am End vom Sommer wieder ins Tal getrieben werden. Es ist jedsmal schön zum Anschauen, die Küh haben richtige Kronen auf ihre Köpf, die die Sennin aus Fichtenzweigen, farbige Spän, Bänder und was weiß ich noch alles, herstellt.«

»Komm auf den Punkt, Glaser.«

»Der ist, dass es eine Mordsarbeit ist, diesen Schmuck herzustellen. Die Sennin muß schon zwei, wenn nicht gar drei Wochen vor dem Almabtrieb damit anfangen.«

»Die Thannheiser Mena hats aber nicht getan«, warf Kajetan ein. »In der Alm ist nichts zu sehen gewesen!«

»Eben, Kajetan. Die Küh dürfen bloß dann geschmückt werden, wenn die Herde vollständig geblieben ist, die Sennin oder der Senner nicht schwer krank geworden oder in der Familie gar wer gestorben ist. Wenn aber –«

»Ja«, unterbrach Kajetan. »Jaja. Kannst aufhören …«

Mena hatte gar nicht erst begonnen, die Furkeln vorzubereiten. Weil sie gewusst hatte, dass ein Unglück geschehen würde. Und das konnte sie nur wissen, weil sie sich dazu entschlossen hatte, es selbst herbeizuführen.

»Und jetzt?«, fragte Kajetan. Seine Stimme klang belegt.

»Ich hab lang überlegt. Dann aber hab ich entschieden, dass ich sie verhaften muss.«

»Glaser«, sagte Kajetan eindringlich. »Weißt, warum *ich* es dir gestern nicht schon gesagt hab, dass ich davon überzeugt bin, dass sies gewesen ist?« Er wartete die Antwort nicht ab. »Weil ich ohne sie nimmer leben tät. Und weil das, was der Mena angetan worden ist, auch eine Art Mord gewesen ist.«

»Ach …« Der Kommissar winkte ab. »Es nutzt doch nichts, Kajetan. Und glaub ja nicht, dass es mir drum geht, eine Belobigung einzufahren. Da pfeif ich drauf. Aber – wo kämen wir denn da hin? Sogar, wenn sie mirs Leben gerettet hätt – es müsst mir wurscht sein.«

Kajetan starrte an die Decke. »Dann … dann wirst sie also schon verhaftet haben?«

Glaser verneinte kopfschüttelnd. »Ich wollts, bin aber nicht recht weit kommen. Ich bin zum Pfarrer rüber und wollt sie holen. Der aber steht vor der Tür wie der Erzengel persönlich, sagt, die Mena Thannheiser hätt Kirchenasyl bei ihm. Wehe, hat er gesagt, ich tät mir einfallen lassen, sie mit Gewalt rauszuholen.« Glaser zuckte die Achseln. »Tja. Hab ich halt wieder abziehen müssen. Kirchenasyl gibts zwar schon seit ein paar hundert Jahr nimmer, aber wehe, einer respektierts nicht.«

Es klopfte. Ohne eine Aufforderung zum Eintreten abzuwarten, steckte Hotelier Mannhardt den Kopf durch die Tür und stürmte, von der Anwesenheit Glasers nur kurz irritiert, auf das Krankenbett zu. Entgeistert glotzte Kajetan auf einen Blumenstrauß, dann auf das vor Eifer glänzende Gesicht des Hoteliers.

»Im Namen des ›Verkehrs- und Verschönerungsvereins Zellach‹ sowie der gesamten Gemeinde unsere allerherzlichsten Genesungswünsche!«, rief der Hotelier überschwänglich, die Stimme vor Teilnahme triefend, das Gesicht von professioneller Bekümmertheit gefurcht. »Also, was Ihnen passiert ist – Glauben Sie mir: So was ist noch niemals – ich betone: Niemals! – geschehen! Glauben Sie mir: Unser Ort ist ein Hort der Sicherheit, der Ruhe und der Rechtschaffenheit!«

Kajetan sah aus den Augenwinkeln, wie Glaser, zur Statue erstarrt, die Szene mit offenem Mund verfolgte.

»… und ich erlaube mir, Ihnen als Zeichen unserer tiefen Anteilnahme diesen Strauß heimatlicher Blumen sowie einen Gutschein –«

Jetzt kam Bewegung in den Kommissar. Er trat mit einem

schnellen Schritt hinter Mannhardt. Sein Gesicht war puterrot.

»Du Sau!!«, röhrte er und ließ seine Hände krachend auf die Schultern des Hoteliers fallen. »Du dreckige Sau!!«

Mannhardt machte sich empört frei und wich zurück. »Lassen Sie mich los! Sind Sie wahnsinnig geworden?!«

Außer sich vor Wut stürzte sich der Kommissar auf den Hotelier, riss ihm den Blumenstrauß aus der Hand und fetzte ihn ihm um die Ohren, bis er nur noch die zerfaserten Stiele in der Faust hielt. Dann packte er den vor Entsetzen Gelähmten am Revers seiner Trachtenjoppe, schleifte ihn an die Wand und presste ihn nach oben.

»*Du* bist es gewesen!«, keuchte er. »*Du* bist auf den Etterkaser rauf und hast es der Mena gesteckt! Weil du den ›Taffern‹ hast haben wollen!«

»Ich wollte sie doch nur warnen…«, haspelte Mannhardt mit bebender Stimme. »Der Knecht, den Thannheiser entlassen hatte, hatte mir berichtet, dass er… er hatte einmal ein Gespräch belauscht… ich meinte es doch nur gut mit der armen Frau… ich sah es als meine Pflicht an…«

Glaser fletschte die Zähne. Er atmete schwer. »Tu deine Brillen runter.«

»Wie-wieso?«

»Weil ich dir eine runterhauen werd.«

»Aber ich habe doch nichts Gesetzwidriges –!«

»Brillen runter!«, brüllte Glaser.

»Sind Sie –?«

Glaser zog aus. Seine Hand landete klatschend auf Mannhardts linker Wange, dann auf der rechten. Das Brillengestell flog durch die Luft und landete klimpernd in einer Ecke. Der Hotelier torkelte und fiel zu Boden.

»Und damit dus weißt, Mannhardt: Nichts wird mit dem ›Taffern‹! Die Thannheiserin geht von Zellach fort und hat alles dem Pfarrer überschrieben!«

Der Hotelier tappte nach seiner Brille, fand sie und setzte sie sich mit flatternden Fingern auf. Schniefend rappelte er sich auf. Seine Wangen waren von flammender Röte überzogen.

»Das wird ein Nachspiel haben!«, greinte er. Glaser tat einen schnellen Schritt auf ihn zu und baute sich wieder vor ihm auf. Der Hotelier hob schützend die Hände vor sein Gesicht.

»Das wird es nicht, Mannhardt.« Glaser rang um Beherrschung. »Wir haben ein höfliches Gespräch geführt, wir zwei.« Er drehte sich um. »Stimmts?«

»Stimmt«, pflichtete ihm Kajetan bei. »Kanns jederzeit beschwören.«

»Du hörst es. Und solltest du jemals auf die Idee kommen, dass es anders gewesen sein könnt, dann garantier ich dir, dass es im gleichen Moment das ganze Dorf weiß, was du für eine Drecksau bist! Dass du dann in Zellach ein für alle Mal einpacken kannst, dürft dir klar sein!« Wieder nahm der Kommissar eine drohende Haltung ein. »Und jetzt geh mir aus dem Aug, du Lump. Sonst vergess ich mich tatsächlich noch.«

Der Hotelier ging rückwärts zur Tür. Dort angekommen, straffte er seine Weste und reckte das Kinn. »Es werden noch andere Zeiten kommen, Herr Kommissär. Das verspreche ich –«

Glaser duckte sich zum erneuten Angriff. Mannhardt zuckte zusammen und wieselte blitzartig hinaus.

Der Kommissar weitete seinen Kragen und atmete durch.

Kajetan grinste anerkennend. »Respekt, Glaser. Hab gar nicht gewusst, dass du so feine Manieren hast.«

»Drecksau«, brummelte der Kommissar in die Richtung des Verschwundenen. Langsam kehrte seine normale Gesichtsfarbe zurück. Er rückte sich den Stuhl zurecht und setzte sich.

»Ist das wahr mit dem Pfarrer?«, erkundigte sich Kajetan. »Macht mit der Linken auf Seelentröster und staubt mit der Rechten das Haus ab?«

Glaser rieb sich den Nacken. »So tät ichs ausnahmsweis mal nicht sehn. Die Thannheiserin hat keinen großen Gust mehr auf die Welt und muss mit dem fertig werden, was sie getan hat. Ein Kloster von den Klarissinnen in der Oberpfalz nimmt sie auf, und aus dem Haus wird ein Spital für Kinder aus dem Bezirk, wie sichs der Pfarrer schon lang eingebildet hat.« Der Kommissar knöpfte seinen Mantel zu. »So, jetzt werd ichs aber packen. Ich hab noch einen Haufen Rapporte zu schreiben.« Er grinste boshaft. »Schätz mal, ich werd denen einen bisserl den Provinz-Deppen geben und von einem tragischen Bergunfall an einem Gastwirt schwafeln, der zunächst nach einem Mord ausgeschaut hat. Und von einem fanatischen Nationalen namens Nossak, der gemeint hat, einen privaten Feldzug gegen die Kommunisten führen zu müssen, einen Gefangenen erwürgt hat und zum Schluss sogar noch auf einen harmlosen Touristen losgegangen ist.«

»Habs ja immer gesagt, Glaser. An dir ist ein Dichter verloren gegangen.«

»Mal schauen, ob ich damit durchkomm.« Glaser griff nach seinem Hut.

»Und die Peterbauern-Leut lässt mir in Ruh, ja?«, sagte Kajetan.

»Du weißt, dass seine Schwester den Kerschbaumer –?«

»Du lässt sie in Ruh, verstanden?«

»Hab nichts anderes vorgehabt.« Ein spärliches Lächeln kräuselte Glasers Mund. »Die nützen mir in Freiheit mehr als im Zuchthaus. Wenn nämlich wieder einmal nach einem gefahndet wird, dann weiß ich jetzt, wo ich als Erstes hinschauen muss«, sagte er. »Außerdem hat der Peterbauer wahrscheinlich genug dran zu beißen, dass es ausgerechnet sein Mißtrauen gegen seine Schwester gewesen ist, die dem Kerschbaumer das Kreuz gebrochen hat.« Er stand auf. »Aber du? Was wirst jetzt anstellen? Dass es mir lieber ist, wenn du mir nimmer unter die Augen kommst, kannst dir ja denken.«

»Was wohl?« Kajetan warf ihm einen verdrossenen Blick zu. »Schauen, dass ich woanders über die Grenz komm, was denn sonst.«

»Über die Grenz?« Der Kommissar wedelte mit der Hand vor seiner Stirn. »Du stehst allweil noch ein bisserl im Nebel, hm?«

»Wieso?«

»Was glaubst denn, was seit heut in der Früh bei der Polizei im ganzen Land los ist? Der Teufel selber! Zugehn tuts wie in einem aufgescheuchten Wespennest, seit die Sach mit dem Nossak bekannt geworden ist. Dass ein Kriminaler von der Politischen Abteilung eingekauft ist und auf einen von der Kripo anlegt, geht den hohen Herrschaften dann doch zu weit, von den Kollegen gar nicht zu reden. Bis ins Innenministerium rauf wird sich jetzt in die Hose geschissen vor Angst, dass es an die Öffentlichkeit kommt. Jetzt ist nämlich auch dem Blindesten klar, dass die Politische Polizei in München bis in die Führungsspitze rauf schon von den Hitler-Leuten unterwandert ist und dass die Politischen mit den Geheimkommandos von den Nazen zusammengearbeitet haben. Die verhaftet worden sind, singen wie die Zeiserl und erzählen, dass mehr als einmal Provokateure losgeschickt worden sind, um irgendwelche Sauereien anzustellen, die dann so dummen Buben wie dem Kerschbaumer in die Schuh geschoben worden sind. Und das ist übrigens auch der Grund gewesen, warum sie den Kerschbaumer unbedingt verräumen wollten – dass der womöglich vor Gericht über diese Mankeleien aussagt, ist ihnen zu riskant gewesen. Und dein Pech, Kajetan, ist wiederum gewesen, dass in dem ganzen Gewurl bis auf München durchgesickert ist, dass du doch noch lebst. Wieso sie auf dich besonders scharf gewesen sind, wirst selber am besten wissen. Mir reichts, wenn ich weiß, mit wem du dich angelegt hast.«

»Und ab jetzt wird alles besser, was?« Kajetan lachte bitter. »Glaubst an den Osterhasen auch noch, gell? Gut, vielleicht wird der eine oder andere abgesetzt. Aber da rücken doch sofort andere nach, die kein Fünferl besser sind.«

»Kann sein«, gab Glaser zu. »Aber erst wird sich die nächste Zeit geduckt, verstehst? So sinds nämlich, die *wahrhaft Deutschen* – wenns gut und leicht läuft, zerreißts ihnen fast die Heldenbrust vor Angeberei, wenn nicht, dann wird der Schwanz eingezogen und gewinselt. Und was ihren Anführer betrifft, den Hitler, so weiß der genau, dass er kein Reichsdeutscher ist und ausgewiesen wird, wenn er sein Maul allzu weit aufreißt. Glaub mir, es kann nimmer lang dauern, da werden die Leut das ganze Theater durchschaut haben.«

Kajetan bedachte den Kommissar mit einem zweifelnden Blick. »Meinst?«

»Aber freilich. Ich sehs doch jeden Tag bei uns im Bezirk. Wer ist es denn, der den Nazen nachrennt? Ein paar Hungerleider, denen es wurscht ist, von wem sie sich zahlen lassen, verzogene Bürscherl, die Helden spielen wollen, eine Handvoll aufgeblasene Akademiker und Lehrer. Je weniger sie in der Hosen haben, desto mehr reißen sies Maul auf.« Glaser nickte zuversichtlich. »Dazu kenn ich meine Landsleut zu gut, Kajetan, als dass sie sich von solchen Kasperln regieren lassen wollen.«

»Deinen Glauben möcht ich haben.«

»Außerdem wird dich vielleicht noch interessieren, dass es gestern Nacht den Chef der Politischen Polizei, einen gewissen Polizeirat Doktor Trattner, mit seinem Auto aufgestellt hat. Soll irgendwo unterhalb der Jachenau von der Straß abkommen und danach gute fünfzig Meter in die Schlucht gekracht sein. Soweit ich mir hab sagen lassen, muss die Straß trocken gewesen sein.«

»Du meinst …?«

»So eine Bremsleitung zu manipulieren, ist schnell geschehen. Aber ruhe in Frieden, sag ich. Der Trattner nämlich ist es gewesen, bei dem all diese Sauereien zusammengelaufen sind.«

Kajetan brauchte einige Sekunden, bis er begriff. Er sah Glaser zweifelnd an: »Woher willst denn das alles wissen?«

Glaser zuckte die Schultern. »Vielleicht gibts bei der Polizei heutzutag doch noch ein paar Leut, die einen eigenen Kopf haben und hie und da auch miteinander reden? Telefon gibts, nebenbei gesagt, auch schon seit ein paar Jahr.«

»Aber … dann …«

»Ja! Herrgottnocheinmal!«, polterte Glaser. »Eine lange Leitung hat der Mensch! Du kannst wieder heim! Dafür, dass du eine Zeit lang von München weg gewesen bist – Kajetan, jetzt stell dich doch nicht gar so blöd an! –, da wird dir doch irgendein Märchen einfallen! Und wenns bloß ist, dass du denen weismachst, dass dir dein Pass gestohlen worden ist und dus erst jetzt gespannt hast!«

Kajetan musste nachdenken. »Du… du meinst also, ich soll…«

Der Kommissar rollte in gespielter Verzweiflung seine Augen zur Zimmerdecke. »Ja. Stadterer haben im Gebirg nichts verloren.«

Er setzte seinen Hut auf, grüßte mit einer lässigen Handbewegung und ging zur Tür. Er hatte die Klinke bereits ergriffen, als er noch einmal stehen blieb, sich halb zu Kajetan umdrehte und ihm einen eigenartigen Blick zuwarf, als überlege er, ob er nicht noch Wichtiges vergessen hatte. Dann schüttelte er kaum merklich den Kopf, brummte Unverständliches und ging.

Kajetan lauschte den sich entfernenden Schritten. In der Ferne bimmelte das Totengeläut, mit dem Elias Thannheiser zu Grabe gelassen wurde.

Ein feiner, heißer Schmerz wuchs aus seiner Schulter, doch damit wich auch die Taubheit, und ein Kribbeln fuhr durch seine Glieder. Zögernd bewegte er seine Finger, schloss und öffnete sie.

Glossar

ab'dreht	listig, ausgebufft
Adler	Mittelklasse-Limousine
agent provocateur	Spitzel, der z. B. in Protestbewegungen oder oppositionelle Parteien eingeschleust wird, um deren Radikalisierung voranzutreiben und damit Verbot und Zerschlagung durchzusetzen
Altan(e)	umlaufender Balkon bei südbayr. Bauernhäusern
Barn	Heu- und Futterraufe
Bauernbund	Im letzten Drittel des 19. Jh. gegründete bayerische Bauernpartei mit ausgeprägt antiklerikaler und sozialreformerischer Programmatik, in Klein- und Mittelbetrieben Ober- und Niederbayerns stark verankert. Nach dem Ersten Weltkrieg Zusammenarbeit mit USPD, Teilnahme an der Räterepublik, danach Richtungsstreitigkeiten, die der rechte Flügel für sich entschied. 1933 Auflösung und teilweise Verschmelzung mit NSDAP
Beizen	Kneipe
DAAG	In Süddeutschland häufig verwendeter Linienbus (u. a. ›Alpenkraftpost‹), geschlossen, ca. 25 Plätze, rechtssteuernd
därrisch	widerspenstig, störrisch

Dreiundzwanziger	Früh-Nazi, Teilnehmer am missglückten Hitlerputsch 1923
Drift(-rinne)	Hier: Hohlweg zum Abtransport gefällter Stämme
Engelmacherin	Frau, die (illegale) Abtreibungen vornimmt
Etter	Umzäunung (einer Weidefläche)
extrig	sonderlich
fieseln	(ab)nagen
Furkel	andere Schreibweise: Fuikel (a.d. Volkslateinischen ›forca‹ = gabelförmiges Gebilde, auch Geweih). Prachtvoller Schmuck der Tiere beim Almabtrieb
Gant	(a.d. Ital.) Zwangsversteigerung
Gaudi	(a.d. Volkslat.) Hier: Unruhe, Krawall
Gehns zu?	Ausdruck des Desinteresses. Etwa: Was Sie nicht sagen?
Gendarmerie	Ortschaftlich und bezirksamtlich gebundene Schutz- und Ordnungspolizei (im Gegensatz zur Kriminal-Landespolizei, die dem Landes-Innenministerium unterstellt war)
... sich geschnitten haben	Redewendung: auf die Nase fallen, den Kürzeren ziehen
Geschwisterkind	Nichte, Neffe
Gilde	Alpinisten-Sektion der (hier: österreichischen) ›Naturfreunde‹, einem bedeutenden Verein der Arbeiterbewegung
Gosch(en)	Mund, Mundwerk (Begriff assoziiert je nach Kontext Redegewandtheit oder Geschwätzigkeit)
Grattler	Landstreicher, Nichtsnutz
Gspusi	(a.d. Ital.: Sposa = Braut) Geliebte
Holzstube	Meist eher schlichter Unterstand für Waldarbeiter

Imben	Bienen
Kalter	Hier: Regenwasser-Zisterne
Kaser	(a.d. Lat. ›casa‹ = Haus) Im südostbayr. Gebirge gebräuchlicher Name für Almhütte
Klachl	ungehobelter Kerl
Komintern	›Kommunistische Internationale‹, Zusammenschluss kommunistischer Parteien in verschiedenen Staaten, v. KPdSU dominiert
Kondukteur	(a.d. Frz.) Fahrer eines Linienbusses
Königspartei	hier eigentlich: ›Bayerischer Heimat- und Königsbund‹ Nichtparlamentarische Vereinigung zur Wiedererrichtung der Monarchie mit zunächst eher diffusen, teilweise separatistischen Tendenzen (Abspaltung Bayerns vom Reich, enge polit. Zusammenarbeit mit Frankreich). Hauptsächlich im ländlich-kleinbürgerlichen Altbayern verankert, vom bürgerlichen Zentrum, Deutschnationalen und Nazis bekämpft, von den Linksparteien ignoriert, da monarchistische Ideen in der Arbeiterschaft kaum Echo fanden.
Kren	Meerrettich
Kund(e)	zweifelhafter Kerl (ursprüngl. ›Bekannter‹) auch: Stromer
Lack(en)	(a.d. Volkslat., vgl. lac, lago) kleinere Wasserfläche, Weiher
Landauer	Pferdekutsche (i.d.R. zweispännig, mit Verdeck)
Landesstreifung	Patrouillen entlang der grünen Grenze durch Grenz- und Zollpolizei und Gendarmerie

Latschen	(a.d. Ladin.) Hochgebirgsföhren
Leich	Leichenschmaus
Liebknecht	Karl L., auch in Bayern populärer Führer der linken Sozialdemokratie, Kriegsgegner 1914, später mit Rosa Luxemburg führender Kopf des revolutionären Spartakus-Bundes. 1919 ermordet.
Ligatur	durch Unterbrechung der Blutzufuhr entstehende Hautmale bei Erdrosselten
Massl (haben)	(a.d. Jidd.) Glück haben, guter Ausgang einer kniffligen Angelegenheit
meschant	(a.d. Frz.) unsympathisch, bösartig
Moos	hier: Moor
Pletzer	(a.d. Frz. blesser – verletzen) Schürfwunde
pouss(en)	(a.d. Frz.) hier: schlagen, treten
poussieren	(a.d. Frz.) schmusen, knutschen
pratzeln	hinters Licht führen, übervorteilen
Rass	hier: Menschenschlag
Reichsbanner	Militanter Schutzbund republiktreuer deutscher Parteien, 1924 gegründet, von SPD dominiert
Rotzglocken läuten	Redewendung: ein liebenswerter kleiner Junge sein
Salett	Saalanbau einer Gaststätte
Sapie	lanzenartiges Arbeitsgerät der Holzfäller/Zimmerer
schlieffen	(Doppellaut i-e!) kriechen, schleichen, schlüpfen
Schmuser	Heiratsvermittler
jemandem schöntun	jemand liebevoll behandeln, schmeicheln
Simson-Supra	populäre Mittelklasse-Limousine, von der Polizei bevorzugt
Spassettl	unpassender Scherz
Sozen, Nazen	Sozialdemokraten/Sozialisten und Nati-

	onalsozialisten (jeweils auf beiden Silben betont!)
speiben	erbrechen, kotzen
Taffern	Auch: ›Tafern‹ (a.d. Volkslat.) Taverne, Gasthöfe, deren Geschichte weit ins Mittelalter zurückreicht
Tatterer	klapperiger, seniler Alter
Tenn	hier: Hausflur
Traumhappig	(auch: traumhappert) schlaftrunken
Tscheka	Urspr. Sowjetische Geheimpolizei (später GPU), angebl. geheimes KPD-Parteigericht, für die 20er Jahre jedoch nicht nachgewiesen. Propagandist. Vorwurf, um Staatsfeindlichkeit zu belegen.
Verbotszeit	Von Bismarck erlassenes Verbot der deutschen Sozialdemokratie (1878–1890)
Volksjäger	In den Hungerjahren nach dem Ersten Weltkrieg setzten sich die Einwohner einiger bayerischer Gebirgsgemeinden über das Jagdverbot in den staatlichen und privaten Revieren hinweg, um die ärmere Bevölkerung (Gütler, Tagelöhner und Arbeiter) versorgen zu können.
Wachtl	(Schutz-)Polizisten
zahnen	grinsen, spöttisch lächeln
Zuban	populäre Zigarettenmarke
etwas zum Zeug bringen	Eine ordentliche Mitgift in die Ehe bringen, auch: etwas besorgen
zwider	unangenehm, ärgerlich

Nachwort

Dass sich hinter so manch erhabener Schönheit nicht selten umso gnadenlosere Lebenshärte verbirgt, gilt natürlich nicht nur für die Landschaft im Süden Bayerns. Je länger man sich mit der Geschichte gerade dieser Region und der in ihr lebenden Menschen beschäftigt, ihren Erfahrungen und Erzählungen (auch Gedichten und Liedern) lauscht, umso mehr vertieft sich der Kontrast zwischen dem Ausdruck überbordend barocker Lebenslust, herzensvoller Güte, Humor und musischer Lebensgewandtheit auf der einen, lähmender Melancholie, kaltschnäuziger Rücksichtslosigkeit und Verbohrtheit auf der anderen Seite. Dieser Kontrast bildet – neben der Brisanz der politischen Konstellation in den 20er Jahren – eine der Grundmelodien dieses Romans. Es war mir wichtig, weder in die Klischees von stadtferner Idylle noch in jene von provinzlerischer Dumpfheit zu verfallen. Wie in jeder sozialen Formation findet sich auf dem Land beides – der Unterschied besteht allein darin, dass sich diese Gegensätze im dörflichen Zusammenleben weit weniger kaschieren lassen als in der Anonymität der Städte.

Die Fälle, in welche Paul Kajetan in diesem Roman verwickelt wird, beruhen im Kern auf realen Geschehnissen in den 20er Jahren des vergangenen Jahrhunderts. Die Unterwanderung etwa der Parteien des linken Spektrums durch Spitzel und *agents provocateurs* ist historisch belegt. Bei der Gestaltung dieser Kapitel waren mir Prozessprotokolle und zeitgenössische Darstellungen, unter anderem von Egon Erwin Kisch und Hans Fallada, besonders hilfreich. Vom Schicksal jener jungen Frau, welche mich zur Figur der Mena Thannheiser anregte, erfuhr ich dagegen nur durch persönliche Erzählungen; ihr Fall, obwohl damals bei den meisten Dorfbewohnern ein offenes Geheimnis (und von mir nicht nur aus dramaturgischen Gründen, sondern auch mit Rücksicht auf noch lebende Familienangehörige bzw. Nachkommen entsprechend modelliert), gelangte meines Wissens nie auf die strafrechtliche Ebene. Er nahm übrigens in Wirklichkeit ein weniger spektakuläres, aber letztlich nicht minder tragisches Ende. Aber auch für die meisten der anderen Personen des Romans gilt, dass ihnen reale Lebensgeschichten zugrunde liegen, und auch hier waren Gespräche mit Zeitzeugen meist ergiebiger als der Blick in die Archive. Die Geschichte der bäuerlichen Links-Opposition in Bayern scheint die Wissenschaft bisher wenig interessiert zu haben, wie sich sowohl konservative als auch »linke« Historiker schwertun mit der Einordnung der sog. »Sozialpriester«, von denen viele für ihre Parteinahme zugunsten der Ärmsten der Gesellschaft im Dritten Reich einen hohen Preis bezahlen mussten.

Für die Gestaltung des Hauptschauplatzes, des fiktiven Ortes Zellach, habe ich mich mit der Geschichte einiger Orte in der Nähe ehemaliger illegaler Grenzübergänge, wie sie von politischen Flüchtlingen oder Schmugglern im Berchtesgadener Land benutzt wurden, beschäftigt. Bei der Darstellung der Hochgebirgsszenen konnte ich teils auf eigene Erfahrungen und Begehungen, teils auf Lebenserinnerungen von Flüchtlingen (darunter Wilhelm Hoegner) und Essays von Egon Günther zurückgreifen. Wertvolle Hinweise zu almwirtschaftlichen Praktiken und Traditionen konnte ich den Veröffentlichungen von Helmut Silbernagel entnehmen.

Bei bayerischen Dialogen habe ich versucht, das Regional- und Volkssprachliche vor allem in Satzbau, spezifischer Rhetorik und typischen Begrifflichkeiten wiederzugeben, ansonsten eine am Hochdeutschen orientierte Schreibweise gewählt. Sie erlaubt all jenen, die des (Alt-)Bayerischen mächtig sind, beim Lesen die ihrer Sprach- und Hörerfahrung entsprechenden Intonationen, Vokaltönungen und Verschleifungen usw. selber vorzunehmen. Dass sich Sprachen immer verändert haben (wie die etymologischen Notizen im Glossar belegen, in denen es von volkslateinischen, französischen, italienischen und jiddischen Einflüssen auf das Bayerische geradezu wimmelt) und auch heute beständig wandeln, mag manchen irritieren. Zu verhindern ist es aber nicht – eine Sprache überlebt nur dann, wenn sie benutzt und gesprochen wird. Viel entscheidender ist die Frage, ob sich in diesem Prozess auch Denken und Welt-Begreifen verändern.

Ich bedanke mich bei Katrin Sorko für sowohl engagierte als auch inspirierte Hilfe bei der Recherche, bei Martin Mittelmeier für sein kundiges und kooperatives Lektorat, sowie bei allen, die mich mit Detailinformationen, Anregungen und Kritik unterstützt haben: Dr. Johanna Schalm, Robert Bierschneider (Bayerisches Staatsarchiv), Dr. Christoph Bachmann (Bayerisches Hauptstaatsarchiv), Dr. Ernst Aichner (Bayerisches Armeemuseum), Dr. Bettina Gundler (Deutsches Museum), Karl Komposch (Gemeindechronist Ramsau), Franz Haselbeck (Stadtarchiv Traunstein), Manfred Pils (›Naturfreunde‹ Wien), Stefan Betz, J. Martin Bauer, Claus Biegert, Franz Wieser und Georg Simader.

Robert Hültner